SCHWANENKAMPF

IRIS LANGER

Viel Freude beim Lesen
für Regina und Heinz

Iris
21.09.19

Die historischen Ereignisse und die Orte in Berlin sind real,
die vor diesem Hintergrund handelnden Romanfiguren jedoch frei erfunden.
Etwaige Ähnlichkeiten mit lebenden oder verstorbenen Personen
wären rein zufällig.
Eine Ausnahme bildet Großmutter Katharina;
diese ähnelt meiner geliebten Oma absichtlich!

Impressum:
Eigenverlag 2018

Foto Titelseite privat

Herstellung Druckerei Karl Stark

August 2018

ISBN 978-3-00-060446-1

FÜR MARIA

Christoph Täumler stieg an der Mollstraße in die Straßenbahn in Richtung Weißensee. Die wenigen Stationen bis zur Greifswalder Straße war er zwar auch schon oft zu Fuß gegangen, aber Schneeregen fiel dicht und schwer über Berlin, und er wollte nicht patschnass bei Kathleen ankommen.

Chris ließ, möglichst geräuschvoll klimpernd, zwei Pfennig-Stücke in die Zahlbox fallen und war überzeugt, der Fahrer in der fast leeren Bahn würde diese für zwei Groschen halten.

Er zog einen Fahrschein und ließ sich auf den Einzelsitz gleich hinter der Fahrerkabine fallen. Im Spiegel des Fensters vor dem dunklen Novemberabend draußen sah er sein helles Gesicht mit der geraden Nase und dem ausdrucksstarken Mund.

Bis fast an die erstaunlich dunklen Augenbrauen hingen die dichten weißblonden Haare, die bis auf diese Stirntolle kurz geschnitten waren. Ein Wirbel am Scheitelansatz offenbarte jedoch hartnäckig, was Christoph eigentlich damit verdecken wollte: eine rote Narbe auf der Stirn. Ein Sturz als Kind, hatte er Kathleen erklärt. Zu diesem Zeitpunkt hatte sie noch keine Veranlassung gehabt, seine Worte anzuzweifeln – und später hatte sie kaum noch gefragt, denn sie erkannte bereits die Themen, bei denen er ihr auswich.

Er tastete in die Tasche des Parkas; das kleine Päckchen war noch da, und er hoffte, Kathleen würde sich freuen. Er hatte ihr noch nie ein richtiges Geschenk gemacht, und eigentlich hasste er Schmuck-Geschenke, er fand sie irgendwie kitschig, wie im Film. Aber er fühlte sich ein wenig schuldig, denn seinetwegen hatte Kathleen einen ihrer Lieblingsohrringe verloren. Und Ohrringe waren der einzige Schmuck, den sie überhaupt trug. Sicher, so überlegte Chris, würde sie nicht einmal einen Ehering an den Finger stecken.

Bei diesem Gedanken stutzte er. Wieso Ehering? In diese Richtung waren seine Gedanken noch nie gegangen. Oder, besser gesagt, er hatte sie nie in diese Richtung gehen lassen.

Chris war jetzt dreiundzwanzig Jahre alt, hatte vor zwei Jahren begonnen, Malerei und Graphik zu studieren. Natürlich hatte er seit seiner Teenagerzeit auch Freundinnen gehabt, immer aber hatte er sofort auf Abstand gesonnen, wenn eine ihm zu nahe kam. „Der gibt nichts von sich preis", hatte einmal ein Mädchen seiner Freundin anvertraut. „Selbst, wenn er dich küsst und streichelt, siehst du nur ein Bild von ihm und nicht ihn selbst." Chris hätte es nicht abstreiten können. – So nahe aber wie Kathleen, war ihm noch keine gekommen.

Sie griff mit sensiblen Händen zielstrebig nach seiner Seele. Je bewusster Chris das spürte, desto höher errichtete er die Barriere um sich. Nun fragte er sich erstmals ernsthaft, wie das weitergehen sollte. Er war seiner selbst nicht mehr sicher. Wer würde als erster aufgeben? Kathleen, in dem Bemühen, außer seinen preisgegebenen Worten und seinem Körper auch seine versteckten Gefühle und verheimlichten Gedanken zu ergründen oder er, sich mit seinem Verhalten davor so weit wie möglich abzuschirmen. War die Liebe denn eine Art Tauziehen?

An diesem Abend in der Straßenbahn fühlte Chris zum ersten Mal erschreckend deutlich, dass ihm nicht mehr viel Zeit blieb. Er würde sich sehr bald entscheiden müssen zwischen dem Risiko, Kathleen mit der Offenheit zu lieben, die sie verdiente, und dem Risiko, sie irgendwann zu verlieren und einsam zu sein.

Kathleen in ihrer sanften und doch realistischen Art, ihrer Ehrlichkeit und bedingungslosen Liebe würde ihn immer weiter umgarnen, ihn mit Haut und Haaren vereinnahmen – und vielleicht würde er glücklich sein.

Er liebte sie ja! Und die Illusion, dass die Liebe bleibt, dass der siebente Himmel auf der Erde sein könnte, würde ihn blenden.

Aber das Ende war dann umso schlimmer! Es würde wehtun, so weh, wie der Eissplitter der Schneekönigin in Kays Auge. Sein Herz würde zu Eis werden und zersplittern. Nein, da wollte er es doch lieber, das Herz, das bei Kathleens Anblick stets heftig klopfte, als wollte es ihm etwas besonders wichtiges morsen, mit kühlen Händen und Gedanken beruhigen, in gleichgültigen Rhythmus zwingen.

Eine Liebe, die nicht durch Streit und entstehenden Hass zerrieben wurde, konnte man aufbewahren, tief in sich, um sich bei allzu großer Kälte in die Erinnerung daran einzuhüllen und sich zu wärmen, auch, wenn der Mensch, dem sie einst galt, nicht mehr erreichbar war. Die Scherben einer zerstörten Liebe aber schnitten die Seele kaputt. Die Wunden schlossen sich nur scheinbar; bei jeder Berührung bluteten und schmerzten sie erneut. Chris hatte das an seiner Mutter erlebt, und er fühlte tief, dass er das Risiko, so verletzt zu werden wie sie, nicht eingehen wollte.

Er konnte diese Gefühle nicht in Worte, nicht einmal in klare Gedanken kleiden. Wenn Kathleen ihn dazu hätte bringen können, würde sie womöglich die richtigen Argumente dagegen gefunden haben. Aber sie konnte Chris nicht verstehen, weil sie zu wenig von ihm wusste. – Gegen Gedanken, die du nicht kennst, kannst du nicht angehen.

Als Chris aus der Bahn stieg, wischte er alle Zweifel beiseite. Er konnte nicht anders: sein ganzes Ich freute sich auf Kathleen. Sie sahen sich höchstens zweimal in der Woche, denn das Studium kostete Kraft und verschlang viel Zeit.

Kathleen studierte an der Humboldt- Universität Bibliothekswissenschaften. Nach Chris gehörte Büchern ihre ganze Leidenschaft, und Chris konnte fast eifersüchtig werden auf Maupassant, Loest und Plenzdorf, auf Ajtmatow und Scholochow, auf Christa Wolf und Brigitte Reimann. „Geistig gehst du dauernd fremd!" hatte er ihr einmal vorgehalten. Es hatte scherzhaft geklungen, aber Kathleen war nicht auf seinen Tonfall eingegangen. „Nicht fremd!" hatte sie geantwortet. „Du weißt ja, mit wem du's zu tun hast, kannst die Bücher selbst lesen. Aber wo deine Gedanken sich aufhalten, was du im Kopf und im Herzen mit herum trägst, kann ich nirgends nachlesen. Und du sagst es mir leider auch nicht."

Nachdenklich hatte ihre Stimme geklungen, und Chris hatte sofort sein Schneckenhaus dicht gemacht, hatte gelacht und war mit einem belanglosen Spruch darüber hinweggegangen.

Warum fiel ihm das ausgerechnet heute Abend alles wieder ein? Vielleicht war es, weil Kathleen, als sie ihn gestern an das Telefon seiner Zimmerwirtin holen ließ, um ihn einzuladen, so geheimnisvoll getan hatte. Selbst ihre Stimme hatte fremd geklungen. Sie führte etwas im Schilde, das spürte Chris. Und seine Abwehr formierte sich, saß in den Schützengräben und bildete einen unsichtbaren, aber unüberwindbaren Wall um sein Ich. Ohne Befehl des Generals würde sie sich nicht zurückziehen.

Chris lief an der Namenstafel am Eingang des Vorderhauses vorbei, durchquerte den Hausflur, in dem die geplatzten, ehemals farbenfrohen Fliesen und abbröckelnder Stuck noch von besseren Zeiten für Wohnhäuser berichten konnten, ging über den Hinterhof mit den Mülltonnen und einem kleinen Kastanienbäumchen, das seine Zweige verzweifelt dem Licht zwischen den Mauerfronten empor streckte, und drückte die Eingangstür des Hinterhauses mit der ganzen linken Körperhälfte auf. Einer beleibten Person wäre der Eintritt sicher schwer gefallen; die verzogene Tür schabte über den aufgeworfenen Fußboden des Treppenhauses und verklemmte sich ab einem gewissen Punkt hoffnungslos.

Im vierten Stockwerk, gleich unterm Dach, hatte Kathleen ihre Einzimmerwohnung mit Ofenheizung und selbst eingebauter Duschkabine. Die Kabine war wie Goldstaub; Kathleen hatte sie bei einer mecklenburgischen Tante, die in eine Neubauwohnung mit eingerichtetem Bad ziehen durfte, gegen einen Gefrierschrank, den es in Berlin eher als sonst irgendwo in der Republik gab, eingetauscht.

Die Bude unterm Dach hatte ihre Vorteile, die schwerer wogen als das Schleppen von Kohle und Asche: durch die Fenster gelangten Tageslicht und halbwegs frische Luft, außerdem trampelte niemand an der Wohnungstür vorüber oder in einer darüber gelegenen Wohnung herum.

Kathleen war spartanisch eingerichtet. Die Möbel stammten bis auf einen alten Sekretär, den sie liebte und der ein Erbstück einer Großtante war, vom Sperrmüll, waren deswegen aber durchaus nicht schlecht. Die Berliner wussten, dass sie ihre alten Möbel nicht auf die Schutthalde zu bringen brauchten. Sie stellten, falls Ratiomat oder Zeulenroda ihnen eine neue Küche oder Schrankwand bescherte, alles Überflüssiggewordene ordentlich vor die Haustür. Und im Nu war Müllers alter Küchenschrank zu des Studenten neuem Küchenmöbel geworden.

Sehr vernünftig, denn mit zweihundert Mark staatlichem Stipendium plus zehn Mark Berlinzuschlag ließen sich keine großen Sprünge machen. Zwar wohnte und aß man für wenig Geld, ging auch für drei bis fünf Mark ins Theater oder Konzert, für noch weniger ins Kino, aber modische Bekleidung und elektronische Geräte, auch elektrische Küchengeräte, waren sündhaft teuer, weil sie als Luxus galten. Kathleen hatte sich von ihrer Ferienarbeit als Schülerin einen Plattenspieler zusammengespart und war sich sehr dankbar für diese Leistung.

Sie hatte Glück, weil sie nicht groß und außerdem sehr zierlich war. So konnte sie im Kinderbekleidungsgeschäft einkaufen; dort waren die Preise staatlich gestützt. Skrupel deswegen konnte sie sich nicht leisten.

Kathleen hörte das vereinbarte Klingelsignal, warf noch einen Blick in die Bratpfanne auf dem Herd und im Flur in den Spiegel innen an der Tür. Kurz darauf vertauschte Chris, der die Tür öffnete, Kathleens Spiegelbild gegen sein reales.

Kathleen fiel ihm um den Hals, er schob sie vor sich her in den Flur, drückte die Tür mit dem Hintern zu und fragte an Kathleens Hals: „Na, wie geht's? Was machen die Ohrläppchen? Frieren sie?"

„Was?" Kathleen sah ihn verständnislos an. „Was meinst du damit?"

„Hier, fass mal in meine Tasche!"

Kathleen tat es und zog das Päckchen heraus. „Für mich?"

„Was dachtest du denn? Vielleicht für deine Katze?" Aber Kater Murri in seinem Körbchen im Flur fühlte sich sichtlich nicht angesprochen, sondern hob nicht einmal den Kopf; er kannte Chris' Stimme.

„Okay, ich mach's auf, ja? Zieh' den Parka aus und komm mit ins Zimmer. Ich habe geheizt."

Sie gingen in das Wohn-, Arbeits- und Schlafzimmer, in dem sich außer dem Sekretär und einem großen Bücherregal Kathleens Bett, ein Kleiderschrank und ein großer, stockfleckiger Tisch, über den stets Wachstuch gebreitet war, befanden.

Heute allerdings lag darüber ein weißes Tafeltuch. Kathleen hatte alles für ein festliches Abendessen zu zweit vorbereitet: in einem alten Messingleuchter brannten drei Kerzen, ein dünner Alpenveilchenstrauß stand daneben, sogar Papierservietten schmückten die Tafel. Oberhalb eines der beiden Gedecke lag ein kleines Päckchen, in hauchdünnes Papier eingewickelt.

Statt sich über diesen anheimelnden Anblick zu freuen, wurde Chris von einem unbehaglichen Gefühl beschlichen. Er fühlte sich ausgeliefert, weil er nicht ahnte, was Kathleen vorhatte. Solche Inszenierungen waren bei ihr durchaus nicht üblich – sie handelte sonst eher spontan.

Chris forschte in seinem Gedächtnis, ob sie vielleicht heute Geburtstag hatte. Oder er? Nein, das war es nicht. Hatten sie ein Kennenlern-Jubiläum? Das konnte es auch nicht sein, denn sie hatten sich vor etwas mehr als eineinhalb Jahren zum ersten Mal gesehen. Was war es dann?

Plötzlich aber wurde Chris bewusst, weshalb er sich so unwohl fühlte, so, als ob gleich etwas Schlimmes geschehen würde. Es hatte nichts mit Kathleen zu tun.

Aber – fast genauso hatte der Tisch ausgesehen, den seine Mutter liebevoll anlässlich ihres fünften Hochzeitstages gedeckt hatte. Christoph war damals zehn Jahre alt gewesen, und weshalb seine Eltern zu diesem Zeitpunkt erst die Hölzerne Hochzeit feierten, wusste er damals nicht. Als sein Vater vom Dienst nach Hause gekommen war, hatte es einen furchtbaren Streit gegeben. Schuld daran war er, Chris, gewesen, denn sein Vater, Lehrer an derselben Schule, an der auch Chris lernte, hatte vom Direktor eine neuerliche Schandtat seines Sohnes erfahren müssen. Chris, oppositioneller Geist in kreativer Paarung mit karikaturistischem Talent, hatte einige Lehrer zeichnerisch dargestellt.

Der Eulenspiegel-Verlag hätte das Bild, das zur Begeisterung der Kinder in der Klasse weitergereicht wurde, sicher gern gedruckt – gleich neben einer Karikatur von Jankofsky oder Büttner. Aber die Schulleitung hatte keinen Humor in Bezug auf Lacher, die sie nicht auf ihrer Seite wusste.

Chris Vater hatte nicht lange gefackelt, sondern seinem Sohn, der gerade im Wohnzimmer die hinreißende Tischdekoration seiner Mutter bewunderte, ohne ein Wort zuerst die Zeichnung und als Nachtisch die Hand mehrmals ins Gesicht geschlagen.

Der Abend hatte damit geendet, dass Tisch und Teppich mit zerstörten Teilen des Hochzeitstagsessens übersät waren, Chris und seine Mutter weinten und der Vater türenknallend die Wohnung verließ. Chris erfuhr nie, was das kleine Geschenkpäckchen am Platz des Vaters enthalten hatte.

Seine Mutter hatte ihn in die Arme genommen und immer wieder geschluchzt: „Es tut mir so leid, Chris. Es tut mir so leid!" – Obwohl es doch gar nicht ihre Schuld gewesen war! Was sie jedoch eigentlich damit gemeint hatte, begriff Chris erst viele Jahre später.

Diese Bilder und Gedanken zogen in wenigen Augenblicken an Chris vorüber.

Kathleen achtete nicht auf ihn, sondern wickelte das Päckchen aus, lief in den Flur und brachte vor dem Spiegel die Ohrstecker an ihren Platz. Es waren kleine Sternchen mit einem winzigen Steinchen in der Mitte – glitzernder Modeschmuck!

Kathleen lächelte sich zu und ging ins Zimmer zurück. Das Lächeln lag noch auf ihrem Gesicht, aber die Freude in ihr fiel augenblicklich zusammen, als sie Chris' Gesichtsausdruck erkannte. Seine Miene spiegelte Wut und Trauer, auch Abscheu, und Kathleen konnte sich beim besten Willen nicht vorstellen, was diese Gefühle in diesem Moment bei ihm bewirkt haben mochte. Wie schon so oft, fühlte sie sich hilflos, weil sie ihn nicht verstand. Weshalb hielt er sich so zurück, warum gab er von seinem Inneren so wenig preis, ließ sie nicht teilhaben an seinen Gedanken und vor allem an seinen Gefühlen. Er quälte sich oft, das spürte sie, und sie hätte ihm so gern geholfen, seine Zerrissenheit zu überwinden. Aber das schien er nicht zu wollen. Was wollte er dann? Kathleen wurde von Angst gepackt; zum ersten Mal fürchtete sie wirklich, Chris verlieren zu können.

Leise fragte sie: „Chris? Was hast du denn?"

Er schien zu erwachen, schüttelte den Kopf, als wollte er die Bilder vor seinem inneren

Auge zerstören, wie ein Kind, das ein Kaleidoskop um eine neue Anordnung der Mosaikteichen schüttelt, und meinte leichthin: „Was soll denn sein? – Na, gefällt dir das Talmi-Zeug?"

„Ja. Aber ich mag's nicht tragen, wenn du so davon sprichst. Ich weiß, dass Du kein Krösus bist und mich nicht mit Smaragden überschütten kannst – so was brauch' ich auch nicht! Aber es ist hübsch. – Gefällt es dir denn selber nicht?"

„Doch, doch. Schließlich hab ich's ja auch ausgesucht. Es steht dir gut."

Kathleen ging zum Plattenspieler, hob den Tonarm ab und ließ ihn auf die schwarze Rille sinken. Klänge der Rockgruppe „Silly" erfüllten den Raum; Tamara Danz' unverwechselbare Stimme wischte für einen Moment die beklemmende Atmosphäre beiseite.

„He, he! Wo hast du die Platte her? Die war doch „vergriffen", ich hab' überall gefragt. Wer hat sich da für dich unter'n Ladentisch gebückt?"

Kathleen lachte. „Niemand. Ich hab' mit Sabine getauscht. Sie wollte doch schon lange meine Lizenz- Platte von Jürgen Drews haben – wegen des Bettes im Kornfeld!" Wieder lachte sie kurz. „Nun setz dich doch! Ich hole das Essen."

Sie trug die Pfanne mit den knusprigen Broilerbeinen und einen Korb mit Weißbrot aus der Küche herein. Dann stellte sie eine Schale mit Erdnussflips an die Seite und holte aus dem kleinen Einbauschrank unterm Fenster eine Flasche Wein, die sie bereits zuvor geöffnet hatte. Als sie einschenken wollte, hielt Chris ihre Hand fest. „Ich fasse es nicht! Wo hast du die Flasche her?"

„Ist doch egal! Ich hatte eben Glück und hab' sie erwischt! Hab' ich extra für heute Abend reserviert."

„Komm, erzähl' nicht! Mit Glück allein kriegt man hierzulande keinen Rosenthaler Kadarka!"

„Weshalb regst du dich denn auf, Chris? Freu dich doch lieber über mal was Besonderes und trink einen Schluck mit mir! Ich kann aber nur ..."

Doch Chris unterbrach sie. „Nein, danke! Mir ist der Appetit vergangen! Denkst du, ich weiß nicht, dass dein Vater, der Herr Kreissekretär, in besonderen Läden einkaufen kann? In Läden, wo es Ananas und Erdnussflips und eben auch Kadarka gibt?"

„Chris, was soll denn das? Das ist doch Quatsch! Du weißt doch, dass ich keine Privilegien habe und will. Ich habe doch nur ... Chris!"

Fassungslos starrte Kathleen Chris an. Der war aufgestanden und wandte sich zum Gehen. „Chris! Ich wollte dir doch nur..."

Die Tür klappte. Chris konnte nicht einmal den Parka angezogen haben, er hatte ihn nur von der Garderobe gegriffen und war gegangen. Aber warum?

Kathleen saß wie versteinert da. Alles was sie begriff, war, dass der Wein nur ein Anlass gewesen war, nach dem Chris verzweifelt wie nach einem Rettungsanker gegriffen hatte, um sich mit ihr zu streiten, um gehen zu können. Er war förmlich geflohen. Aber was war in ihm vorgegangen? Sie hatten sich noch niemals so gestritten, dass sie uneins auseinander gegangen wären. War nun alles zu Ende?

Wie lange sie so dagesessen hatte, konnte Kathleen nicht sagen. Irgendwann merkte sie, dass der Tonarm des Plattenspielers, der sich wegen eines Defektes nicht mehr von selbst am Ende der Rille abhob, über das Plattenzentrum schabte.

Wie im Trance stand sie auf und ließ die Musik wieder von vorn beginnen. Das „Bataillon 'd Amour" kam durch den stillen Raum, in dem die Kerzen flackernde Schatten an die gekalkten Wände warfen, und Kathleen wurde sich in dem Moment bewusst, dass sie Chris soeben verloren hatte und dass diese Musik hier sie stets daran erinnern würde.

Was war denn nur passiert?

Sie gab sich einen Ruck, schaltete das Deckenlicht ein und blies die Kerzen aus. Sie trug alles Geschirr in die Küche. Zurück blieben die erloschenen Kerzen, der Rauchgeruch im Zimmer und das kleine federleichte Päckchen an Chris' Platz. Kathleen nahm es in die Hand, und es schien so schwer zu wiegen. Da endlich löste sich die Anspannung. Sie sank in sich zusammen, das Päckchen auf dem Schoß, und die ersten Tränen fielen auf das Papier.

Es war völlig aufgeweicht, als Kathleen endlich zu schluchzen aufhörte, sich die Augen trocknete und die Nase putzte. Sie wollte das Päckchen zurück auf den Tisch legen, aber das nasse Papier zerriss und etwas Zartweißes rutschte auf den Fußboden. Kathleen hob es auf und legte die winzigen gestrickten Schuhchen auf den Tisch. Sie hoben sich von der Tafeldecke kaum ab, und doch symbolisierten sie eine so große Veränderung, etwas, an dem sie von heute Abend an Chris hatte teilhaben lassen wollen: ihr gemeinsames Baby, das in weniger als sieben Monaten auf die Welt kommen wollte.

Kathleen nahm aus dem Regal einen mehrfach faltbaren kleinen Ausweis, der erst wenige Eintragungen enthielt. Dort stand als voraussichtlicher Geburtstermin der vierte Juni, und Kathleen erinnerte sich, dass sie fast gelacht hätte, als der Arzt nach der Untersuchung und auf ihre Angaben hin diesen Termin ermittelt hatte. Wenn ihr Baby pünktlich sein würde, konnte es seinen Geburtstag immer mit seinem Vater, Christoph Täumler, gemeinsam feiern! Aber – Kathleen war sich plötzlich nicht mehr sicher, dass dieses Kind überhaupt jemals einen Geburtstag haben würde.

Zwei Wochen waren seit dem Abend in Kathleens Wohnung vergangen. Chris versuchte, sich zu verbieten, Rechenschaft für sein Verhalten vor sich selbst abzulegen. Denn dann hätte er zugeben müssen, dass er Kathleen gewaltiges Unrecht getan und sie für seine negativen Gefühle, die sie nicht begreifen konnte, hatte büßen lassen.

Chris konnte sich nicht vorstellen, wie es mit ihnen weitergehen sollte, denn Kathleen hatte sich nicht gemeldet, und er brachte es nicht fertig, zu ihr zu gehen.

Denn dann hätte er ihr seine Motive erklären müssen, aber das vermochte er einfach nicht. Er konnte nicht locker von seiner Kindheit erzählen und davon, dass er die Schuld trug am Scheitern der elterlichen Ehe, daran, dass das Leben von mindestens drei Menschen in Scherben lag, weil es ihn, Christoph, gab. Und davon, dass auch seine Schwester Cornelia, seine engste Vertraute, einen psychischen Knacks in dieser verkorksten Kindheit davongetragen hatte und ihre seelische Gesundheit noch heute darunter litt.

Wie hätte er denn Kathleen erklären sollen, ihr, die als geliebtes Kind in einer intakten, glücklichen Familie aufgewachsen war, dass er nicht in der Lage war, sich fest zu binden, dass er Angst hatte vor solcher Nähe, wie die Liebe und schon gar die Ehe sie mit sich bringen?

Wenn er ihr das gestand, wie konnte sie dann seine Entschuldigung für sein Verhalten akzeptieren, wenn sie doch gleichzeitig einsehen musste, dass es keine gemeinsame Zukunft für sie gab?

Ich hätte sie von Anfang an in Ruhe lassen sollen, hätte mich gar nicht erst so weit in diese Beziehung verstricken dürfen, dachte Chris bitter. Wie sollte denn Kathleen ahnen, woran sie ist! Ich habe sie verraten und nun auch noch versucht, die Schuld auf sie abzuwälzen!

Als Chris mit seinen Gedanken widerwillig soweit gekommen war, fühlte er sich einfach nur noch scheußlich. Um sich nicht immerfort mit dieser Seelenlast zu beschäftigen, engagierte er sich verstärkt in der Hochschulsportgruppe Federball, der er angehörte. Fast zu jedem Training erschien er, bis dem Übungsleiter Wilfried die Verbissenheit seines ansonsten eher unauffälligen und wenig ehrgeizigen Teilnehmers auffiel.

Eines Abends, als alle anderen schon unter der Dusche heraus und auf dem Weg zur Straßenbahnhaltestelle waren, Chris aber noch beim Abbauen der Netze herumtrödelte, kam Wilfried noch einmal zurück in die Halle. „Chris, was ist los? Weshalb ackerst du so? Willst du vom Pinsel auf den Schläger umsteigen, beruflich meine ich, oder hat dein plötzlicher Einsatz andere Gründe?"

Chris stopfte Netze und Bälle in den Schrank, schlug die Tür zu, bevor ihm alles wieder entgegen fallen konnte, hob aber nicht den Kopf, als er murmelte:

„Schöpferische Krise. Kriege im Moment mit dem Pinsel nichts auf die Leinwand.

Keine Ideen, kein Geschick. Der Federballschläger reagiert nicht so mimosenhaft wie der Pinsel. – Deshalb."

Wilfried spürte, dass das nicht der wirkliche Grund sein konnte. Kaum ein Student an der Hochschule hatte soviel Talent und kreatives Potential wie Christoph zu bieten. Aber es machte wohl auch keinen Sinn, weiter in ihn zu dringen; er würde doch nichts von seinen wahren Problemen verraten. So nickte Wilfried nur und sagte: „Na, dann. Mach's gut für heute. Und vergiss nicht, die Halle abzuschließen."

Chris sah ihm nach und war schon versucht, zu rufen: Warte noch!

Aber der Hals war ihm wie zugeschnürt. Er trottete in die Umkleidekabine, zog sich aus und stellte sich unter die Dusche.

Während das Wasser ihm mit dem Seifenschaum den Schweiß von Haut und Haaren spülte, wanderten Chris Gedanken zurück, weit zurück zu einem verregneten Sommertag, den er im Haus seiner Großmutter in einem kleinen Ort am Rande Berlins verlebt hatte.

Aus dem offenen Küchenfenster konnte er auf den See hinaussehen. Es regnete in Strömen, so dass sich Blasen auf der Wasseroberfläche bildeten. Der schnurgerade herabrauschende Sommerlandregen konnte aber die Wärme der letzten Wochen nicht so rasch aus den Räumen vertreiben. Aus dem Schilfgürtel drang das Piepsen der Lizen- und Haubentaucherküken herüber.

Chris saß am Fenster, am großen Küchentisch mit der Schublade unter der Tischplatte, in der seine Malutensilien aufbewahrt wurden. Seine Oma war beim Kuchenbacken und krümelte gerade die Streusel über den dick mit Apfelscheiben belegten Hefeteig. Sie schob das Blech in den Ofen, stellte Chris die Kuchenschüssel, in der sich noch genügend Streusel für ein Leckermäulchen befanden, hin und sagte: „So, während du dich um die Schüssel kümmerst, steige ich rasch auf den Boden. Da müssen noch Obststiegen sein. Die Bäume hängen dieses Jahr so übervoll, da reichen meine Stiegen im Keller gar nicht."

Chris war hin und her gerissen zwischen Streuselnaschen und Dachboden. Das erste war so lecker, dass ihm „sämtliche Gewässer Europas", wie Oma bei solchen Gelegenheiten zu sagen pflegte, im Munde zusammenliefen, aber der Dachboden war fast noch verlockender, denn er machte Appetit auf eine Reise in die Vergangenheit.

Da gab es nicht nur die Kiste mit dem Weihnachtsbaumschmuck, sondern auch die alte Kleidertruhe mit den gedrechselten Füßen und den Intarsien auf dem Deckel. Wer ihn öffnete, tauchte in eine längst vergangene Zeit, in eine Zeit, als die jungen Frauen schmale wadenlange Röcke und einen Schleier am Hut, später dann wippende Petticoats trugen, und als Strümpfe mit Naht von den ersten Nahtlosen abgelöst wurden. Noch interessanter als diese phantastischen Kostüme waren die in einer einfachen Holzbox aufbewahrten Dinge: ein Leiterwagen mit geschnitztem Pferdepaar und ein uraltes Kaleidoskop. Das regenbogenfarbene Spiel der entstehenden Muster zog Chris stets aufs Neue in seinen Bann. Er wollte diese Spielsachen aber nicht vom Dachboden mit ins Haus nehmen, wie Oma ihm einmal angeboten hatte; er spürte, das würde ihren Zauber zerstören.

Scheinbar hatte die Oma heute nicht genügend Zeit, ihren Enkel nach Herzenslust auf dem Boden stöbern zu lassen. Sie hatte neue Stoffe in der Stube ausgebreitet, bereits zwei Schnitte aus dem Wirrwarr eines Schnittmusterbogens auf untergelegtes Zeitungspapier ausgeradelt, auf dem „Neuen Deutschland", das so schön groß und deshalb, wie Oma zu sagen pflegte, eine „Zeitung von Format" war.

Chris wusste, dass sie bald mit rhythmischen Fußtritten die alte Singer-Nähmaschine zum Rattern bringen würde. Chris selbst hatte es auch schon versucht, aber es war wie verhext: bei ihm nähte die Maschine nur rückwärts!

Ihm war also klar, er war diesmal auf dem Dachboden nicht erwünscht. Aber wie von selbst wanderten die Kuchenkrümel heute schneller als sonst in den Mund, setzten sich die Füße in Richtung Bodenleiter in Bewegung, kletterten die zehnjährigen Beine die Sprossen hinauf.

Chris bemerkte seine Oma in der Tiefe des Bodenraumes, am Giebel des Daches. Sie hatte bereits einige Stiegen aufgestapelt beiseite gestellt, kramte gebückt aber weiter zwischen den Sparren.

Chris blieb unbemerkt und verhielt sich still. Um nicht auf sich aufmerksam zu machen, schlich er in die entgegensetzte Richtung, wo mit Packpapier und Decken zugehängte kleinere Möbelstücke ein verborgenes Dasein fristeten.

Vorsichtig lüftete Chris einige Vorhänge, erblickte überrascht sein eigenes Gesicht in einem großen, an den Ecken erblindeten Spiegel und starrte plötzlich in ein anderes Gesicht: dunkle Haare, aus der klaren Stirn gekämmt, braune Augen, den seinen seltsam ähnlich, um die anscheinend geschminkten Lippen ein leichtes Lächeln, das ebenso in den Augenwinkeln saß. Das Bild war kein Foto, auch kein Spiegelbild, es war ein Ölgemälde in einem schlichten Rahmen.

Chris konnte sich nicht erklären, weshalb ihn dieser Anblick so faszinierte. Wer war sie und weshalb schien sie ihm so vertraut? Sein Blick schweifte vom Gesicht über den Hals des jungen Mädchens, und plötzlich wusste er, wer hier den Maler so glücklich angelächelt hatte: es war seine Mutter!

Noch heute trug sie das Medaillon, wie an dem Tag, als sie dem Künstler Modell gesessen hatte. Es war ein ovaler Anhänger aus getriebenem Silber und stellte den Stängel einer Glockenblume voller zarter Blüten dar. Chris hätte es überall wiedererkannt.

Er war wie benommen von dem Portrait, dessen Farben, der zarten Linienführung, der fast plastischen Darstellung der Gesichtszüge, besonders aber von der Ausdrucksstärke der Augen und dem Lächeln in den Mundwinkeln. Das Bild war lebendig. Obwohl seit seinem Entstehen annähernd fünfzehn Jahre vergangen sein mussten und seine Mutter längst nicht mehr so jugendlich wirkte, hatte Chris den Eindruck, dass sie ihm aus der Leinwand heraus jeden Augenblick zuzwinkern und sagen könnte: „Na, wat is Sache, Murkel?" – Murkel hatte sie ihn genannt, als er kleiner war, denn Falladas „Geschichten aus der Murkelei" liebten sie beide besonders. Jetzt sagte sie Chris, oder, wenn es ernst war: Christoph!

Chris hielt stumme Zwiesprache mit dem Bildnis seiner Mutter, als sich plötzlich eine leichte Hand auf seine Schulter legte. Er schrak zusammen, musste erst wieder zurückfinden in die Wirklichkeit, aber dann sprudelten seine Fragen an die Oma gewandt heraus. Diese schaute gar nicht glücklich drein.

Chris hatte das Bild nicht finden sollen! Er war zu helle und zu neugierig, und er hatte auch ohne unbequeme Fragen schon genügend Schwierigkeiten mit seinem Vater.

So seufzte sie und beschloss, Chris seine Fragen zu beantworten, soweit sie das verantworten konnte, und ihn zur Geheimhaltung zu verpflichten. Wenn sie es ihm richtig erklärte, würde er die Notwendigkeit dafür schon verstehen.

„Na gut. Du willst also die Geschichte des Bildes erfahren", begann sie. „Dazu musst du zuerst wissen, dass das gleichzeitig die Geschichte deiner Mutti, meiner Tochter, ist, und sie dir das eigentlich alles selbst erzählen müsste. Aber ich kann es nun ebenso gut tun."

„Oma, können wir denn nicht das Bild mit runter nehmen und im Wohnzimmer über dem Sofa aufhängen? Das langweilige Bild mit den Felsen und den Tannen kann doch dafür auf den Boden. Ja? Bitte!" Chris Stimme klang ganz hoch und aufgeregt.

Die Oma lächelte, sagte aber mit einer Stimme, die keinen Widerspruch zuließ:

„Nein, das geht nicht. Schlag dir das ein für alle mal aus dem Kopf! Und frag' nicht noch mal danach."

Chris war still, ließ sich zur Bodenluke führen, stieg vor seiner Oma, die das Bild wieder sorgfältig zugehängt hatte, die Leiter hinunter und ließ sich von ihr die Obststiegen herabreichen.

Die Oma blickte aus dem Fenster und stellte fest: „Es hat aufgehört zu regnen; wir könnten mit dem Kahn auf den See fahren und erzählen."

„Au ja!" Das war ganz nach Chris' Geschmack. „Aber was wird denn mit dem Kuchen? Der verbrennt doch dann", fiel ihm trotzdem ein.

„Herrje! Der Kuchen! Gut, dass ich dich habe!"

Sie schicke Chris nach draußen mit dem Auftrag, die Ruderbank und den Sitzplatz am Bug des Bootes nach dem Regen trockenzureiben und warteten noch eine Weile, bis der Kuchen aus dem Ofen gezogen werden konnte. Sie war sich dabei völlig klar über den Grund ihrer plötzlichen Zerstreutheit; ihre Gedanken liefen längst zurück in das Jahr neunzehnhundertneunundfünfzig, als ihre Tochter Inge den jungen Schweden Nils Hamsung ins Haus gebracht hatte. Chris war wie eine Reinkarnation dieses Mannes, nur die braunen Augen mit den dunklen Brauen, die einen reizvollen Kontrast zu dem weißblonden Haar bildeten, wirkten wie ein nicht passender Einschluss in einem ansonsten monolithischen Gefüge.

Das Boot war ein einfacher flacher Angelkahn aus Holz mit einer Ruderbank in der Mitte und zwei Rudern. Chris nahm am Bug Platz, während seine Oma die Ruder ergriff und das Boot kräftig vom Steg abstieß. Rechts und links befanden sich in unregelmäßigen Abständen, abhängig von der Breite der am See angrenzenden Grundstücke, weitere Holzstege unterschiedlicher Bauart. Aber keiner war so genau gearbeitet wie der von Chris' Oma. Ihr Mann hatte ihn nach dem Kriege gebaut. Chris hatte seinen Großvater nicht kennen gelernt, denn dieser war fast zwei Jahre lang im Konzentrationslager gewesen und hatte mit der chronischen Lungenkrankheit und den durch Schläge geschädigten Nieren, die er als makaberes Souvenir von dort mitbrachte, nur noch zehn Jahre leben können.

Er war ein Perfektionist gewesen, ein Mann, der einen Bootssteg zuerst mit dem Reißzeug maßstabsgerecht zeichnete, um ihn dann mit Anschlagwinkel, Wasserwaage und Lot zu bauen, der im Garten die Erdbeerpflanzen in schnurgeraden Reihen pflanzte und der die Kinder mit unnachgiebiger Strenge erzog.

Inge, Chris Mutter, die als jüngstes der Kinder ein schlechter Esser gewesen war und der man während der Hungerzeit manch Extra-Bissen hatte zustecken wollen, saß oft stundenlang hinter ihrem Teller mit Essen, der davon nicht leer werden wollte. Aber das wusste Chris alles nicht und zuweilen bedauerte er es, keinen Opa zu haben.

Während Chris ein Haubentaucherpärchen mit vier Küken im Schlepptau beobachtete, trieb seine Oma den Kahn zur Seemitte. Schließlich hob sie die Ruder aus dem Wasser und zog die Enden ins Boot.

„Das Bild", so begann sie, „hat ein junger Mann gemalt, er hieß Nils. Als deine Mutter noch sehr jung war, lernte sie ihn bei einem Jugendfest in Berlin kennen, und sie trafen sich oft. Einen Sommer lang war Nils, dessen Eltern in Schweden lebten und der in Leipzig Germanistik studierte, häufig hier draußen am See. Oft saßen die beiden auf dem Steg und beobachteten die Schwäne und Enten. Manchmal, wenn es fast dunkel war, huschten Fledermäuse auf Beutefang über das Wasser. Inge bekam jedes Mal eine Gänsehaut; allein wäre sie sicher wie sonst immer ins Haus geflüchtet. Aber von Nils fühlte sie sich beschützt.

Eines Vormittags als ich vom Einkaufen kam, saß Inge auf einem Hocker am Ufer, Nils hatte seine Staffelei aufgebaut und begonnen, sie zu portraitieren. Das Glück und die Liebe dieses Sommers lagen auf ihrem Gesicht, das hast du ja gesehen." Sie seufzte leicht. „Ich wollte, ein Hauch davon wäre auch heute noch übrig", setzte sie leise hinzu.

„Aber Oma", warf Chris ungeachtet der eindringlichen Worte seiner Oma auf dem Dachboden ein. „Das Bild ist so schön! Und du hast es auch gern, das merke ich. Warum muss es dann auf dem Boden verstauben?"

Sie nahm ihm seine nochmalige Frage danach nicht übel. „Ach Junge, weil... Ich weiß nicht, ob du das schon verstehen kannst. – Hast du eine Freundin oder einen besten Freund in deiner Klasse?"

Chris schaute von der Seemitte zu den alten Trauerweiden am Ufer und nickte:

„Anja ist meine Freundin. Sie hat ganz lange Haare, blond, aber doch nicht richtig, die sehen aus wie die Zweige der Trauerweiden – von weitem. Aber sie selbst ist gar nicht traurig. Wenn ich ihr ein Bild schicke, kichert sie immer."

„Na, siehst du. Und wärst du nicht traurig oder wütend, wenn sie einen anderen plötzlich lieber hätte und der ihr auch Bilder schicken würde, die sie statt den deinen in ihr Zimmer hinge?"

„Klar wär' ich da sauer!"

„Ja, und das ist ganz verständlich. Weil du sie gern hast. – Siehst du, und so geht es deinem Vater auch. Er weiß ja, dass deine Mutti den Nils sehr lieb hatte, auch wenn sie dann nicht geheiratet haben. Und wenn er das Bild sieht, das Nils von Inge gemalt hat und auf dem sie so froh aussieht, dann ist er eifersüchtig. Obwohl Nils ganz weit weg ist. Und wenn dein Vater eifersüchtig ist, wird er ärgerlich. Und das ist nicht schön. Deshalb ist das Bild bei mir auf dem Boden. Verstehst du?"

„Ja. Jetzt ja. Aber warum hat denn Nils die Mama nicht geheiratet. Vielleicht wäre er lieb zu mir, nicht so wie Papa..."

„Sch, sch... so was darfst du nicht sagen, Chris. Dein Vater sorgt für dich, und das ist viel. Das tun nicht alle Väter."

„Ja, aber er hat mich nicht richtig lieb!"

Die tatkräftige Frau schwieg betroffen. Kinder, so wusste sie, spüren Zu- und Abneigung ganz genau. Man kann ihnen nichts vormachen – darin jedenfalls nicht.

Und zum ersten Mal fragte sie sich, ob ihre Tochter Inge recht daran tat, Chris nicht die Wahrheit über seinen Vater zu sagen. Vielleicht, so meinte sie jetzt, würde Chris weniger mit seinem Schicksal hadern, nicht so stark unter der Zurückweisung leiden, wenn er wüsste, dass nicht Holger Täumler sondern Nils sein leiblicher Vater war. Dann würde es ihm nicht so wehtun, dass der Mann seiner Mutter ihn nicht mochte, sondern würde in einigen Jahren verstehen, dass dieser in ihm, Chris, stets ein Abbild des ersten Geliebten seiner Frau sah.

Ja, Christoph war der Stachel in der Wunde; und die Wunde hieß Eifersucht.

Je unähnlicher Chris seinem Stiefvater war, je mehr er durch Wesen und Äußeres an den anderen erinnern musste, umso tiefer bohrte sich der Stachel in die Wunde.

Nie hätte Holger das vor sich selbst zugegeben. Er, der sich stets korrekt und gerecht seinen Schülern gegenüber in seiner Arbeit als Lehrer für Mathematik verhielt, schien vor solchen Schwächen gefeit.

Aber die Frau im Boot wusste um den inneren Zwiespalt ihres Schwiegersohnes, und manchmal tat er ihr leid. Aber das waren die wenigen Augenblicke, da er in ihrem Hause plötzlich einen deplazierten Eindruck machte, die Momente, in denen sie spürte, er ist sich des Geistes seines Vorgängers bewusst, fühlt dessen Gegenwart: auf dem Bootssteg, in der Küche, in der kleinen Kammer neben der Stube.

Er weiß, dass dies alles ohne Bedeutung, weil Vergangenheit, ist, aber seine eigene Verletzlichkeit und seine tief verborgene Unsicherheit lassen ihn nicht über seinen Schatten springen. Dies mochte der Grund sein, weshalb er sich nur zu seltenen kurzen Besuchen bei seiner Schwiegermutter aufhielt.

Viel öfter als Mitgefühl jedoch spürte sie eine ohnmächtige Wut auf ihn, weil er ihrem Enkel die Kindheit vergällte und damit ihrer Tochter eine zu schwere Last aufbürdete. Inge wurde zwischen Mutterliebe und Verantwortung für ihr Kind und der Liebe zu ihrem Mann hin- und her gerissen, konnte dabei niemandem nützen, am wenigsten sich selbst.

Auch die inzwischen sechsjährige Cornelia, würde bald unter den Spannungen leiden, oder tat es bereits jetzt, denn sie liebte ihren Bruder Chris abgöttisch und bewunderte ihn.

Chris' Großmutter nahm sich in diesem Moment vor, mit ihrer Tochter zu reden. Chris war ein kluges Kind, und die Wahrheit war für ihn sicher weniger schädlich, als vorgeblich gut gemeinte Lügen.

Ein Rauschen über ihren Köpfen ließ sie aufblicken. Die Schwäne flogen bereits ganz tief, und schließlich wasserten sie gar nicht weit vom Boot und schwammen zügig in Richtung des Schilfgürtels. „Schwäne heiraten nur einmal, Oma, weißt du das, und dann bleiben sie für immer zusammen. Und wenn sie sich anschauen, bilden ihre Hälse ein Herz. Das habe ich so in Anjas Poesiealbum reingemalt. Ihr gefällt das Bild."

„Ja", sagte die Oma nach längerem Schweigen und nahm dabei die Ruder wieder auf. „Bei Schwänen ist das einfach. Sie können fliegen und haben nichts mit Politik zu tun, Grenzen gibt es für sie nicht. – Der Nils aber musste zurück nach Schweden, deine Mutti konnte jedoch nicht fort, deshalb haben sie sich nicht heiraten können. Schweden ist sehr weit weg."

„Ja, das weiß ich. Und dazwischen ist das Meer. Dann waren sie wohl wie die Königskinder, die in dem Lied, weißt du?"

Der Frau krampfte sich das Herz zusammen. „Ja, so ähnlich, Chris", brachte sie nur heraus. Und sie dachte an den Schock, als am 13. August einundsechzig aus dem Riss durch das Land und quer durch die Hauptstadt Berlin eine unüberwindliche tödliche Grenze wurde. Als sie ihre zweite Tochter, die in Berlin Spandau verheiratet war, und die beiden in Westdeutschland lebenden Söhne plötzlich auf Jahre hinaus nicht mehr sehen konnte. Nils befand sich zu der Zeit auf Semesterurlaub in Schweden. Er kehrte nicht nach Leipzig in die DDR zurück, hatte wohl zu viel Angst vor den unwägbaren politischen Ereignissen im Herzen Europas, Angst vor diesem geteilten Deutschland, das an der Nahtstelle zwischen zwei Systemen zerrieben zu werden drohte. Auch mochten die Eltern um ihren Sohn gefürchtet haben.

Inge und Nils schrieben sich ab dem Sommer einundsechzig unzählige Briefe. Aber erst zwei Jahre später fanden sie endlich eine Möglichkeit, sich wieder zu sehen.

Inge fuhr mit dem Zug nach Prag, der Hauptstadt der CSSR. Nils, der einen Tag zuvor mit dem Flugzeug aus Stockholm gelandet war, erwartete sie auf dem Bahnsteig. Es schien, als hätten sie sich erst vor wenigen Tagen aus den Augen verloren, und sie verbrachten eine romantische Woche in der goldenen Moldaustadt, wohnten privat bei einer freundlichen Dame, die etwas deutsch sprach und das junge Paar verwöhnte, ganz in der Nähe des Wenzelplatzes. Sie streiften durch die Altstadt, hielten stumme Zwiesprache mit dem Volkshelden Jan Hus und blickten von der Prager Burg, dem Hradschin, auf die goldenen Dächer und Kirchturmspitzen der Stadt. Manchmal kann eine Woche sein wie ein ganzes Leben.

Als Nils sich am Bahnhof von Inge verabschiedete, flüsterte er an ihrem Ohr:

„Wir werden uns nie vergessen. Das weiß ich ganz genau. Denn hierfür haben wir bisher gelebt. Und für die Erinnerung werden wir weiterleben. Niemand kann sie uns jemals nehmen."

Das waren romantische Worte, aus den vergangenen Tagen und Nächten geboren. Und Nils glaubte in diesem Moment tatsächlich, dass die Seele des Menschen von seiner Erinnerung leben kann, wie der Körper von Vorräten im Keller.

Inge konnte nichts darauf erwidern.

Aber nach Wochen zu Hause merkte sie, dass ihre Erinnerung nicht nur in ihrem Herzen und ihren Gedanken bewahrt sein würde. Nein, ihre Erinnerung an ihre große Liebe Nils sollte ein eigenes Gesicht, einen eigenen Namen erhalten.

Inge war sich bewusst, dass es eine gemeinsame Zukunft für Nils und sie nicht geben konnte; beide waren sie eng mit ihrer Heimat verwurzelt, hinzu kam das politische Dilemma dieser Zeit. Deshalb beschloss sie nach wenigen Tagen des Zweifels, Nils nichts von dem zu erwartenden gemeinsamen Kind mitzuteilen.

Nils mag sich gewundert haben, weshalb Inges Briefe mit der Zeit unpersönlicher klangen, auch spärlicher wurden. Aber Inge bemühte sich krampfhaft um Abstand, richtete dafür ihre Gedanken und Gefühle immer mehr nach innen, hielt Zwiesprache mit ihrem wachsenden Kind. Irgendwann schrieb sie nicht mehr nach Schweden, irgendwann blieben Nils' Briefe aus.

Als sie ihrer Mutter von dem Baby erzählte, stellte sich heraus, dass diese längst Bescheid wusste; sie hatte ein Gespür dafür, hatte auch oft bei jungen Frauen in der Nachbarschaft eine Schwangerschaft längst erraten, wenn davon äußerlich noch nichts zu sehen war.

„Ich hatte schon überlegt, wann du's mir sagen willst! – Und was willst du nun machen? Das Baby behalten?" fragte sie nur.

„Natürlich. Was denkst du denn. Wer der Vater ist, das geht doch keinen was an. Es ist ganz allein *mein* Kind."

„Stell dir das bloß nicht so einfach vor."

„Das tue ich nicht, Mutti."

Nein, Inge hatte es sich nicht leicht vorgestellt. Aber dann kam doch mehr auf sie zu, als sie erwartet hatte. Sicher, sie war nicht die einzige ledige Mutter, und es gab kaum Diskriminierung. Aber sie musste die Zähne zusammenbeißen, wenn sie nach dem Kindesvater gefragt wurde und die teils neugierigen, teils mitleidigen Blicke spürte, wenn sie zur Antwort nur stumm mit dem Kopf schüttelte. Und sie musste die Zähne zusammenbeißen, als sie, mit der Reisetasche in der Hand, das Taxi war bereits weitergefahren, auf den Klingelknopf an der Aufnahme der Geburtenstation der Berliner Charite drückte und die Schwester, die sie abholte, sich umschaute und fragte: "Ihr Mann ist wohl schon wieder heimgefahren?"

Das war gegen Mitternacht. Und früh gegen acht Uhr gab Christoph im Kreißsaal seinen ersten Schrei von sich. Er war ein gesundes, kräftiges Baby mit dichtem, schwarzem Haar, das die Säuglingsschwestern begeisterte, weshalb sie es stets zu einem wahren Hahnenkamm hoch bürsteten. Inge hatte im ersten Moment erstaunt gedacht: er sieht Nils überhaupt nicht ähnlich! Sie wusste nicht, ob sie darüber traurig oder erleichtert sein sollte.

Im Alter von zwei Jahren aber war Christoph zu einem kleinen Blondschopf mit einem nicht zu bändigenden Wirbel am Haaransatz herangewachsen. Nur die Farbe der Augen, die sich überraschenderweise aus dem babyblau zum mütterlichen rehbraun entwickelt hatte, passte nicht zu dem skandinavischen Eindruck, den der Kleine machte. Aber genau diese Augen hatten in dem hellen Gesicht eine überraschende Wirkung. Chris hatte einen Charme, den vielleicht nur jemand haben kann, der ein Kind der Liebe ist und in liebevollbehüteter Umgebung aufwächst. Es ging ihm gut bei Mutter und Großmutter.

Inge hatte sich kräftig auf die Lippen beißen müssen, um das Lachen zu unterdrücken, als eine Nachbarin, die erst vor zwei Jahren hierher gezogen war und Nils daher nie gesehen hatte, Chris in ihrem Erdbeerbeet erwischte. Er hielt ihr mit Unschuldsmiene die rot gefärbten Hände voller sonnenwarmer Früchte hin: „Schmeckt gut! Willst du auch mal kosten?" Da hatte die Nachbarin ergeben geseufzt: „Alter Schwede! Dir kann man wirklich nicht böse sein."

Ja, Chris war ein richtiger kleiner Sonnenschein gewesen, und Inge war, als sie Holger Täumler kennen lernte, überzeugt, dass dieser das gar nicht anders empfinden konnte. Anfangs schien sich das auch zu bestätigen. Aber schon bald nach der Hochzeit, Chris war gerade drei Jahre alt, begann sein Stiefvater, auf kleine Verfehlungen unmäßig zu reagieren. Inges Vermittlungsbemühungen führten nur dazu, dass sie ständig unter Druck stand, Chris gegenüber zu nachsichtig wurde, um Holgers Strenge auszugleichen, und damit die Diskrepanz zwischen beiden Extremen noch vergrößerte.

Als Holger seinen Stiefsohn wegen einer Ungezogenheit schlug, Chris daraufhin stürzte und eine tiefe Platzwunde am Haaransatz der Stirn davontrug, reichte Inge die Scheidung ein. Geschieden wurde damals schnell. Aber Inge und Holger liebten sich trotz allem, und Holger wollte nicht akzeptieren, dass das Kind seine Ehe zum Scheitern gebracht hatte. Er, als ausgebildeter Pädagoge, der mit seinen Schülern bestens zu recht kam, konnte seine Niederlage dem kleinen Jungen gegenüber nicht eingestehen. Er begriff nicht, oder wollte nicht verstehen, dass es nur an seiner Eifersucht auf den ersten Mann im Leben seiner Frau lag und daran, dass ihr Sohn diesem wohl sehr ähnlich sein musste, dass er zu dem Jungen nicht die richtige Einstellung finden konnte.

Fast genau ein Jahr nach der Scheidung hielten Holger und Inge Täumler erneut Hochzeit. Inzwischen war auch Chris' Schwester Cornelia, acht Monate nach der Scheidung geboren, ein Grund, die Familie wieder zu vereinen.

Holger bemühte sich eine Zeitlang tatsächlich, Chris ein gerechter Vater zu sein, und die Existenz einer eigenen Tochter beschwichtigte ihn oftmals.

Doch je mehr Chris' Persönlichkeit sich herausbildete, umso deutlicher hielt sein Wesen dem Stiefvater den Spiegel vor. Und darin sah dieser nur eins: dies ist nicht mein Sohn!

Inge sorgte dafür, dass Chris sooft es ging, bei ihrer Mutter sein konnte. Zum Glück betrug die Entfernung zwischen der Wohnung der Täumlers und dem Seegrundstück der Großmutter nur etwa dreißig Fahrradminuten. Chris strampelte auf seinem zwanziger Mifa-Fahrrad tapfer vor der Mutter her, die Conny im Körbchen am Lenker hatte. Inge wusste, dass dies keine Lösung für ihre Probleme war, aber sie versuchte auf diese Weise, durch die häufige Trennung von Holger und Chris, den Bogen zu entspannen.

So verbrachte Chris also nun auch diesen Sommer, nachdem er zehn Jahre alt geworden war, bei seiner Oma.

Inzwischen waren sie am Ufer angelangt und die Großmutter befestigte das Boot am Steg. Es begann wieder leicht zu regnen, aber Chris machte es nichts aus. Er hielt sich ebenso gerne im Haus wie im Garten auf.

„Meinst du, Oma, dass ich später auch mal so gut malen kann, wie der Nils?"

„Ich denke, du kannst es. Du bist auf dem besten Wege dazu."

Chris nickte zufrieden und seiner selbst sicher, und breitete auf dem Küchentisch sofort Zeichenkarton und Malfarben aus. Wenn ich größer bin, werde ich Anja malen, dachte er. Jetzt entstand eine Trauerweide, vom See aus betrachtet, in zarten Pinselstrichen. Zwei Schwäne waren nur schemenhaft unter den herabhängenden hellgrünen Zweigen erkennbar. Zwischen den Weidenwurzeln aber, die sich am Ufer festklammerten, war etwas verborgen, das nur ein Eingeweihter entdecken und erkennen konnte: ein Medaillon in Form eines Blütenkranzes: der Kettenanhänger vom Hals seiner Mutter.

Chris hatte dieses Bild nach dem Tod seiner Oma vor sechs Jahren in ihrem Schreibtisch wieder gefunden und an sich genommen.

Er drehte die Dusche zu und trocknete sich ab. Nach einem letzen Blick in den Raum löschte er das Licht im Umkleideraum und durchquerte die Turnhalle. Er verschloss die Tür und marschierte zur nahen Straßenbahnhaltestelle.

Außer ihm wartete nur noch ein mit sich selbst beschäftigtes junges Paar auf die Bahn. Chris beobachtete die beiden verstohlen und bemerkte zu seinem Erstaunen, dass er sie beneidete. Sie schienen sich selbst und ihrer Zuneigung so gewiss zu sein. – Aber woher will ich das wissen, dachte er unwillig. Man sieht niemandem an, was er mit sich herumschleppt. Sicherlich hatten Außenstehende von Kathleen und ihm auch gedacht, dass sie sich vertrauen und sich ihre Seelen genauso nahe sind wie ihre Körper. Kathleen, das ahnte Chris zumindest, hatte oft versucht, bei ihm hinter die Fassade zu schauen, hatte um sein Vertrauen geworben. Aber er hatte Angst gehabt, hatte jedes Mal rasch das Licht gelöscht, damit sie nichts erkennen sollte. Selbst bei Kathleen hatte er das getan!

Würde das für immer so sein? War er dazu verdammt, die Menschen, die ihn liebten, zurückzuweisen, sie damit zu verletzen? Er wusste nicht, woraus ihm die Kraft erwachsen sollte, das zu ändern.

Und wieder wanderten seine Gedanken rückwärts: zu dem herrlichen Sommer draußen bei Oma am See, wo sie früh manchmal auf dem Steg gefrühstückt hatten, mit dem Gesicht zum Wasser, dabei das Spiel spielend: wer fährt als erster mit dem Steg auf den See hinaus?

Das Ganze beruhte auf einer optischen Täuschung, und Einstein hätte es als weiteren Beweis seiner Relativitätstheorie aufführen können. Man setzte sich hin, dicht an den Rand des Stegs und blickte ausschließlich auf das Wasser. Nach einer Weile war es nicht mehr das Wasser, das sich in kleinen Wellen bewegte, nein, scheinbar glitt man selbst still und wie von Geisterhand getragen über die Wasseroberfläche. Es war wie ein Zauber – und doch nur Physik! Chris hatte dieses Phänomen entdeckt, als er noch nicht zur Schule ging, und er war zunächst erschrocken gewesen. Nun spielten sie es um die Wette, schummeln galt nicht, denn wo der andere nicht kontrollieren kann, musst du fair sein.

Ein paar mal in diesem Sommer hatte seine Großmutter ihn früh geweckt, sehr früh, als es fast noch dunkel war. Sie gingen in den nahen Wald, hörten zu, wie der Tag erwachte, nach und nach die Vögel munter wurden, bis ein laut tönendes Konzert durch die Bäume klang, beobachteten äsende Rehe am Waldrand und wurden zuweilen durch einen hämischen Eichelhäher entdeckt und verpetzt.

Von diesen morgendlichen Ausflügen brachte Chris außer seinen taudurchfeuchteten Schuhen stets etwas Besonderes mit: eine schillernde Feder, eine Handvoll winziger wundersüßer Walderdbeeren oder den Duft von zwischen den Fingern zerriebenen Pfefferminzblättern. Und natürlich Pilze. Er kannte alle Stellen, wo sie wuchsen, erntete die Rotkappen und Maronen, ehe andere sie finden konnten. Am schönsten waren die Schirmpilze, deren flacher Hut im Ganzen wie ein Schnitzel gewürzt, paniert und in der Pfanne gebraten wurde. Chris konnte sich kaum einen köstlicheren Geschmack vorstellen. Hatte er im Wald einen noch zu kleinen Schirmpilz entdeckt, so tarnte er ihn umsichtig, damit ihn sonst niemand fand und ging einige Tage später wieder dorthin, um ihn zu holen. Diese Tricks hatte ihn Oma gelehrt.

Die Oma war aber nicht etwa eine naturverbundene Träumerin, bloß weil sie ihrem Enkel diese Natur nahe brachte und ihm deren Geheimnisse zeigte. Sie konnte, ganz im Gegenteil, Chris auch mit derbem Schabernack aus dem Berliner Milieu erschrecken. Zum Beispiel sagte sie einmal zu Chris: „Die Brennesseln brennen diesen Monat nicht."

Nanu! Das musste ausprobiert werden. Prompt fasste Chris zu und beschwerte sich gleich darauf jammernd: „Aber sie brennen doch wie immer! Guck dir nur die ekeligen Bläschen an meiner Hand an!"

Die Oma schüttelte den Kopf. „Was fasst du auch die Brennesseln an!"

„Aber du hast doch gesagt..."

„Was hab' ich gesagt!? Dass sie diesen Monat nicht brennen! Den Monat brennen sie nicht, aber deine Finger natürlich wohl!"

Chris war sprachlos und begriff, dass es bei Worten auf Feinheiten ankommt!

Oder Oma sang ihm in der Küche beim Obsteinwecken und Kuchenbacken komische Lieder vor, die sie aus ihrer Berliner Mädchenzeit im Gedächtnis bewahrt hatte. Sie brauchte Chris nicht zu sagen, dass diese nicht für die Ohren seines Vaters bestimmt waren, aber umso mehr heimliches Vergnügen empfand Chris, wenn sie sang: „Es fiel ein Pup vom Dache und brach sich das Genick..."

Fast noch mehr als die Berliner Possen und Späße liebte Chris die Stunden, da die Oma, mit einer Strick- oder Häkelarbeit beschäftigt, ihm Gedichte und Balladen hersagte, die sie als Schulkind hatte auswendig lernen müssen.

Chris wunderte sich, wie man „Die Bürgschaft" und „Der Taucher" so lange im Gedächtnis bewahren konnte. Er wusste aber auch nichts über das damalige Schul- und Lernsystem. Die alten Balladen waren für ihn wie Märchen; spannend und gruselig, wenn auch nicht immer mit Happy End. Aber das waren Andersons Märchen ja auch nicht – wenn er bloß an die arme kleine Meerjungfrau dachte! Oder an das Mädchen mit den Schwefelhölzern.

Manchmal erzählte die Oma auch von Streichen, die sie allein oder mit ihren Freundinnen ausgeheckt hatte. Zu dieser Zeit fuhren in Berlin noch die Droschkenkutschen wie heute die Taxis durch die Straßen. In Gruppen zu zwei oder drei Mädchen riefen sie einen vorbeifahrenden Droschkenkutscher an:

„Kutscher, fahren sie?"

In Erwartung eines Geschäfts zog der Mann die Zügel an: „Hooo!" rief er seinen Pferden zu und wartete, dass die jungen Damen einsteigen möchten.

Die aber riefen lachend: „Und wir laufen!"

Das allerdings mussten sie dann auch sehr flink tun, denn des Kutschers Peitsche besaß enorme Reichweite, und zimperlich war ein geprellter Geschäftsmann nicht!

Auch auf dem Berliner Weihnachtsmarkt konnte man sich beim Spielzeugverkäufer schrecklich unbeliebt machen, beim zunächst ehrfürchtig staunenden Publikum aber seiner Lacher versichern, indem man auf den wohlklingenden Werbespruch für mechanisches Spielzeug: "Alles dreht sich, alles bewegt sich!" keck in die Menge rief: „Und komm'ste nach Hause, denn jeht's nich!"

Ja, das waren Späße und Anekdoten ganz nach Chris' Geschmack, ebenso wie die Lieder vom Fritze Bollmann auf dem Beetssee und vom kleinen Mann im Butter-Fass.

Fast wie nebenbei, auch inspiriert durch Naturschauspiele am See und großmütterliche Erzählkunst, entstanden viele Bilder und Zeichnungen am alten Küchentisch.

Da gab es den See im Frühnebel oder mit einem Schwanenpaar am Ufer, Rehe am Waldrand oder ein Eichkätzchen auf der alten Kiefer am Haus. Aber auch stolze, lanzenbewehrte Ritter, Königstöchter in fließenden Gewändern, Schlösser und wildromantische Burgen. Chris' Oma fragte sich manchmal, woher Chris die Details nahm, mit denen er seine Malgeschöpfe und -dinge ausstattete, denn manche Bilder wirkten so originalgetreu wie aus dem Geschichtsbuch. Aber mit der Zeit erwies es sich, dass Chris ein nahezu fotographisches Gedächtnis und zudem die Gabe besaß, das Gesehene voller Phantasie weiterzuentwickeln. So entstand oft eine völlig neue Sicht auf die Objekte. Sein Talent schien das seines Vaters Nils noch übertreffen zu wollen.

In den ersten Schuljahren waren die Lehrer der gesamte Schule entsprechend begeistert von Chris' Bildern, hatte man doch dadurch stets repräsentative Exponate für die „Kleine Galerie" in der Kreisstadt, wo die jungen Talente jeder Schule ihre Kunstwerke ausstellten. Chris' Bilder wurden fast immer weitergereicht zur Bezirksgalerie.

Doch bald begannen die Probleme damit.

Nach dem leichtfüßigen Sommer bei der Oma brachte das neue Schuljahr schwerwiegende Veränderungen. Nicht nur der Übergang in die Oberstufe der Zehnklassigen Polytechnischen Oberschule und die damit verbundene Vielzahl fremder Fachlehrer, auch die Tatsache, dass Chris nun von seinem Vater in Mathematik unterrichtet wurde, bedeutete eine harte Landung in der Realität. Zwar wurde Chris für Undiszipliniertheiten oder vorlautes Verhalten kaum vor der Klasse, dafür aber umso härter zu Hause gerügt und bestraft.

In Chris' Schulklasse waren nach den Sommerferien mehrere Kinder aus einem nahe gelegenen Kinderheim aufgenommen worden. Manche wirkten wie aus dem Nest geworfene Spatzen, die sich unter der Klassifizierung „Heimkind" wie unter einem Makel duckten. Chris beobachtete mit Befremden, dass sie bei einigen Lehrern kein Verständnis fanden, dass man sich offenbar nicht für die Ursachen von Lernschwierigkeiten oder Verhaltensauffälligkeiten bei diesen Kindern interessierte. Er erlebte es sogar, dass einige der Jungen einzelnen Lehrern als Sündenböcke herhalten mussten, sie, die sich nicht wehren konnten, denen zu Hause keine Mutter den Rücken stärken konnte, deren Vater nie in einer Elternversammlung sitzen würde. Glücklicherweise zählte seine Klassenleiterin nicht zu diesen Lehrern. Aber Chris beobachtete genau; seine Antennen für Ungerechtigkeiten waren durch eigene Erfahrung geschärft.

All diese Erlebnisse wirkten wie ein kalter Guss nach den herrlichen Sommerferien und stießen Chris hart mit der Nase in die Wirklichkeit.

Nun, sein Ventil waren nicht schwächere Kinder seiner Klasse oder etwa seine jüngere Schwester, die er im Gegenteil sehr liebte, sein Ventil für Frust und Verwirrung waren seine Bilder, die er mit Pinsel und Farben, mit Kohle oder Bleistift aufs Papier bannte. Es war auch nicht seine Sache, die Bilder in der Schublade verschwinden zu lassen. Probierte sich Chris anfangs an Karikaturen seiner Mitschüler, in denen er, durchaus nicht boshaft, deren kleine Schwächen aufs Korn nahm und dafür fast immer Lachen und Begeisterung erntete, häufig sogar von den Gezeichneten selbst, so ging er bald dazu über, auch Lehrer mit auffälligen Eigenschaften zu karikieren und damit zu kritisieren. Das konnte nicht lange gut gehen.

Als eines dieser Bilder einem Lehrer in die Hände fiel, gab es einen Riesenkrach, der zu dem zerstörten Hochzeitstagsabend von Chris' Eltern führte. Daraufhin wurde Chris sehr vorsichtig.

Trotzdem kam es in der achten Klasse zum Eklat. Chris hatte eine runde bunte Zirkusmanege gemalt. Der Schuldirektor stand als Zirkusdirektor in der Mitte auf dem Dach seines gehätschelten Wartburg Tourist, eine lange Peitsche in der Hand, mit der er die im Kreise angetretenen Tiere zu allerhand Kunststückchen antrieb.

Die Tiere aber hatten sehr bekannte Gesichter: der Schäferhund besaß die Augen und den Schnurrbart des Staasbürgerkundelehrers und hob soeben, im Rücken des Direktors, das Bein am rechten Hinterrad des Wartburgs. Die Gesichtszüge des Russischlehrers waren über dem langen Hals des Ganters unverkennbar. Das Kamel trug zwischen seinen Höckern Landkarten und grinste mit dem kräftigen Gebiss der Geographielehrerin gegen das protzige Hinterteil des vor ihm trabenden Pferdes, das an den in die ellenlange Mähne eingeflochtenen Bändchen und Kettchen unschwer die modebewusste Geschichtslehrerin erkennen ließ.

Aus einem Korb, rechts vom Direktor, stieg eine Schlange empor; sie ließ den flachen Kopf mit den Augen eines weiteren Lehrers in der Luft emporwachsen und züngelte mit ihrer gespaltenen Zunge direkt vor den Köpfen der angststarren Kinder in der ersten Zuschauerreihe. Einige weitere Lehrer in Gestalt von Eseln und Affen kamen trotz dieser Darstellung recht glimpflich davon.

Selbstverständlich hatte Chris nicht geplant, dieses Bild im Lehrerzimmer vor zu zeigen, schließlich waren ihm im Alter von fast vierzehn Jahren die Konsequenzen durchaus bewusst. Außerdem war sein Vater ebenfalls Teilnehmer dieser denkwürdigen Zirkusvorstellung; er stellt einen Clown dar, der sich eine Maske vor das Gesicht hielt, so, wie es in früheren Zeiten bei einem Maskenball bei Hofe üblich war.

Eine Maske, lustig bunt bemalt, mit lachendem Mund. Doch seitlich konnte man zwischen Maske und Gesicht hindurchschauen und einen Blick in die tatsächliche Miene des Clowns werfen. Und man erschrak unwillkürlich vor den von unbeherrschter Wut verzerrten Zügen, die sich da offenbarten.

Chris hatte an mehreren Tagen nachmittags zu Hause intensiv an dem Bild gearbeitet und es anschließend sorgfältig unter dem Bett versteckt. Als es fertig war, rollte er das DIN-

A3-Blatt zusammen, wickelte es in einen Bogen Zeitungspapier und packte er es in seine Schulmappe. Am nächsten Tag vor dem Sportunterricht zeigte er es in der Umkleidekabine seinen beiden engsten Freunden. Er hatte sie zurückgehalten, als alle anderen nach dem Umziehen in ihren Trainingsanzügen bereits hinausgelaufen waren.

Michael und Frank ahnten, dass ein besonderer Leckerbissen sie erwartete, sonst würde Chris das Bild wie sonst immer zur Erbauung aller einfach im Klassenzimmer herumgegeben haben.

Neugierig und ungeduldig steckten sie die Köpfe zusammen und starrten auf das mit schwarzer Ausziehtusche und nur sparsamen Farbtupfen gemalte Bild. Nachdem der erste Sturm des Gelächters und Losprustens sich gelegt hatte, wurden die Jungen jedoch schlagartig ernst, und Frank meinte leise: „Das ist kein Spaß mehr, Chris, weißt du das?"

„Ich bin ja nicht blöd!"

„Das tröstet mich! Wenn ein Lehrer oder der Direx das Bild in die Hand kriegt, ist der Teufel los. Dann möchte ich nicht in deiner Haut stecken."

Chris lachte: „Ich auch nicht!" Er verstaute das Bild im Ranzen und schob ihn unter die Bank.

Micha war bereits an der Tür und stieß dort fast mit Jörn zusammen, der augenscheinlich völlig verdattert war, aber rasch reagierte: „Ihr sollt euch gefälligst beeilen! Die anderen sind schon angetreten."

„Schon gut. Reg dich ab!" Micha kannte Jörns Bestreben, sich überall aufzuspielen und bei den Lehrern Lieb-Kind zu machen. Er schob ihn mit der Schulter beiseite, und die vier Jungen liefen hinaus.

In dieser Sportstunde war Leichtathletik angesagt, und die Klasse absolvierte in vier Gruppen die Stationen Hochsprung, Weitsprung, Kugelstoßen und Sprint. Der Zufall wollte es, dass Chris zum Ende der Stunde beim Weitsprung war und seine Gruppe die Sprunggrube wieder herrichten musste. So war Chris einer der letzten im Umkleideraum.

Nachdem er sich umgezogen hatte, nahm er seine Armbanduhr aus der Schulmappe und einer inneren Eingebung folgend wollte er sich vom Vorhandensein seiner Zeichnung überzeugen.

Eiskalt fuhr ihm der Schreck in die Glieder, wie ein Stromstoß durchraste die Angst seinen Körper vom Herz über den Unterleib bis in die Knie: das Bild war verschwunden!

Wer konnte etwas damit zu tun haben? Derjenige musste während der Sportstunde allein in der Kabine gewesen sein. Jörn! Nur er konnte etwas mitbekommen haben, hatte vielleicht unbemerkt gelauscht. Dass einer von Chris' Freunden so etwas tun würde, war ausgeschlossen.

Voll dunkler Vorahnung schlich Chris zum Schulgebäude hinüber. Vor der blaubespannten Wandzeitung auf dem ersten Treppenabsatz hatte sich eine Traube aus neugierigen Schülern gebildet. Alle reckten die Hälse, und die glücklich in vorderster Reihe standen, lachten und riefen aufgeregt durcheinander. Ehe jedoch Chris den Treppenabsatz erreicht hatte, war von oben, vom Lehrerzimmer kommend, der stellvertretende Direktor heran. Rücksichtslos schob er die Schüler auseinander und riss das Blatt von der Wandzeitung. Chris brauchte niemanden zu fragen, was für ein Bild das gewesen war. Er kannte es genau.

Und genau wusste er auch, dass er nicht lange auf eine Reaktion zu warten brauchte. In der nächsten Pause wurde er ins Zimmer des Direktors gerufen.

Außer diesem warteten dort noch der Staatsbürgerkundelehrer und die Geschichtslehrerin auf ihn. Auf dem Tisch, genau in der Mitte, lag das Bild. Es war nur ein federleichtes Blatt Papier, und doch schien es solch ein Gewicht zu besitzen, dass die Tischplatte sich zu biegen schien; es schien eine Hitze auszustrahlen, welche die Tischdecke in Brand zu setzen geeignet war.

„Setz dich", befahl Direktor Kretzschel, und es klang wie ein Peitschenknall.

„Christoph Täumler", begann der Direktor, „du hast ohne Frage großes Talent.

So etwas ist ein Geschenk, und man muss es zu nutzen wissen. Das hast du anscheinend noch nicht begriffen. Sonst würdest du dieses Geschenk nicht sinnlos vergeuden und für solch schädliche und widerliche Dinge einsetzen! Deine geistige Reife lässt sehr zu wünschen übrig, und wir sind der Meinung, du bist einfach nicht geeignet für eine weiterführende Schulausbildung! Du scheinst dir nicht im Klaren darüber zu sein, dass die Delegierung zur Erweiterten Oberschule eine Auszeichnung ist, dass Abitur eine Reifeprüfung bedeutet. Dabei geht es nicht allein um Einsen in Mathematik und Literatur, auch nicht um körperliche Reife! Kurz und gut! Du scheinst uns unwürdig! Aus diesem Grund machen wir mit sofortiger Wirkung deine Delegierung zur Erweiterten Oberschule rückgängig. Einen Schüler mit dermaßen negativem gesellschaftlichem Verhalten wird man dort nicht dulden. – Du kannst dankbar sein, wenn du an unserer Schule bleiben und den Abschluss der Zehnten Klasse machen darfst. Sei froh, dass du erst dreizehn bist! Sonst... – Hast du noch etwas zu sagen?"

Dazu aber war Chris nicht in der Lage. Nicht zur EOS! , so dröhnte es immer wieder in seinem Kopf. Diese mögliche Konsequenz war ihm kein einziges Mal bewusst geworden. Aber – er wollte doch studieren! Wie sollte er das ohne Abitur machen? Das konnte einfach nicht wahr sein!

Chris fiel seine Mutter ein, die so stolz war auf seine ausgezeichneten Leistungen in der Schule und die sich gefreut hatte, als er die Delegierung zur Erweiterten Oberschule bekam. Das hatte sie darüber hinweg getröstet, dass er nach der ersten Klasse nicht in die Begabtenschule übernommen wurde. Schuld waren damals Disziplinprobleme, die aus der geistigen Unterforderung für Chris während des Unterrichts herrührten. Chris langweilte sich in den Stunden, er konnte fließend lesen, als er eingeschult wurde und beobachtete anfangs noch neugierig, zunehmend aber genervt, die Bemühungen seiner Mitschüler um das Buchstabieren. Er beschäftigte sich daher meist mit anderen Dingen und lenkte andere Schüler dadurch ab. Das nahm man ihm übel, ohne zu begreifen, dass sich dieses Problem mit ausreichender Förderung durch hohe Anforderungen von selbst gelöst hätte. So schlenderte Chris durch die Schuljahre, ohne sich für seine konstant sehr guten Zensuren jemals anstrengen zu müssen.

Nun würde er auch noch die letzten beiden Schuljahre in diesem Trott zubringen.

Chris bekam kein Wort heraus. Sein Gesicht war wie erloschen, und mit brennenden Augen blickte er auf seine Zeichnung. Schließlich streckte er die Hand danach aus, aber der Direktor klatschte seine flache Hand auf das Blatt und zog es zu sich heran: „Das bleibt hier! Und du kannst jetzt gehen, wenn du nichts zu sagen weißt! Schämst du dich nicht!? Was wird dein Vater dazu sagen! – Eine Entschuldigung wäre ja wohl das mindeste!"

Chris schlich aus dem Zimmer. Wie die letzte Unterrichtsstunde verlief, hätte er später nicht mehr sagen können. Er fürchtete sich vor dem Nachmittag zu Hause. Kurz vor dem Klingelzeichen sah er durch das Fenster seinen Vater in Begleitung eines anderen Lehrers am Schulgebäude vorbeigehen; die beiden unterhielten sich lebhaft.

Chris zuckte zusammen. Er weiß es, schoss es ihm durch den Kopf. Er weiß es schon! Den Gesichtsausdruck seines Vaters hatte Chris jahrelang studiert, und er erkannte dessen verschiedenste Gemütsverfassungen mühelos.

Nach Schulschluss rannte Chris wie gehetzt aus dem Klassenzimmer, überhörte selbst Franks Ruf: „Chris, warte doch!", riss sein Fahrrad aus dem Ständer und trat in die Pedalen, als gelte es, die Friedensfahrt zu gewinnen.

Erst auf halbem Wege bemerkte Chris, dass er nicht den Heimweg, sondern den zum Grundstück der Großmutter eingeschlagen hatte; also hatte sein Unterbewusstsein wie von selbst entschieden, dass er sich Rat oder zumindest Rückenstärkung bei der Oma holen musste. Ausgerechnet in dieser Woche war seine Mutter nicht zu Hause. Sie machte ihren Prüfungsabschluss als Physiotherapeutin und wohnte deshalb für einige Tage bei einer Schulfreundin in Berlin-Buch.

Als Chris bei der Oma anlangte, war die Haustür verschlossen. Aber Chris wusste, dass sie nicht weit sein konnte, vielleicht nur in der Nachbarschaft. Einkaufen kam nicht in Frage, denn der Konsum machte erst um fünfzehn Uhr wieder auf, auch stand der ausrangierte Sportkinderwagen von Conny vor dem Schuppen, und den benutzte Oma für ihre Einkäufe, um nicht so schwer schleppen zu müssen.

Chris ließ seine Schulmappe auf dem Gepäckträger und lief hinunter zum Seeufer.

Im Schatten der Erlen und Pappeln im Garten gab es sogar noch einzelne Schneereste, aber der Steg lag im Schein der Märzsonne und war bereits völlig abgetrocknet. Das rissige Holz war warm, und Chris streckte sich auf den alten Planken der Länge nach aus. Die Sonne wärmte durch Hose und Anorak, und das war das erste angenehme Gefühl seit Stunden.

Als Chris' Oma eine Weile später nach Hause kam, fand sie ihren Enkel fest schlafend auf dem Steg. Sie ahnte, dass seine Anwesenheit an diesem Nachmittag kein Zufall war. Und wie immer wunderte sie sich, dass Chris trotz augenscheinlicher Probleme schlafen konnte. Schon als kleiner Junge hatte er diese seltsame Fähigkeit besessen: gab es Ärger oder für ihn zunächst unlösbar erscheinende Schwierigkeiten, verkroch er sich irgendwo und schlief ein. Wo andere sich schlaflos wälzten, schützte Chris' Körper sich zuerst einmal vor zuviel Stress.

Wenn er erwachte, hatte sein Geist bereits Weizen von Spreu getrennt, und Chris war in der Lage zu entscheiden.

Nur gut, dachte die Frau, dass das so ist. Sonst hätte diese chaotische Kindheit mit sich liebenden, sich streitenden, geschiedenen und erneut verheirateten Eltern, das ungesunde Wechselbad aus mütterlicher Liebe und väterlicher Härte schweren Schaden anrichten können.

Leise rief sie ihren Enkel beim Namen, und Chris erwachte. Er wusste sofort wieder, weshalb er gekommen war, und sie setzten sich auf die Bank am Ende des Stegs und schauten auf das Wasser hinaus. Die Sonne ließ die kleinen Wellen funkeln und die wintermüden Augen tränten.

„Oma", begann Chris, „ich darf nicht zur EOS!"

„Nanu! Ich dachte, es wäre alles unter Dach und Fach!"

„War es ja auch. Aber nur bis heute Mittag. Ich war total leichtsinnig und nun...

Ich bin selbst schuld, das weiß ich ja. Es war doch klar, dass die Lehrer das Bild niemals sehen dürften, dass die nicht darüber lachen können und es schon gar nicht vertragen, wenn die Schüler über sie lachen!"

Und er erzählte von seiner Zeichnung und dass sie jetzt beim Direktor läge und er den größten Ärger seines Lebens und nun niemals ein Abitur bekäme.

„Ach, Oma! Ich bin so blöd!"

„Nicht widersprechen!" rief die Oma, als ob noch jemand in der Nähe wäre, der das vorhatte. „Du bist wirklich blöd, Chris! Bei so was darf man sich doch nicht erwischen lassen. – Früher hätte dich das nicht nur einen Schulplatz sondern den Kopf gekostet. – Ich habe in der Nazizeit in Berlin für die Kommunistische Partei Flugblätter verteilt. Wenn die mich dabei geschnappt hätte, säße ich heute nicht hier mit dir auf dem Steg!"

„Aber, Oma, das kann man doch nicht vergleichen! Heute, hier... da muss man doch die Wahrheit sagen oder malen dürfen, ohne dass man dafür bestraft wird."

„Ach, Junge! Liest du denn keine Zeitung? Rennst wohl mit Scheuklappen durch die Welt! Die Wahrheit! Wer will die schon hören! Hast du nicht mitbekommen, dass Schriftsteller und Künstler, die offen aussprechen oder schreiben, was sie denken, nicht erwünscht sind? Ja, ja, Wolf Biermann ist nicht jedermanns Geschmack, aber seine Ausbürgerung und das Wie hat hier viele auf die Palme gebracht. Wenn Leute wie Manfred Krug und Erich Loest, auch die

Sarah Kirsch die DDR verlassen, andere nicht mehr auftreten oder veröffentlichen dürfen, dann hat das ja wohl eindeutig was mit der Position unserer Chefs zur Wahrheit zu tun. Meinst du nicht auch? – Klar, sie werden dich nicht erschießen! Und du bist ja noch nicht mal vierzehn, dir wird man wohl kein politisches Motiv unterstellen, aber du bist ganz eindeutig zu weit gegangen, bist sehr unangenehm aufgefallen. Da wirst du es hinnehmen müssen, dass man dich dafür nicht mit einer Delegierung zur EOS belohnt!"

„Aber ich bin doch bloß..."

„Allen auf den Schlips getreten. Und das anständig!" vollendete die Oma Chris' Ausruf. „Und das hat man nicht gern!"

Nach einer Weile sprach sie weiter: „Weißt du, wie ich deinen Opa aus dem KZ gekriegt habe? Ich habe Bitt- und Bettelbriefe ans Polizeipräsidium geschrieben, bin jeden Monat mindestens einmal persönlich dorthin gegangen, habe mich zu diesem Zweck rausgeputzt wie das begeistertste BDM-Mädel und habe jedes Mal meine vier Kinder mitgeschleppt. Deine Mutter war noch ein Baby und hat jedes Mal gebrüllt! Glaub mir, die konnten uns dort nicht mehr sehen! Aber sicher gaben doch die Kinder den Ausschlag: einer deutschen Mutter wollte man vielleicht den Ernährer nicht so lange entziehen, zumal dein Großvater wegen eines vergleichsweise geringen Vergehens, das zudem nicht richtig bewiesen war, im KZ saß. – Dass ich gleichzeitig konspirativ für die Kommunistische Partei arbeitete und er zuvor für die französische Rèstistance, ahnten die Herren zu unser aller Glück nicht. Sonst wäre deine Mutter mit ihren Geschwistern wohl anonym in einem faschistischen Kinderheim aufgewachsen und sie hätten ihre Eltern nie wiedergesehen."

„Willst du damit sagen, man soll nicht zeigen, wie man ist und was man wirklich denkt?"

„Chris, du bringst mich heute noch um den Verstand! Was soll ich dir denn dazu sagen! Meinst du, ich finde das gut und einfach? Aber leider ist es doch so: solange es Leute mit Macht und welche ohne gibt, solange wird das auch so sein, dass die Ohnmächtigen still halten müssen. Oder sie dürfen sich wenigstens nicht erwischen lassen! Dann kriegen sie auch was vom Kuchen ab. Die aber aufmucken – oder eben dabei erwischt werden - kriegen stattdessen eine Tritt!"

„Ha! Das solltest du mal unserem Staatsbürgerkundelehrer sagen. Der würde dir den Hals umdrehen! Bei uns haben doch angeblich alle die Macht, und es gibt keine Unterschiede. Mama sagt aber auch immer: alle sind gleich – bloß manche sind eben gleicher!"

„Da hast du's!"

„Aber was soll ich denn jetzt machen?" Chris schluckte.

„Am besten, dich entschuldigen und dann schön brav und still verhalten. Als Bewerbungszeugnis zählt ja das von der Neunten. Da musst du unbedingt zusehen, dass deine Zensuren in Gesamtverhalten und Betragen und natürlich in Staatsbürgerkunde ordentlich ausfallen. In den anderen Fächern gibt's ja sowieso kein Problem."

„Aber die EOS!?"

„Da pfeifst du eben drauf."

„Aber wie soll ich denn da studieren – ohne Abitur!" Chris war entsetzt. Das konnte seiner Oma doch nicht gleichgültig sein! Ihm traten Tränen in die Augen.

„Wisch dir die Tränen ab mit Sandpapier", zitierte die Oma im Singsang aus einem alten Gassenhauer. „Es gibt auch andere Möglichkeiten, das Abi zu machen. Darüber hatte ich mit deinen Eltern schon gesprochen, aber für deinen Vater zählt ja nur die Erweiterte Oberschule. – Ich weiß von Nachbarn, dass deren Tochter in Berlin in einem großen Betrieb eine Berufsausbildung mit Abitur macht. Das dauert nach der zehnten Klasse drei Jahre, aber dann hast du gleichzeitig einen Facharbeiterabschluss. Und das Abi ist genauso viel wert wie das von der EOS!"

„Was?" Chris staunte. „Davon hab' ich ja noch nie gehört. Ist ja toll!"

„Allerdings brauchst du da eine Bewerbungskarte vom Rat des Kreises. Aber die wirst du schon kriegen, schließlich handelt es sich ja nicht um das Prinzesschen EOS!"

Chris sprang auf und umarmte seine Oma: „Ach, Omi, wenn ich dich nicht hätte!"

„Ja, ja. Mich und die großen Kartoffeln. Müsstest du lauter kleine essen!"

„Vielleicht", meinte Chris eifrig, „ist das ja auch viel besser, als die EOS – dort in Berlin in einem richtigen Betrieb. Vielleicht bin ich noch mal froh darüber!"

Die Oma nickte und seufzte: „Ja, vielleicht – später. Aber heute Abend wirst du bestimmt erst mal nicht sehr froh darüber sein können."

Diese Bemerkung brachte Chris abrupt auf den Boden der Tatsachen zurück. Er wurde blass, denn im Eifer des Gesprächs und angesichts der neuen Möglichkeiten, die sich da ergaben, hatte er seinen Vater völlig vergessen.

Kurze Zeit später schwang er sich auf sein Fahrrad und fuhr heim. Es war inzwischen später Nachmittag geworden, und Holger Täumler würde bald nach Hause kommen. Chris traf seine Schwester Cornelia noch allein in der Wohnung an und redete ihr ein, dass sie doch die Altstoffe zur Annahmestelle bringen sollte. Es hatte sich allerhand angesammelt: bündelweise das „Neue Deutschland", auch die „Märkische Volksstimme" außerdem leere Gläser und Flaschen.

Normalerweise erledigten die Geschwister diese Arbeit gemeinsam und teilten sich den Erlös. Aber Chris konnte Conny überzeugen, diesmal die Sache allein zu übernehmen, mit der Aussicht, die Einnahmen auch allein behalten zu dürfen. Conny zuckte die Schultern. „Des Menschen Wille ist sein Himmelreich", sprach sie altklug ihrer Großmutter nach und lief nach unten, um den Handwagen zu beladen. Chris atmete auf.

Gerade als sein Vater die Gartentür öffnete und den schmalen Weg zwischen den Steingartenpflanzen zur Haustür des Mehrfamilienhauses im Villenstil der zwanziger Jahre zurücklegte, zerrte Conny den Handwagen um die nächste Straßenecke.

Holger Täumlers Tag hatte wie für die meisten Menschen als frisch zu beschreibendes Blatt begonnen. Auf der Waage mit den beiden Schalen für das positive und das negative, hatte sich der Zeiger in neutraler Position befunden. Das erste, wenn auch geringe, Gewicht war auf die Negativseite gelangt, als er nach dem Aufstehen vergessen hatte, die Kaffeemaschine einzuschalten, bevor er ins Bad ging. So hatte die Zeit dann nicht mehr für den Frühstückskaffe gereicht. Dann hatte ihm Cornelia noch kurz vor dem Gehen eine zu unterschreibende Klassenarbeit in Mathematik vorgelegt. Eine Vier! Holger wusste zwar, dass seine Tochter ein mathematischer Tiefflieger war, das hatte sie von ihrer Mutter, aber eine Vier! Bei einem Mathelehrer als Vater!

So hielt der Zeiger der Stimmungswaage seinen Ausschlag ins Negative bereits konstant, noch bevor der Tag richtig begonnen hatte.

Die Diskussion im Lehrerzimmer während der Frühstückspause war auch nicht dazu angetan, gute Laune zu verbreiten: am sechsten März war nach Gesprächen mit dem libyschen Staatschef Gaddafi der Hubschrauber mit der DDR-Regierungsdelegation bei Tripolis abgestürzt. Mit allen anderen Besatzungsmitgliedern starb auch Werner Lamberz. Das war eine furchtbare Tragödie. Gewiss. Aber es gab doch tatsächlich Leute, Kollegen, sogar Genossen, die hinter vorgehaltener Hand in kleiner Runde äußerten, hier habe jemand seine schmutzigen Finger im Spiel gehabt. Man habe wohl den Kronprinzen Honeckers, mit dem viele Menschen bereits eine liberale Hoffnung verbanden, aus dem Weg haben wollen! Das war doch eine Ungeheuerlichkeit! So etwas von den eigenen Leuten! Wenn diese schon solcher Gedanken fähig waren, dann brauchte man sich über Meinungen aus dem Lager des Klassenfeindes überhaupt nicht mehr zu wundern. Da war es schon richtig, dass im Januar bereits das Büro des „Spiegel" in Ostberlin auf Verfügung hin geschlossen worden war. Jawohl!

Holger Täumler war also schon aufgebracht genug, so dass er diesen Tag auch ohne weitere Zwischenfälle als Verlust verbucht hätte. Aber als ihn dann Direktor Kretzschel in der Mittagspause von der neuerlichen Schandtat seines Sohnes informierte, schlug der Zeiger hart bis zum Anschlag und brachte damit Holgers Gemütsverfassung völlig aus dem Gleichgewicht.

So geladen trat er den Heimweg an. Er sah Chris' Fahrrad an der Hauswand lehnen, wo es nicht stehen durfte, weil der Hauswirt um seine Putz bangte und sich bereits beschwert hatte, und dachte bei sich: gut, dass Inge nicht zu Hause ist.

Dasselbe dachte auch Chris, als er unten die Haustür ins Schloss fallen und seine Vater die Treppen, an der Hauswirtswohnung Parterre vorbei zur Wohnung der Täumlers im ersten Stock heraufkommen hörte. Dieser Gedanke war das Einzige, das Vater und Sohn an diesem Nachmittag verband; beide wollten sie nicht, dass Inge Zeugin der folgenden Szenen werden könnte.

Als Holger Täumler das Wohnzimmer betrat, sah er Chris auf dem Sofa sitzen, ein Buch in der Hand. Aber Chris las nicht; er war vor Angst stocksteif, seine weit aufgerissenen Augen vermochten die Buchstaben zwar zu erkennen, aber sein Geist konnte keine Worte daraus formen. Hätte es in seiner Macht gelegen, so würde er die Zeit um eine Stunde vorgedreht haben. Aber es gab kein Entrinnen. Sein Vater schloss die Tür.

„Christoph", hub er an, „dein Fahrrad lehnt an der Hausmauer. Wie oft soll ich dir noch sagen, dass der Putz runterrieselt. Herr Eifert hat sich schon beschwert. Aber das interessiert dich anscheinend nicht!"

Chris war völlig überrascht. Was sollte das bedeuten. Wusste der Vater vielleicht doch noch nichts? – Er wagte einen raschen Blick in dessen Gesicht. Kein Zweifel – er wusste Bescheid! Die Einkerbung zwischen den dichten dunklen Augenbrauen war tiefer als sonst, der Mund ein Strich, die Kiefer fest zusammengebissen, so dass die Wangenknochen scharf hervortraten.

Chris wusste nicht, was er nun tun sollte. Jedes Wort, jede Bewegung, konnte die Explosion zünden.

Langsam stand er auf und bewegte sich in Richtung der Tür. „Ich stelle es gleich in den Schuppen."

Da brach es los, und Chris wurde in diesem Moment klar, dass, egal, was er gesagt oder getan hätte, nichts daran geändert haben würde.

„Ach, wie folgsam!" schrie sein Vater ihn an. „Das kommt wohl vom schlechten Gewissen!? Und zu recht mein Lieber, zu recht!"

Beim letzten Wort schlug er Chris seitlich ins Gesicht, dass dieser rückwärts taumelte und instinktiv versuchte, den Sessel zwischen sich und den Vater zu bringen. Das war ein Fehler. Denn auf dem Weg um den Sessel herum musste Holger Täumler an seinem Schreibtisch am Fenster vorbei. Wie selbstverständlich griff seine rechte Hand nach dem langen Holzlineal, das dort ausgerichtet an der Tischkante lag.

Chris war wie gelähmt. Er schrie auf, als das Lineal ihn an der Schulter traf. Seine Beine zitterten wie nach einem Marathonlauf, und er war nicht mehr in der Lage auszuweichen. Wieder und wieder traf das Holzlineal ihn an Armen, Schultern und Rücken. Chris war über die Lehne des Sessels gerutscht und versuchte instinktiv, Kopf und Gesicht zu schützen. Ein Schlag traf auch seine Hände.

Aber trotz seiner grenzenlosen Wut, die ihn beherrschte, wie ein finsterer Dämon, hatte sich Holger noch so weit in der Gewalt, dass er Chris nicht auf den Kopf schlug.

Schließlich brach das Lineal, und Holger sah das zersplitterte Teil in seiner Hand an, als begriffe er nicht, wie es dorthin gekommen sei. Er ließ das Stück fallen, die Kraft verließ ihn so plötzlich wie die Luft einen zerstochenen Luftballon.

Aber die Wut war noch nicht verraucht; Chris war verantwortlich für so viele Demütigungen, soviel Hilflosigkeit in seinem Leben, und Holger Täumler begriff wohl, dass er Chris zwar schlagen und bestrafen, aber dadurch doch niemals seine Niederlage ihm gegenüber ändern konnte. Er, der Pädagoge, hatte geglaubt, das Kind des Anderen formen und erziehen zu können, so dass es in seine Schablone passte, ohne anzuecken, so dass er stolz auf es sein könnte wie auf einen eigenen Sohn. Nach seinem Bilde hatte er Chris formen wollen, aber Chris hatte sich nicht beliebig formen lassen, und die größte Barriere zwischen ihnen, die ein echtes Verständnis unmöglich machte, bestand in Holgers Eifersucht auf den ersten Liebhaber seiner Frau, die er unbewusst auf Chris übertrug.

So hatte Chris schon als kleines Kind gespürt, dass sein Vater sich zwar um ihn bemühte, nicht aber um Chris' Willen, sondern seines eigenen Ansehens wegen. Chris hatte frühzeitig geahnt, dass es hier keine Liebe und Wärme für ihn gab. Niemand aber lässt sich gern raten und erziehen von jemandem, dessen Wohlwollen er sich nicht sicher ist. Holger Täumlers Erziehungsversuche hatten deshalb nie anders als Zwang auf Chris wirken können.

So waren Chris' Ansichten fast in allen Punkten kontrahär zu denen des Vaters. Dass es diese Probleme mit Cornelia nicht gab, schrieb Chris aber nur der Tatsache zu, dass sie die Kleine und eben ein Mädchen war.

Holger Täumlers Wut entlud sich nun, da er sich körperlich abreagiert hatte, in Worten: „Du hast mich in der Schule unmöglich gemacht! Hinter meinem Rücken wird man tuscheln, weil ich dein Verhalten nicht im Griff habe. Nun darfst du nicht zur EOS, während ein anderer sich über den freigewordenen Platz freut! Und alles wegen der verdammten Pinselei. Ich werde dir das Malzeug wegnehmen. Dein so genanntes Talent ist ein Fluch! Ein Fluch, begreif das doch, du – du elender Bastard!"

Das Knallen der Zimmertür schreckte Chris aus seiner Lethargie. Wäre er in der Lage gewesen, die Worte seines Vaters zu erfassen, so hätte sich ihm viel über dessen Wesen offenbart. So aber blieb ihm nur das letzte Wort im Ohr hängen: Bastard.

Das Wort hatte er schon gehört, als Schimpfwort, aber was es eigentlich bedeutete und weshalb sein Vater gerade dies zu ihm sagte, wusste er nicht.

In der Wohnung war jetzt alles still. Im Kirschbaum vor dem Fenster hörte man die Spatzen tschilpen; als Chris den Kopf hob, sah er die kleinen Federbällchen zwischen den noch kahlen Ästen herumflattern. Langsam stand er auf und schleppte sich zum Badezimmer hinüber. Er blickte in den Spiegel über dem Waschbecken, aber außer der wächsernen Blässe unter der Haut deutete nichts auf die vergangenen Minuten hin.

Chris drehte den Wasserhahn auf, kaltes Wasser rann über seine Hände. Der Schmerz ließ ihn zusammenzucken. Da erst bemerkte er, dass die Haut an zwei Fingern, dort, wo das Lineal sie getroffen hatte, aufgeplatzt war. Die Stellen brannten höllisch, und plötzlich spürte Chris eine unaufhaltsame Übelkeit in sich aufsteigen. Er schaffte es gerade noch, sich über das Toilettenbecken zu beugen, bevor er sich erbrach. Mit tränenden Augen und zitternden Händen zog er sich anschließend aus und stellte sich unter die Dusche. Das kalte Wasser tat den Beulen und Striemen am Oberkörper gut, aber dort, wo die Haut aufgerissen war, brannten die Wunden. Nachdem Chris sich abgetrocknet hatte, nahm er die Tube Hepathromb, die eigentlich Sportverletzungen vorbehalten war, aus dem kleinen Medizinschrank an der Wand und versuchte, die Beulen damit zu bestreichen.

Ein Geräusch in seinem Rücken ließ ihn zusammenzucken. Bevor er sich aber umdrehen konnte, gellte ein Schrei durch das Bad: „Chris! Oh Gott!"

Cornelia war zurück. An sie hatte er gar nicht mehr gedacht. Verdammt! Hätte er doch nur die Tür verschlossen!

Mit zwei Schritten war Conny bei ihm: „Oh, Chris, wie ist denn das passiert? Du siehst furchtbar aus!"

„Bin die Treppe runtergestürzt... wieder mal die Schnürsenkel nicht zugebunden.

Bloß gut, dass Mutti nicht da ist, sag ihr bitte auch nichts davon, ja?"

„Ja, aber Chris, du musst zum Arzt! Wenn du nun eine Gehirnerschütterung hast oder was gebrochen. Eine Rippe oder so!" Beschwörend blickte Conny ihren Bruder an. In ihren Augen standen Tränen.

„Nein, nein. Wirklich, mach dir keine Sorgen. Es ist nur äußerlich." Und ganz innen auch, setzte Chris in Gedanken hinzu, aber mit Rippen hat es überhaupt nichts zu tun.

Um seine Schwester abzulenken und zu beschäftigen bat er sie: „Du könntest mir mal die Stellen auf dem Rücken einreiben. Ich komme da nicht gut ran. Aber, bitte, tropf keine Tränen drauf – du weißt ja, Salz brennt in Wunden!"

„Ach, Chris, du bist unmöglich!" Conny bemühte sich um ein Lächeln. Sie nahm die Tube und verrieb die Creme ganz vorsichtig auf den geschwollenen Stellen auf Chris' Rücken. „Danke!" Chris drehte sich um, wollte seine Schwester umarmen, als er bemerkte, dass er noch immer vollkommen nackt war. Plötzlich schämte er sich und griff hastig nach seinen Sachen.

„Hast du... hast du Papa gesehen?" fragte er so beiläufig wie möglich und schaute Conny nicht an dabei.

„Nö. Vielleicht ist er im Garten. Er wollte doch heute das Beet hinten am Haus umgraben und so."

„Sag ihm bitte auch nichts, ja? Du weißt doch, er schimpft immer, wenn ich mit losen Schnürsenkeln rumlaufe."

Conny nickte. „Geht klar!", und sie dachte: Er schimpft auch sonst dauernd mit Chris – und er schlägt ihn sogar, auch wenn er denkt, ich hätte das noch nie gemerkt. Sie verstand das nicht, denn mit ihr war der Vater meist nachsichtig, und noch niemals hatte er sie geschlagen. Er war lieb zu ihr und verständnisvoll, wenn sie nicht gerade eine Vier in Mathe zum Unterschreiben vorlegen musste. Und Chris ließ doch nur Einsen unterschreiben! Wie schon so oft fühlte sie sich als die Ältere der beiden Geschwister und verspürte das starke Bedürfnis, Chris zu beschützen.

Während Cornelia sich kurz darauf um das Abendessen kümmerte, blätterte Chris im Kinderzimmer im Lexikon. Aufgewühlt, wie er war, benötigte er ungewöhnlich lange, bis er das gesuchte Wort fand: Bastard.

... frühere Bezeichnung für ein uneheliches oder aus nicht ebenbürtiger Ehe stammendes Kind. – Das kam ja wohl nicht in Frage!

Als weitere Bedeutung stand da noch: aus Kreuzung von Eltern mit verschiedenem Erbgut hervorgegangenes Individuum, das selbst immer mischerbig ist. – In der Botanik entstehen neue Pflanzen durch planmäßige Züchtung von Bastarden.

Aber er war ja nun wirklich keine Pflanze! Und auch nicht planmäßig gezüchtet!

Was also hatte das mit ihm, Christoph, zu tun? Der Vater hatte es vielleicht wirklich nur in der Wut gesagt, ohne Bedeutung. Aber – weshalb gerade dieses Wort? Es gab doch so viele gängige Schimpfworte: Blödmann, Scheißkerl, Dämlack... alles das hätte dem Ärger des Vaters entsprochen. Aber Bastard?

Chris nahm noch das alte Synonymwörterbuch, das er als ausrangiertes Exemplar in der Stadtbibliothek bekommen hatte, zur Hand.

Er liebte dieses Buch; es gab so köstliche Wortschöpfungen darin, dass man immer wieder darin schmökern mochte. Bei Bastard stand jedoch nur: siehe Mischling. Na gut, schaute er eben dort nach: für Mischling oder Bastard ließ sich auch Mulatte oder Zambo sagen. Mischling stand im Wörterbuch zwischen Mischgetränk und Mischmasch.

Nun wusste er es also: er war irgendeine Mischung, ein Durcheinander. Sehr witzig! Was sollte das bedeuten?

Chris legte die Bücher beiseite und beschloss, am Wochenende die Mutter zu fragen. Schließlich hatte der Bastard irgendwas mit Vererbung zu tun, und zur Ausbildung der Mutter als Physiotherapeutin hatte auch medizinischer Lehrstoff gehört. Sicher würde sie ihre Prüfung bestehen und konnte dann ihre neue Arbeit im Krankenhaus beginnen. Zwar würde sie dann in zwei Schichten arbeiten, aber schließlich waren Cornelia und er keine Babys mehr.

Am Wochenende jedoch ergab sich für Chris keine Gelegenheit, der Mutter seine Frage zu stellen, und die folgenden Wochen waren angefüllt mit Arbeit, Aufregung wegen der Jugendweihe zu Ostern und tausend anderen Dingen. So geriet Chris' Interesse an der Klärung, was er mit einem Bastard gemein hätte, zunächst in Vergessenheit.

Inge hatte die Prüfung mit Bravour bestanden, war nun staatlich anerkannte Physiotherapeutin und trat ihre Stelle im Krankenhaus der Kreisstadt sofort am darauf folgenden Montag an. In der ersten Woche war sie abends immer völlig erschöpft. Das hinderte sie aber nicht daran, ungefähr doppelt soviel zum Abendbrot zu essen wie sonst. Als ihre Familie sie damit aufzog und prophezeite, sie werde bald aufgehen wie ein Hefekloß, meinte sie bloß gelassen: „Ihr habt ja keine Ahnung, was das für'ne anstrengende Arbeit ist. Da braucht man eben mehr Energie, als im Kaufhaus hinterm Ladentisch! Ein Gewichtheber isst ja auch mehr als ein Schachspieler. Und ich bin jetzt eben unter die Gewichtheber gegangen.

Den ganzen Vormittag übe ich mit Hüft- oder Beinoperierten das Laufen und Treppensteigen. Da darf ich niemanden fallen lassen. – Die Arbeit auf der Entbindungsstation dagegen ist die reinste Erholung für mich: da brauche ich mich nur vor die Betten zu stellen und den Takt anzugeben, nach dem die frischgebackenen Muttis Beine und Becken anheben sollen. – Ach, ist das 'ne schöne Arbeit!" schloss sie seufzend. „Aber eben anstrengend!"

Beeindruckt von diesem Vortrag lud Holger Täumler seiner Frau den Teller noch einmal voll Bratkartoffeln: „Na, dann. Wenn das so ist, iss mal schön! Dass du uns nicht vom Fleische fällst. Schließlich können wir gar nicht genug von dir haben!"

Ja, so war der Vater eben auch, und in diesen Momenten begriff Chris, dass seine Mutter ihn liebte.

Die auf sozialdemokratischer Tradition beruhende Jugendweihe, 1954 in der DDR als feierliche Veranstaltung zur Aufnahme der Jugendlichen in die Reihen der Erwachsenen und die Gesellschaft wiedereingeführt, war für Chris ein schönes Erlebnis. Es zeigte ihm, wie es in einer Familie zugehen kann, wenn Harmonie herrscht. Nach der Feierstunde im Kulturhaus mit Gelübde, Überreichung von Urkunde, Blumen und des Bandes „Der Sozialismus – Unsere Welt", der das interessantere „Weltall – Erde – Mensch" zu Chris' Leidwesen abgelöst hatte, setze Familie Täumler sich in den beigefarbenen Saporoshez und fuhr nach einem Zwischenstopp in einer Gaststätte in Richtung Norden. Ziel war das gemütliche Hotel einer Kleinstadt. Chris und Conny hatten noch nie in einem Hotel gewohnt, und wenn dieses auch so klein war, dass die Gäste mehr einer großen Familie ähnelten, so war es doch ein unvergessliches Erlebnis.

Das verlängerte Wochenende nutzten die Täumlers für einen Zoobesuch, einen Bummel durch den forstbotanischen Garten, der nach kurzem Frühlingsgewitter-Guss wie frisch gewaschen glänzte, zum ausgiebigen und mehrmaligen Eisessen und für einen abendlichen Kinobesuch. Chris war noch nie mit seinen Eltern im Kino gewesen, nur mit Schulfreunden, um sich die neuesten DEFA-Indianerfilme mit Rolf Hoppe und Gojko Mitic anzusehen.

Aber dies hier war etwas völlig anderes. Auch Cornelia empfand dieses Wochenende als etwas Besonderes, das weit über den Alltag hinausragte. Es gab keine bösen Worte, keinen Streit, und so wirkte auch Inge entspannt und verjüngt.

Holger bemühte sich ganz offensichtlich um Ausgeglichenheit. Er war erleichtert, dass Chris seiner Mutter augenscheinlich nichts von seiner brutalen Bestrafung erzählt hatte. Auf die Frage nach den Wunden an seinen Händen hatte Chris nur achselzuckend geantwortet: „Ist beim Sport passiert. Beim Geräteabbauen."

Inge hatte sich damit zufrieden gegeben.

Holger fand sich nur schwer damit ab, dass Chris an der Schule bleiben musste und nicht auf die EOS wechseln durfte. Für Inge dagegen stellte die Berufsausbildung mit Abitur eine akzeptable Alternative dar; sie empfand diese Variante nicht als Notlösung.

Chris fühlte sich unendlich erleichtert, als er sein Abschlusszeugnis in der Hand hielt. Die beiden letzten Schuljahre waren für ihn nicht einfach gewesen, denn manche Lehrer hatten sich durch Chris' Darstellung böse angegriffen gefühlt und konnten es ihm nicht verzeihen. Sie wussten um seine Intelligenz, und niemand glaubte, dass er sich nichts weiter dabei gedacht hatte.

Zwar gab es keine Möglichkeit, Chris' schulische Leistungen herabzuwürdigen und schlechter zu bewerten, aber an vielen anderen Dingen spürte er die Zurückweisung. Er wurde nicht so oft zur Mitarbeit herangezogen, und bei einigen Lehrern meldete er sich manchmal die ganze Stunde hindurch, ohne einmal zum Sprechen aufgefordert zu werden. Machte er hingegen einen am Unterricht unbeteiligten Eindruck, wurde er aufgerufen. Allerdings konnte sich kein Lehrer rühmen, Chris ertappt zu haben, dass er um eine Antwort verlegen gewesen wäre. Die einzigen Lehrer, die ihn weiterhin wohlwollend behandelten, waren die Zeichenlehrerin und der Biologielehrer.

Als die reguläre Schulzeit herum und die Prüfungszeit angebrochen waren, siedelte Chris wochentags zu seiner Großmutter in den Garten über. Der Juni war warm und sonnig, und er verbrachte die Tage mit dem Boot auf dem See oder mit einem Lehrbuch in der Hand auf dem Steg. Während die Oma Erdbeeren pflückte und einweckte, Pilze sammelte und trocknete und für Nachbarinnen Sommerkleider nähte, lernte Chris für die mündlichen Prüfungen in Russisch und Biologie. Zwar stand er in allen Fächern unangefochten auf Eins, aber zwei mündliche Prüfungsfächer waren Pflicht. Für Russisch hatte Chris sich selbst angeboten und für Biologie hatte sein Lehrer ihn angefordert, vielleicht, um ihn nicht anderen Prüfungslehrern auszusetzen.

Beim Durchblättern des Lehrbuchs und der Schnellhefter stieß Chris auf das Kapitel Vererbung – die Lehre Darwins. Und da war er plötzlich wieder, der verschüttete Begriff: Bastard.

An diesem Nachmittag erhielt Chris Besuch. Am Gartenzaun läutete eine Fahrradklingel. Als Chris von seiner Oma gerufen wurde und aufblickte, sah er Anja, seine Kindheitsschulfreundin, den Gartenweg herunter kommen.

Während der letzten beiden Schuljahre hatten sie nicht viel miteinander gesprochen. Als Kinder waren sie zusammen baden gewesen, hatten mit anderen im Wald Räuber und Gendarm oder Verstecken gespielt, aber irgendwann war die Unbefangenheit dieser Kindertage zu Ende gewesen, und von da an hatte eine Art stiller Harmonie zwischen ihnen geherrscht, ohne, dass sie sich nahe gekommen wären. Deshalb war Chris von Anjas Besuch überrascht.

„Ich war schon bei euch zu Hause", erklärte Anja zur Begrüßung. „Conny hat mir gesagt, wo du bist."

Sie setzte sich neben Chris auf das heiße Holz des Stegs und schaute über das Wasser. „Schön hast du's hier!"

Chris blickte sie von der Seite an; sie war schön. Die lang herabfallenden Haare verdeckten ihr Profil zur Hälfte, nur die Nase und der sanfte Schwung der Wange lugten hervor. Sie hatte nicht, wie fast alle anderen Mädchen der Klasse, ihr langes Haar anlässlich der Jugendweihe abschneiden lassen. Chris erinnerte sich in diesem Moment daran, dass er Anjas Haar einmal mit den Zweigen der Trauerweiden am Ufer verglichen hatte, und er überlegte, wann das gewesen war. Es musste dieser Sommer gewesen sein, in dem er das Bildnis seiner Mutter auf Omas Dachboden entdeckte.

„Ich dachte, wir können zusammen pauken", sagte Anja. „Ich komme auch in Bio dran. Wir könnten uns gegenseitig abfragen. Außerdem... vielleicht kannst du mir die verflixte Photosynthese erklären? Die hab' ich nie begriffen, das ist ja Chemie! Und das kann ich doch nicht! – Bestimmt komme ich ausgerechnet damit dran!"

Chris lachte. „Und ich brüte gerade über der Vererbung."

„Das finde ich nun wieder logisch und einfach!"

„Weißt du, was ein Bastard ist?"

„Klar!" Anja, schon gut präpariert, schnurrte die Definition aus dem Lehrbuch herunter.

„Na gut. Ich merke es schon!" Chris war das Thema plötzlich peinlich. „Gehen wir zur Photosynthese über!"

Lange dauerte es nicht, und Anja wusste Bescheid. „Warum hab ich das bisher bloß nie kapiert!" wunderte sie sich. Dann fragte sie: „Was machst du eigentlich jetzt nach der Zehnten? Wirst du Lehrer? So was könntest du bestimmt gut. Dein Vater ist ja auch ein prima Lehrer! Bei ihm verstehe ich Mathe."

Chris schüttelte den Kopf. „Das ist nichts für mich. Nein, ich fange am 1. September im Transformatorenwerk an, in Berlin Schöneweide. Die haben Berufsschulklassen mit Abiturausbildung. Nach drei Jahren bin ich Maschinen- und Anlagenmonteur, früher hieß das ganz schlicht und ergreifend Schlosser, und habe auch das Abi in der Tasche. Bloß Kunst, Musik und Bio gibt's dort nicht, aber Bio brauche ich ja auch nicht, und das Abi in Kunst kann ich nebenher an der Abendschule machen. Nach der Fahne will ich studieren: Malerei. Und du?"

„Ich werde Krankenschwester. In Potsdam."

„Dann brauchst du jedenfalls nie mehr Photosynthese!"

Anja lachte „Höchstwahrscheinlich nicht! Wollen wir baden gehen? "

Es stellte sich heraus, dass sie in ihrem Campingbeutel nicht nur den Bio-Hefter, sondern auch Badesachen hatte. Zwar badeten hier am See die Anwohner meist nackt, aber allein nur zu zweit schien ihnen das zu verfänglich. So ging auch Chris ins Haus, fand nach einigem Suchen seine Badehose und kam umgezogen wieder zum Seeufer zurück.

Sie verbrachten den Rest des Nachmittags auf dem Steg und im Wasser, dann fuhr Anja nach Hause und auch Chris verabschiedete sich bald von der Oma und radelte zum Wochenende heim.

Zwei Wochen später hielt er sein Zeugnis in der Hand; die einzige Zwei gab es im Fach Russisch, wo sich die Prüfungskommission nach der mündlichen Prüfung nicht zu einer Eins hatte durchringen wollen. Chris war es egal. Viel mehr ärgerte ihn, dass er die Lessing-Medaille, die es eigentlich bei einem Gesamtprädikat „Mit Auszeichnung", das heißt, bei maximal zwei Zweien auf dem Abschlusszeugnis, gab, nicht bekommen hatte. Die Sache war ein Politikum, und begründet hatte man es mit Chris' zweifelhaftem gesellschaftlichem Verhalten.

Für Holger Täumler war dies ein Anlass mehr, das Verhalten seines Sohnes hart zu rügen, denn für ihn spielte die Ehre dieser Medaille eine große Rolle. Chris' Interesse betraf mehr die damit verbundene Prämie. Er hatte schon Pläne für die Verwendung des Geldes gemacht. Nun musste er sich damit abfinden, ohne Extra über die Sommerferien zu kommen. Immerhin konnte er sich damit trösten, ab September richtiges Lehrlingsgeld zu erhalten. Auf der EOS hätte es nichts gegeben.

Am Tag nach der Abschlussfeier, wo er ein paar mal mit Anja getanzt, sich unter den wachsamen Augen der Eltern und Lehrer aber so befangen gefühlt hatte, radelte er mit seinem Zeugnis im Gepäck zur Oma. Sie umarmte ihren Enkel.

„Ich bin wirklich stolz auf dich, Chris. – Ich möchte dir auch eine Freude machen, am liebsten etwas, womit du eine Erinnerung an mich verbinden kannst. – Fällt dir etwas ein?"

„Ja!" Chris hatte damit gerechnet, und er hatte sich etwas überlegt. „Ich möchte, dass du mir zeigst, wo du früher in Berlin gewohnt hast, die Häuser und Straßen, die dich an deine Kindheit erinnern. Und dass du mir alles dazu erzählst, was dir einfällt."

Die Oma freute sich. „Gut. Machen wir uns einen Tag aus. Wenn es mal nicht so heiß ist, ja?"

Am Mittwoch der darauf folgenden Woche stiegen sie früh in die S-Bahn in Richtung Alexanderplatz. Der Berufsverkehr war bereits vorbei; wer jetzt noch in die Stadt fuhr, der wollte einkaufen, Museen besichtigen oder in den Tierpark gehen. Je mehr sie sich dem Stadtzentrum näherten, desto kürzer wurden die Abstände zwischen den Stationen. Als der Zug in Schöneweide einfuhr, schaute Chris neugierig auf die Straßen hinunter. „Hier steige ich dann immer aus, Oma. Hinter der Spree liegt der Betrieb."

„Das Transformatorenwerk, ja. Ein ziemlich großer Betrieb. Wird dir bestimmt gefallen."

„Ja, das hoffe ich auch:"

In Ostkreuz stiegen sie aus. „Wir müssen Richtung Blankenburg fahren", sagte Oma. „Also los. Die Treppe hoch auf den anderen Bahnsteig!"

Als nach fast zehn Minuten noch immer keine Bahn in Sicht war, meinte sie:

„Weißt du, dass schon neunzehnhundertzehn die S-Bahn zu den Hauptverkehrszeiten im Zweieinhalb-Minuten-Takt fuhr?"

„Nö! - Wahrscheinlich ist jetzt keine Hauptverkehrszeit, hm?"

Die Bahn kam, und als sie einstiegen, rümpfte Chris die Nase: „Das stinkt ja hier wie in 'ner Fischfabrik!"

„Nimm nicht mehr als die Nase voll! Außerdem ist das Chemie - kein Fisch. Aber ekelig ist es trotzdem, stimmt schon!"

Sie fuhren bis zur Schönhauser Allee und liefen von dort in Richtung Dimitroffstraße. Ab hier beginnt die Kastanienallee, kreuzt die Oderberger Straße und führt bis zum Volkspark am Weinberg. Früher wuchs hier tatsächlich Wein, der auch gekeltert wurde, aber nicht den besten Ruf besaß. Es fehlte den Reben wohl die süßegebende Wärme der Sonne. Daher erfand der Volksmund auch sehr rasch obskure Wein-Namen: so sollte der so genannte Truppenwein, über die Truppenfahne gegossen, in der Lage sein, das ganze Regiment zusammenzuziehen.

Der Weg, die Kastanienallee entlang, am Zionskirchplatz vorbei, war nicht eben kurz, und doch reichte er bei weitem nicht aus für die Erzählungen der Großmutter. Jede Straßenecke, jedes der vom Krieg verschont gebliebenen Häuser oder Ladengeschäfte und jeder Baum schien eine Erinnerung gespeichert zu haben.

Chris stellte sich vor, wie zur Septemberzeit die fünffingrigen Kastanienblätter eine gelbe Färbung annehmen, die grünen Igel zwischen dem Laub reifen und nach dem Herabfallen ihre glänzendbraunen Kinder mit leisem Plong gebären würden. Dann sammelten Schulkinder die blanken Früchte ein, die sich so angenehm in der Hand anfühlten, bis sie nach einer Woche Dasein in irgendwelchen Schuhkartons ihre Schönheit und Frische einbüßten und zu schrumpeligen unansehnlichen Dingern mutierten.

Aber wenn man solch eine Frucht nimmt und sie in die Erde pflanzt, sie etwas gießt und schützt, dann keimt sie vielleicht und treibt ihr verstecktes Leben in einen neuen Baum.

So war es auch mit den Erinnerungen der Großmutter.

Sie ruhten als uninteressant aussehende, zumindest ungenutzte, vertrocknete Kastanien in einer hinteren Ecke ihres Geistes. Nun aber holte sie sie eine nach der anderen wieder hervor, warf sie auf die Plätze und Orte ihrer Kindheit und Jugend, und dort keimten sie umgehend und offenbarten die erstaunlichsten Dinge.

Der Prater, gleich an der Einmündung der Schönhauser in die Kastanienallee, erwachte zum bunten Leben der Berliner Zwanziger Jahre, als der Schrecken des ersten Weltkrieges überwunden und der schlimmste Hunger vorbei waren.

Chris' Großmutter, die damals gerade dreizehnjährige Katharina, hatte die Skorbut überlebt, jene furchtbare Vitaminmangelkrankheit, von der Chris bis dahin angenommen hatte, nur die Matrosen der frühen Seefahrergeschichte hätten daran gelitten, bis die vitaminheilsame Kraft des Sauerkrautes sie rettete. Chris wusste noch nicht viel vom großen Hungerwinter neunzehnhundertsechzehn in Berlin, der noch bis in den folgenden Sommer hinein die Sterberate unter der Bevölkerung in grausige Bereiche jagte. Bereits im März zuvor war ein Kuchenbackverbot erlassen worden, das für den Vater der kleinen Katharina, einen Konditor mit Leib und Seele, einem Berufsverbot gleich kam.

Die wirtschaftliche Situation besserte sich erst, nachdem Neunzehnhundertvierundzwanzig die Währungsumstellung auf Rentenmark die verheerende Inflation beendete. Die gepriesenen Goldenen Zwanziger Jahre präsentierten sich mit gigantischen Fortschritten in Kultur und Wissenschaft; Theater und Rundfunksender entstanden, der Flughafen Tempelhof nahm seinen Betrieb auf, eine neue Bauordnung untersagte die Errichtung weitere Mietskasernen in Hinterhöfen, über Berlin kreiste der erste Zeppelin...

Unter der Erzählung seiner Großmutter Katharina flammten für Chris die bunten Lichter des Berliner Prater auf, flanierten Damen und Herren, Kinder und auch allerhand zwielichtige Gestalten, vereint in dem Ziel, ihr Vergnügen zu finden, ihr Remmidemmi. Denn das sucht man nicht nur, wenn's einem gut geht, nein, Remmidemmi ist trotzig, und der Berliner macht es auch, wenn's ihm schlecht geht, oder gerade dann...dann erst recht!

Plötzlich hielt die Oma Chris am Arm fest und zog ihn in eine Toreinfahrt. Sie gingen wie durch einen kurzen Tunnel und standen plötzlich im Hinterhof. Hoch oben war ein Stück blauen Himmels zu sehen. Aber hier unten, im Innenhof, war es kühl und roch ein ganz klein wenig moderig. Mülltonnen standen an einer Hausmauer, aus einigen Fenstern hing Wäsche an selbstgebauten Gestellen. Wäsche, die nie die Sonne sah. Chris meinte, hinter den Fensterscheiben blasse Kindergesichter sehen zu müssen, rachitische Kleinkinder mit Dauerhusten.

Er glaubte, die Stimme der Marlene Dietrich zu hören: „Aus'm Hinterhaus gucken Kinder raus, blass und unjekämmt, mit und ohne Hemd..."

Ja, das war Heinrich Zilles „Milljöh". Chris fiel das Bild ein, auf dem eine dicke Aufwartefrau die Kinder im Hof ankeift: „Wollt ihr weg von die Blume! Spielt mit 'n Mülleimer!"

„Hier haben wir gewohnt", riss ihn die Oma aus seinen Gedanken. „Wenn ich gewusst hätte, dass das Haus die Bombenangriffe übersteht, wär' ich damals vielleicht nicht 'raus an den See gezogen mit den Kindern. War ja zu der Zeit nur 'ne Bretterbude dort, ohne Wasser und Strom. Aber wir hatten zu viel Angst in Berlin vor den Bomben. Ist ja auch genug zum Deibel gegangen! Und – vielleicht wär'n wir trotzdem nicht am Leben geblieben, obwohl das Haus noch steht. Man konnte ja nie wissen, wo der nächste Angriff einen erwischte. In dieser Zeit hatte jeder jeden Tag die beste Chance zu sterben. – Meine Mutter ist in einem S-Bahn-Schacht ertrunken. Mit tausenden anderen hatte sie sich dorthin geflüchtet; niemand konnte ahnen, dass die SS im Endkampf um Berlin die Decke unter dem

Landwehrkanal sprengte. Sind alle ertrunken, die dort unten waren... ja, so war das. – Na komm, hier ist es zu kalt. Draußen scheint die Sonne."

Auch Chris fröstelte und rieb sich die gänsehäutigen Arme.

Langsam gingen sie weiter. „Hier in dieser Konditorei hat mein Vater gearbeitet.

Das war genau so eine Bäckerei wie in Marlene Dietrichs Lied vom ‚Lieben Leierkastenmann'. Vater brachte jeden Tag eine Tüte mit Kuchenrändern mit. Die richtigen Kuchen und Torten konnten wir uns nicht leisten, aber Vaters konditorische Meisterwerke dafür im Schaufenster bewundern. Meine Mutter war Schneiderin, von ihr stammt auch meine „Singer", aber das weißt du ja."

Chris fror noch immer und war froh, dass sie jetzt die Straßenseite wechselten; hier lag der Bürgersteig nicht im Schatten der alten Häuserfronten.

„Jetzt versteh' ich auch", sagte er, „warum die FKK-Bewegung von hier ausgegangen ist. Wenn man die ganze Woche lang in diesen kühlen, dunklen Häusern gehockt hat, will man soviel Licht und Luft wie möglich an die Haut lassen."

„Das wird's gewesen sein! Anfang der dreißiger Jahre gerieten die Bekleideten zuweilen sogar in die Minderheit und schämten sich dafür. Denn du weißt ja, normal ist, was die Mehrheit tut! Und wer will schon unnormal sein!"

Inzwischen hatten sie auch den Weinberg-Weg hinter sich gelassen, und die Oma schlug vor, zur U-Bahn-Station Rosa-Luxemburg-Platz weiter zugehen. „Das ist nicht mehr so weit. Bin doch schon etwas pflastermüde."

Erst jetzt fiel Chris die Erschöpfung seiner Großmutter auf, und er musste sich daran erinnern, dass sie immerhin sechsundsiebzig Jahre alt war. Eine Tatsache, die er nur zu oft vergaß, denn ihr Wesen wirkte um so vieles jünger.

In der U-Bahn erzählte sie jedoch schon weiter: „Die Häuser, die du gesehen hast, sind ja wahrlich nicht luxuriös. Aber gerade in der Gegend um den Prenzlauer Berg herum war früher, hundert Jahre vor meiner Zeit, das Berliner Elend am allergrößten. Da gab es zunächst eine Arbeiterkolonie, das so genannte Neu-Vogtland, wo Maurer und Zimmerleute aus Sachsen unter schrecklichen Verhältnissen hausten. Sie waren beim Bau der vielen königlichen Paläste beschäftigt..."

„Wie heute die Sachsen in der Berlin-Initiative. Die haben ja auch den ‚Ballast der Republik' gebaut." Chris lachte.

„Ja, aber die leben heute dagegen wie die Made im Speck. Kriegen Prämien, reisen montags erst an und freitags gegen Mittag schon wieder heim. – Aber die armen Kreaturen, die damals im „Vogtland" in Berlins größtem Hinterhof lebten, brachten mit ihrer verzweifelten Lage sogar die aus wohlhabenden Verhältnissen stammende Bettina von Arnim dazu, ihre Schrift ‚Dies Buch gehört den König' zu verfassen. Damit wollte sie König Friedrich Wilhelm IV auf die schrecklichen Verhältnisse aufmerksam machen, denn immerhin handelte es sich um unhaltbare Zustände in der preußischen Hauptstadt. – Der König aber wusste längst Bescheid. Er hatte zu diesem Zeitpunkt bereits geplant, das Armenwesen der Kirche zu übertragen und damit dieser lästigen Angelegenheit ledig zu sein. – Das änderte aber nichts an der Tatsache, dass er die Broschüre, die Bettina von Arnim unter Umgehung der Zensurbehörde publiziert hatte, in allen Buchhandlungen beschlagnahmen ließ. – Weißt du, was ein paar Jahre später, als die Revolution von Achtzehnachtundvierzig gescheitert war, ein Mitglied des preußischen Abgeordnetenhauses zum König sprach? „Das ist das Unglück der Könige, dass sie die Wahrheit nicht hören wollen."

Chris lauschte gebannt. „Oma, woher weißt du das bloß immer alles?"

„Na, schließlich ist es die Geschichte meiner Stadt! Und außerdem", sie lächelte verschmitzt, „ich muss es zugeben, habe ich in den letzten Tagen auch noch einiges nachgelesen. Vor allem die Namen verschwimmen im Laufe der Zeit, wenn auch die Bilder und Zahlen immer da sind."

Jetzt musste auch Chris lächeln. „Gibst du mir diese Bücher mal? Die Ferien sind ja noch lang. – Der Satz mit dem König und der Wahrheit gefällt mir. Wenn man bedenkt, dass der schon über hundertdreißig Jahre alt ist..."

„Ja, und immer noch aktuell. Wird er wohl auch immer sein!"

„Oma, jetzt sind schon so viele Schriftsteller und Sänger und Schauspieler weggegangen. Weil sie die Wahrheit nicht sagen durften, weil niemand da oben von den Problemen, die wir haben, was hören will. Und dann guck dir mal die ‚Aktuelle Kamera' an: alles Friede, Freude, Eierkuchen in den Nachrichten!"

„Ja, eben. Und deshalb guckt sie sowieso kein Mensch an, außer deinem Vater vielleicht. Sonst kenne ich niemanden. – Es ist doch erstaunlich, Chris, wie ein einziger Satz mehr als ein Jahrhundert überbrücken kann. Nun sind wir schon wieder in der Gegenwart!"

„Ja, wirklich. Vielleicht, weil sich immer nur die äußeren Umstände ändern – die Menschen nie!"

Dieser Ausflug in die Vergangenheit und zurück war der letzte, den Chris mit seiner Oma unternahm. Bald darauf stellte sich heraus, dass ihre Erschöpfung nach dem Fußmarsch nicht nur alters- sondern auch krankheitsbedingt war.

Im Mai des darauf folgenden Jahres stand Chris auf dem von Silberpappeln umstandenen Friedhof am Rande des Ortes und warf eine Handvoll Sand in das schmale Urnengrab seiner Großmutter, und er weinte nicht nur um sie, sondern auch um das Ende seiner Kindheit.

Das erste Jahr seiner Lehrzeit war fast herum, und es hatte sich das bestätigt, was Chris seiner Großmutter gegenüber schon vermutet und gehofft hatte: er war froh darüber, nicht die EOS zu besuchen.

Die Lehre in einem großen Industriebetrieb lockerte den Sitz der durch Schule und väterliche Erziehung verordneten Scheuklappen und vergrößerte dieserart den Blickwinkel.

Und hier, zwischen Schulbank und praktischer Arbeit in dem über die verschiedenen Stadtbezirke verteilten Betrieb zeigte sich die Diskrepanz zwischen Theorie und Praxis. Die Lehrer wussten das wohl, denn an der Schule herrschte eine größere Offenheit, ein klein wenig mehr Freigeist, als es an irgendeiner Erweiterten Oberschule möglich gewesen wäre.

So konnte man mit der Deutschlehrerin und dem Staatsbürgerkundelehrer über streitbare Literatur diskutieren, ohne für eine schiefe Meinung gleich ins Aus geschickt zu werden. Die Schüler stritten über Erichs Loests „Es geht seinen Gang oder Die Mühen der Ebene" genauso wie über die Bücher Hermann Kants, luden den Schriftsteller zu sich ein, lasen Ulrich Plenzdorfs „Die neuen Leiden des jungen W." zur Begeisterung aller mit verteilten Rollen, getrauten sich sogar zu fragen, weshalb man in der DDR Hitlers „Mein Kampf" nicht lesen dürfe, ob man denn die Bürger nicht für reif genug hielte, ob man kein Vertrauen in die eigene Erziehungsarbeit habe, weshalb man denn die Menschen nicht selbst ihre Erfahrungen machen ließe...

Gemeinsam waren sie traurig, dass Veronika Fischer, Holger Biege und andere bei den Jugendlichen beliebte Sänger und auch viele Schriftsteller das Land verlassen hatten.

Für Chris war es eine ganz neue Erfahrung, dass der Einzelne sich nicht gar so ohnmächtig fühlen muss, wenn er seine Gefühle, seine Wut und seine Trauer teilen darf.

Chris' anfängliches Misstrauen gegenüber dieser Art Offenheit legte sich erst nach Monaten. Er begann zögernd, sich an Gesprächen zu beteiligen, seine Meinung einzubringen und bemerkte das Erstaunen der Anderen. Gegen Ende des ersten Lehrjahres, Chris war gemeinsam mit einigen Mitschülern nach dem Unterricht zu einem Klassenkameraden mit nach Hause gefahren, um dort eine neue Schallplatte anzuhören und blickte aus einem Fenster der Wohnung im zehnten Stockwerk hinunter auf die Leninallee, meinte jemand, während er die Langspielplatte der Gruppe Elektra umdrehte: „Ich denke manchmal, wir haben einen Neuen gekriegt. – Warst du eigentlich von Anfang an in unserer Klasse, Chris?"

Alle lachten, aber sie wussten auch, dass es durchaus ernst gemeint war.

So hatte Chris im zweiten Lehrjahr bereits den Mut, ab und zu etwas für die Schulwandzeitung zu malen. Besonders begeistert aber war die Klasse, als er sie anlässlich des Bergfestes mit einer illustrierten Festzeitung überraschte. Da erst bemerkten sie, wie genau Chris einen jeden von ihnen beobachtet hatte und kannte. Aber Chris hatte dazugelernt; sein Spott in Bildern und Karikaturen verletzte nicht, wo er es nicht sollte.

Allmählich, ohne es direkt beabsichtigt zu haben, war er in das Zentrum der Klasse gedriftet, man bezog ihn ein, befragte ihn um seine Meinung, bat auch um Hilfe bei Lernschwierigkeiten.

Je mehr die Lehrzeit sich dem Ende entgegenneigte, umso stärker entspann sich die Diskussion um den Werdegang jedes Einzelnen. Die Ausbildung zum Maschinen- und Anlagenmonteur mit Abitur sollte Grundlage sein für drei mögliche Richtungen:

Pädagogikstudium, Maschinenbaustudium, höhere militärische Laufbahn, also Offiziersausbildung bei der Nationalen Volksarmee. Einige Schüler, darunter auch Chris, zogen keine dieser Möglichkeiten in Betracht.

Die ersten Schüler erschienen mit Aufnähern auf ihren Parkas und Anoraks, die das Zeichen der nichtstaatlichen Friedensbewegung „Schwerter zu Pflugscharen" zeigten. Da die Schulleitung nicht, wie in einigen anderen Ausbildungsstätten der Fall, einfach ein Verbot aussprechen wollte, setzte sie auf Diskussion und Überzeugungsarbeit. Alle Klassen waren angehalten, zum Thema Pazifismus eine FDJ-Versammlung abzuhalten. Chris hatte zu diesem Zweck ein Plakat mit dem Symbol der Friedensbewegung entworfen und erklärte auch den Ursprung, ein Bildwort des Propheten Micha, der die Abschaffung des Krieges zugunsten der Herstellung von Lebensmitteln betrieb. Die Schüler, das zeigte sich, hatten sich gründlich vorbereitet. Es gab welche, die aus dem Lehrbuch der Zivilverteidigung „ZV 9" von neunzehnhundertachtundsiebzig zitierten, dass wirkungsvoller Schutz bei Kriegshandlungen, damit also auch eine aktive Verteidigung, möglich sei.

„Ich halte nichts vom Bibelspruch, wenn einer dich auf die eine Wange schlägt, dann halte auch die andere hin! Ich würde mich wehren. Und dazu braucht man Waffen."

„Aber heute sind diese Waffen Atombomben! Dagegen gibt es keinen Schutz. Das haben Mediziner eindeutig festgestellt. Ich will einen Atomkrieg auch gar nicht überleben! – Heutzutage kann man keinen Krieg mehr führen, den kann niemand mehr gewinnen. Also brauchen wir keine Waffen!" war die Gegenmeinung.

„Pazifismus ist was für Feiglinge und Schwächlinge!"

„Vielleicht, wenn du den Pazifismus meinst, der nichts tut, außer zu erdulden! Aber ich halte es mehr mit Schorlemmer, der für aktiven Pazifismus plädiert. Er sagt nicht einfach, ich lehne Gewalt ab, sondern setzt sich dafür ein, dass Gewalt nicht mehr stattfindet!"

„Das ist doch total unrealistisch!"

„Nur, weil solche wie du nicht daran glauben wollen, dass es funktionieren könnte."

Sie redeten sich die Köpfe heiß, stritten sich, ohne sich zu entzweien und kamen zu keiner Einigung, fühlten aber, wie gut solche Streitgespräche taten.

Doch der Staat ließ nicht mit sich diskutieren. Die Abzeichen wurden verboten, das Verhältnis zur Kirche verschlechterte sich auf Grund der kircheneigenen starken Friedensbewegung, Mitglieder der Jenaer Friedensbewegung wurden abgeschoben, pazifistische Mahnwachen in Berlin von der Polizei aufgelöst, Umweltschutzgruppen überwacht, gegängelt und gemaßregelt.

In diesem Sommer 1983, als der bisherige Erzfeind Nummer Eins, Franz Josef Strauß die DDR besuchte und den Milliardenkredit lockermachte, als sich im Westen die Tagebücher Adolf Hitlers als Fälschung entpuppten, im Osten Berlins der Bau der neuen Charitè begann und die Staatsführung sich auf die Feierlichkeiten zum fünfhundertsten

Geburtstag Luthers vorbereitete, trat für Chris all dies weit zurück in den Hintergrund.

Er verliebte sich, erlag erstmals diesem mächtigen Rausch mit Haut und Haaren, erlebte seine persönliche Premiere.

Während der Prüfungsvorbereitungszeit im Mai und Juni traf sich eine Gruppe Gleichgesinnter aus Chris' Klasse an mehreren Tagen bereits früh auf dem Seegrundstück von Chris' Großmutter, das jetzt verwaist dalag. Seit dem Tod seiner Oma scheute sich Chris noch immer, allein dorthin zu gehen. Doch so, im Beisein der Freunde, verlor er allmählich seine Befangenheit.

Den ganzen Tag lang saßen und lagen die Lernwilligen mit ihren Büchern und Heftern auf dem Steg, füllten Wissenslücken, fragten sich gegenseitig ab über Brecht und Fontane, Goethes „Faust" und Schillers „Wallenstein", brüteten über Integralen und Differentialen, rechneten Durchschnitte und Vornoten aus, malten sich ihre Chancen aus und steckten sich gegenseitig mit Prüfungspanik an, um sich sofort wieder einzureden, dass sie das alles viel zu verbissen sähen...

Chris' Eltern hatten nichts dagegen einzuwenden, dass ihr inzwischen eben neunzehnjähriger Sohn die Zeit im Haus der Großmutter verbrachte, denn so hatte Chris mehr Ruhe zum Lernen, als es im gemeinsamen Kinderzimmer zu Hause möglich gewesen wäre. Auch bekam Chris den Auftrag, nebenbei das Haus wieder einmal gründlich zu lüften und herzurichten.

Chris war froh über jede Stunde, die er nicht in der Nähe seines Vaters zu verbringen brauchte. Dessen Nerven lagen blank, wenn er nur mit Chris sprach, wenn er das Kinderzimmer betrat und irgendetwas nicht seinen Vorstellungen entsprechend vorfand, wenn Chris etwas anderes sagte oder tat, als sein Vater in diesem Moment erwartete, kurz, wenn er atmete...

Ein normales Gespräch fand nicht mehr statt, jeder Satz begann mit: du solltest doch, warum hast du nicht, wie oft muss ich dir noch sagen, dass du...

Gleichgültig, ob es sich um eine geäußerte Meinung, einen Haarschnitt oder ein Poster über dem Bett handelte – Chris machte grundsätzlich Fehler. Fehler in den Augen seines Vaters.

Kein Vermittlungsversuch der Mutter konnte daran etwas ändern. Inge wurde immer stiller, zog sich oft zurück, verkroch sich förmlich in sich selbst. Nur wenn sie mit ihren Kindern allein war, konnte sie noch lachen wie früher; dann erkannten die Geschwister sie wieder. Und immer gerade dann fühlte Chris sich schwer mit Schuld beladen. Tief empfand er sich selbst als Ursache für die Zerrüttung der elterlichen Ehe, meinte, dass seine Mutter glücklich sein könnte, wenn es ihn nicht gäbe, denn dann gäbe es auch keinen Streit. Deshalb zog er sich so oft es ging, aus dem Familienleben zurück.

An diesem Juniabend hatten sich die Schulfreunde einer nach dem anderen verabschiedet, die noch feuchten Handtücher vom letzten Bad im See zusammengerollt, die Bücher und Hefter in die Taschen gestopft und sich auf ihre Fahrräder, Mopeds oder Motorräder geschwungen.

Nur Carola hatte getrödelt und gemeint, sie nähme später den Bus.

Nun saß sie auf dem Steg, ließ die Zehen ins Wasser baumeln und blickte über den See. Die Sonne war noch nicht untergegangen, aber das Licht veränderte sich bereits, als wolle es der Nacht Platz machen.

Chris hatte das Haus in Ordnung gebracht, die Fenster geschlossen und kam nun zum Steg hinunter. Er sah Carola, ihren schmalen Rücken und die dunklen Haare, die in leichtem Schwung auf die Schultern fielen, und war seltsamerweise nicht überrascht, sie noch hier zu finden. Ein merkwürdiges Ziehen durchlief seinen Körper, und er wusste, dass er auf Carola gewartet hatte.

Er setzte sich auf das trockene Holz und rutschte an sie heran, als säße er auf einem Moped hinter ihr. Dann legte er ihr die Hände auf die Schultern und zog sie näher zu sich. Carola ließ den Kopf in den Nacken sinken, und Chris fragte dicht an ihrem Ohr: „Weshalb wundere ich mich nicht, dass du geblieben bist?"

Carola seufzte: „Warum durchschaust du alle so schnell?"

„Tue ich ja gar nicht. Leider. Zumindest bei dir hat es bisher überhaupt nicht funktioniert. Das eben war eine Ausnahme."

„Wollen wir noch mal baden gehen?"

„Warum nicht."

Ohne sich anzusehen, zogen sie sich aus. Nackt zu sein, war nur am helllichten Tage und in Gesellschaft der Freunde eine normale Sache – das hier war etwas ganz anderes. Carola fröstelte, aber ohne Rücksicht darauf sprang sie vom Steg und schwamm zügig los. Obwohl Chris es nach einem Kopfsprung versuchte, konnte er sie nicht einholen. Schließlich kehrte sie um, und Chris keuchte: „Du schwimmst wie 'ne Amazone! Das habe ich vorher noch gar nicht bemerkt"

„Na, ja, ich hab ein paar Jahre richtig trainiert und wäre vielleicht mal so gut wie die Cornelia Enders geworden, aber dann hab' ich plötzlich das Chlorwasser nicht mehr vertragen. Aus war der Traum von olympischen Medaillen! Inzwischen bin ich ganz froh darüber."

Auf dem Steg rubbelten sie sich trocken und schlüpften in ihre Sachen.

Es war inzwischen fast dunkel, aber sie blieben noch einen Moment auf dem Steg.

Plötzlich zuckte Carola zusammen; etwas war dicht an ihr vorbeigehuscht und glitt nun über das stille Wasser. „Was war denn das, Chris?"

„Fledermäuse", antwortete er. „Aber keine Angst, es sind keine Vampire. Wir sind nicht in Amerika – und auch nicht in Rumänien bei Graf Dracula."

Carola schüttelte sich: „Gruselig ist es trotzdem!"

Chris fiel die Erzählung seiner Großmutter ein, die ihm von seiner Mutter berichtet hatte, wie diese mit ihrem Freund Nils abends am Ufer gesessen und die Fledermäuse mit heimlichem Grauen beobachtet hatte. Und er dachte, alles wiederholt sich, alles war schon einmal da. Es sind nur immer andere Menschen in einer anderen Zeit, die immer wieder dasselbe erleben. Auch meine Gedanken wird vor mir schon jemand gedacht, meine Gefühle schon ein anderer gefühlt haben! Dieser Gedanke war schrecklich und tröstlich zugleich.

Zum ersten Mal seit dem Tod seiner Oma Katharina vor über zwei Jahren fühlte Chris sich in der Lage, über sie zu sprechen. Carola hörte aufmerksam zu. Nach einer Weile des Schweigens sagte sie nachdenklich: „Niemand kennt dich wirklich richtig, Chris. Du sprichst so wenig von Dir. Und ich merke, dass ich fast nichts über dich weiß. – Deine Oma hast du auch nie erwähnt. Warum erzählst du gerade mir jetzt von ihr?"

„Weil ich dich gern habe. Und weil ich heute Abend zum ersten mal das Gefühl habe, von Oma reden, an sie denken zu können, ohne heulen zu müssen. Verstehst du?"

Sie schwiegen lange, bis Carola sagte: „Ich friere. Können wir ins Haus gehen?"

In der Küche packte Chris ein halbes Brot, ein Stück Salami und drei Äpfel auf den Tisch. „Das ist die ganze Herrlichkeit! Wahrlich ein opulentes Mahl, findest du nicht?"

„Ich hab' einen Bärenhunger", meinte Carola nur dazu und begann, mit dem großen Brotmesser dicke Scheiben von dem Laib zu säbeln.

Chris hatte inzwischen eine Flasche Cabernet entkorkt. „Der ist zwar sauer, aber Rotwein ist gesund. Die Franzosen haben viel seltener einen Herzinfarkt als die Deutschen. Das liegt am französischen Landwein!"

Carola konnte ihm nicht antworten, sie kaute mit vollem Mund Brot und Salami und meinte bei sich, schon lange habe nichts mehr so gut geschmeckt.

Nachdem Chris den Rest des Brotes verpackt hatte, siedelten sie mit ihren Weingläsern ins Wohnzimmer über.

Erstaunt blieb Carola vor dem Bild über der Nähmaschine stehen. „Wer ist denn die Frau?"

„Das ist meine Mutter." Chris hatte das Bild vor wenigen Tagen erst vom Boden geholt und im Wohnzimmer angebracht. Sein Vater kam sowieso kaum noch hierher in das Haus am See. Und falls er das Bild eines Tages doch dort sehen sollte, war Chris dies inzwischen fast gleichgültig.

„Sie ist wunderschön", stellte Carola fest. „Und sie sieht so glücklich aus. Die Augen leuchten wie von innen heraus. – Hat dein Vater das Bild gemalt? Sicher hast du dein Talent von ihm geerbt!"

Chris musste lachen, so seltsam war ihm die Vorstellung seines Vaters mit einem Pinsel in der Hand vor der Staffelei. „Mein Vater?! Der kann nicht mal einen Baum so malen, dass man den als solchen erkennt. Wer weiß, woher ich mein Talent habe. Purer Zufall sicher, eine Laune der Natur..."

„Merkwürdig!" Carola schüttelte den Kopf. „Wer hat es dann gemalt?"

„Ein früherer Freund meiner Mutter. – Was schaust du mich plötzlich so an?"

„Nur so. Die Augen hast du jedenfalls von deiner Mutter. – Können wir ein bisschen Musik anmachen?"

„Können wir", sagte Chris, und er war froh, seine Lieblingsschallplatten von zu Hause mitgebracht zu haben. Omas alter Plattenspieler funktionierte noch einwandfrei. „Was möchtest du hören? Ich habe Elektra, City, Holger Biege, Karat, Lift, Cat Stevens, Stern Meißen, Hannes Wader..."

„Du hast 'ne Hannes-Wader-Platte?"

„Zweie sogar. Eine ist von drüben, die hat mir meine westliche Tante zur Jugendweihe geschenkt. Stell dir das vor: den Kapitalistenschreck Wader! – Willst du die hören?"

„Auf jeden Fall!"

Also hörten sie „Wieder unterwegs" und spürten die Wut, die der Sänger beim Schreiben des Textes wohl im Bauch gespürt haben musste. Es war eine von Chris' bevorzugten Platten, aber jetzt ärgerte er sich: das war so gar keine romantische Musik...

Carola lauschte dem Text, schaute fast unverwandt auf das Bildnis von Chris' Mutter und trank den Rotwein in winzigen Schlucken. Als die erste Seite abgespielt war, fragte sie: „Legst du jetzt was anderes auf? Vielleicht Karat?"

Chris erfüllte ihren Wunsch gern und setzte sich dann neben sie. Er legte einen Arm um Carolas Schulter und drehte mit der anderen ihr Gesicht zu sich. Ihre Augen waren dunkel, die Pupillen riesig, und Chris bemerkte, dass sie leicht zitterte. Herbert Dreilich sang: König der Welt, ist das Herz, das liebt...

„Ist dir immer noch kalt?"

„Nein, eigentlich nicht. Ich... bin nur etwas... nervös."

„Was kann man dagegen tun?"

„Ich weiß nicht."

Er küsste sie. Sein eigener Herzschlag dröhnte so laut in seinen Ohren, dass die Musik nur noch einem fernen Meeresrauschen glich.

„Besser?" fragte er, und seine Stimme kam ihm fremd vor.

„Nein."

„Dann komm. Tanzen wir ein bisschen."

Chris zog Carola hoch und dicht an sich. Langsam und eng umschlungen drehten sie sich auf dem kleinen Teppich zwischen Tisch und Schrank und entspannten sich etwas. Tanzen war vertraut. Chris' Hände glitten wie von selbst unter Carolas T-Shirt und streichelten den kühlen glatten Rücken, während er an der Brust den Trommelwirbel ihres Herzens spürte.

Er zog Carolas T-Shirt nach oben, sie half ihm und streifte es sich über den Kopf. Chris tat es ihr gleich, und als sich ihre nackten Oberkörper berührten, spürten sie die Erregung wie einen Stromstoß durch ihre Körper laufen.

„Carola?"

Sie nickte nur stumm.

„Ich möchte dich sehen."

Sie verstand sofort, was Chris meinte. Sie ließ seine Schultern los, wandte sich halb zur Seite und streifte Jeans und Slip ab. Die Wandlampe beleuchtete ihren jungen Körper matt und malte Schatten an die gegenüberliegende Wand.

Carola hatte gemeint, sich in solch einem Augenblick schämen zu müssen, aber sie empfand nur ein Gefühl der Freiheit, ja der Befreiung, und auch eine Anflug von Stolz, als sie Chris Blicke auf sich spürte.

„Ziehst du dich auch aus?" fragte sie leise. Ihre Nervosität war geschmolzen wie Schnee im Frühling. Chris war genau der Richtige, das wusste sie in diesem Moment. Es gab nichts zu befürchten oder zu bereuen.

Chris hatte keine Scheu vor Nacktheit; er war an diesem See aufgewachsen, wo die meisten Anwohner, Kinder wie Erwachsene, ohne Badesachen ins Wasser sprangen. Aber dies hier war eine vollkommen neue Situation, hatte nichts mit FKK-Baden im See zu tun sondern nur mit Intimität.

Er fühlte die Enge seiner Jeans, und er scheute sich, Carola seine Erregung so deutlich zu zeigen.

Carola spürte sein Zögern und ahnte vielleicht den Grund, denn dass Chris nicht prüde war, wusste sie. So tat sie etwas, was sie zuvor nicht für möglich gehalten hätte. Sie trat ganz dicht an Chris heran, öffnete Knopf und Reißverschluss der Hose und streifte Chris, ohne den Blick von seinem Gesicht zu wenden, die Bekleidung bis auf die Oberschenkel herab. Sofort spürte sie seine Erregung deutlich an ihrem Körper. Vorsichtig berührte sie ihn und war überrascht von der samtigen Glätte der Haut. Chris Lust sprang mit unverminderter Stärke auf sie über, und Carola zog ihn zu sich und flüsterte: „Komm!"

Chris konnte kaum noch sprechen. Er stieg aus seinen Hosen, schleuderte sie zur Seite und zog Carola auf den Teppich hinab.

Er streichelte ihren Körper, berührte zum ersten Mal ihre intimsten Stellen, doch schließlich brachte er noch die Kraft auf, sie zu fragen: „Carola, hast du schon einmal, ich meine... bist du noch..."

Carola schüttelte den Kopf. „Du bist mein erster Mann. Und wie ist das mit dir?"

„Ich – bei mir ist es auch das erste Mal. Aber – was ist, wenn..."

Carola verstand sofort, was er fragen wollte. „Keine Angst. Ich nehme die Pille, seit zwei Monaten."

Carola zog Chris über sich. Sie fühlte keine Angst und es tat auch nicht so weh wie das in dem „Ehebuch" beschrieben war, das sie bei ihren Eltern im obersten Regal hinter anderen Büchern versteckt gefunden hatte. Sie waren beide unerfahren, und natürlich hatte Chris in diesem Moment nicht lange Gewalt über seinen Körper. Aber obwohl deshalb ihre körperliche Vereinigung nur kurze Zeit andauerte, war Carola nicht enttäuscht. Diese intime Zweisamkeit, die Kraft der körperlichen Liebe und die Zärtlichkeit überwältigten sie. Als Chris sie, nachdem er wieder neben ihr lag, vorsichtig streichelte und schließlich auch ihr die ersehnte Erfüllung schenkte, kamen ihr die Tränen.

Lange hielten sie sich in den Armen. Chris spürte Carolas Weinen an seiner Schulter, aber sie gab keinen Laut von sich. Er wagte nicht, nach dem Grund der Tränen zu fragen, aus Angst, dass die von Schmerz und Enttäuschung sprechen würde.

Doch da flüsterte Carola: „Weißt du, so schön hatte ich mir das nicht vorgestellt."

Chris war erschüttert. Er wusste nichts zu antworten, und so blieben sie noch lange umschlungen auf dem Teppich liegen, bis ihnen kalt wurde.

„Bleibst du, oder musst du nach Hause?" fragte Chris.

„Ich kann bleiben. Meinen Eltern habe ich gesagt, ich übernachte bei Birgit. Habe ich ja tatsächlich schon öfter."

So gingen sie in die Kammer, kuschelten sich, nun schon ganz vertraut, unter die Decke des großen französischen Bettes und waren kurz darauf fest eingeschlafen.

So hatte Chris die Liebe kennen gelernt. Er zweifelte nicht an ihrer gegenseitigen Zuneigung, denn sie war aus beidseitigem Wunsch und Entgegenkommen entstanden. Es war seltsam, dass niemand von ihnen den anderen zuvor wirklich umworben hatte, sondern sie beide gleichzeitig am selben Punkt angekommen waren. Ein paar Blicke, wenige Gesten und Worte hatten ausgereicht. Für Chris war das ausreichender Beweis für ihre Liebe.

Und dieses Gefühl gab ihm Kraft, wenn er zu Hause Auseinandersetzungen bestehen musste.

Die Prüfungen lagen hinter ihnen. Für Chris wurden es ein Abitur mit dem Prädikat „Mit Auszeichnung" und ein guter Facharbeiterabschluss.

Der Abi-Ball in einem großen Saal in Berlin Plänterwald wurde zum rauschenden Abschiedsfest für die Klasse, die seit drei Jahren zusammen gelernt und gearbeitet hatte. Nun würden sie getrennter Wege gehen, sich von Zeit zu Zeit treffen, die Neuigkeiten austauschen, sie würde Freunde und Ehepartner, später Babyfotos mitbringen, und immer würde es heißen: weißt du noch?

Für die jungen Männer, gerade neunzehn oder zwanzig Jahre alt, begann im November der Dienst bei der Nationalen Volksarmee. Die meisten hatten mit den obligatorischen achtzehn Monaten mehr als genug, es gab aber auch einige, die sich, sei es aus Überzeugung oder wegen eines nur so zu ergatternden Studienplatzes für drei Jahre verpflichtet hatten.

Chris dachte voller Unbehagen an die Einberufung, aber er schob diesen Gedanken jetzt, Ende Juni, noch weit von sich. Es gab im Moment so viele neue Erfahrungen und Erkenntnisse, die ihn beschäftigten.

Die Zeit um die Abschlussfeier herum stand für Chris außerdem ganz unter dem Eindruck einer für ihn völlig neuen, fremden Situation.

Viele Schüler der Klasse, unter ihnen Chris, waren kurz vor Beendigung der Prüfungszeit angesprochen worden, ob sie bereit und willens wären, Kandidat der Partei, der Sozialistischen Einheitspartei Deutschlands, zu werden. Einige hatten spontan zugestimmt, als ihnen gesagt wurde, sie bekämen als Studenten und Akademiker in spe später diese Chance nicht mehr. Aber jetzt, als Jungfacharbeiter, könnten sie sofort als Kandidaten in die Reihen der Partei aufgenommen werden.

Die Partei, so hieß es, ist eine Arbeiter- und Bauernpartei, deshalb müsste der prozentuale Anteil der Arbeiter hoch gehalten werden. Chris wusste, dass es stimmte: er hatte eine Diskussion seiner Eltern gehört. Dabei ging es um einen Lehrer an der Schule des Vaters, der sich seit Jahren um eine Kandidatur bemühte, als so genannter Intelligenzler aber keine Chance hatte. Chris erinnerte sich an die im Fernsehen übertragene Rede Erich Honeckers, die er auf Befehl des Vaters mit anhören musste: demnach hatte die SED zu Beginn des Jahres neunzehnhundertdreiundachtzig weit über zwei Millionen Mitglieder und mit fast achtundfünfzig Prozent den höchsten Arbeiteranteil seit ihrer Gründung.

Nun erkannte Chris auch, wie Statistiken entstehen, beziehungsweise, wie man diese so bearbeiten kann, dass sie ins gewünschte Bild passen.

Für Chris war dies Anlass genug, das gesamte System der Kandidatenaufnahme anzuzweifeln, und er hatte deshalb Nein gesagt. Er hatte seinem Vater gegenüber die Ablehnung begründet, aber das Argument: „Ich trete doch nicht aus Statistikgründen in die Partei ein!" zog natürlich bei Holger Täumler überhaupt nicht.

„Soll das heißen, du willst nicht in unsere Partei, weil du gerade jetzt eintreten könntest?"

„Ja. Deshalb und überhaupt."

„Was heißt: überhaupt!" fuhr der Vater Chris an. „Heißt das, du bist gegen unseren Staat?"

„Wieso denn dagegen? Nein, bin ich nicht. Aber mir stinkt manches!"

„Das ist kein Argument! Wenn du draußen bleibst, wirst du daran nichts ändern können."

„Siehst du! Genau das stinkt mir zum Beispiel. Ich höre immer: alle haben die Macht! Aber damit sind nur die gemeint, die in der Partei sind. Und außerdem: du bist drin, und du kannst auch nichts ändern! Du findest doch auch nicht alles immer nur toll!"

„Werde nicht frech! Das kannst du überhaupt nicht einschätzen. Deine Mutter ist in der Partei und ich bin es auch. Da erwarten wir ganz einfach von dir, dass du unserem Vorbild folgst!"

„Wieso denn das?" Chris klopfte das Herz bis zum Hals. Der Streit mit seinem Vater regte ihn maßlos auf, dessen Argumente erschienen ihm so wenig schlüssig wie eine Behauptung, dass zwei plus zwei auf einmal sieben sein sollte.

Er hatte Angst, Angst vor diesem mächtigen zornigen Mann, der immer Gewalt über ihn ausgeübt hatte, aber er wollte sich von ihm nicht mehr klein kriegen lassen. – War er selbst denn nicht auch ein Mann, wenn auch noch ein sehr junger? Er wollte dem Vater endlich die Stirn bieten.

Holger Täumler war außer sich. „Warum! Warum, fragst du? Weil wir es von dir erwarten! Deshalb! Wie steh' ich denn da, wenn du dich weigerst?"

„Ja. Ja, genau! Nur darum geht es dir doch in Wirklichkeit! Ich bin dir doch völlig schnuppe. Es geht und es ging immer nur um dich!" Auch Chris hatte die Stimme gehoben. „Aber das hier ist mein Leben! Ich bin neunzehn, ich habe das Abitur. Reifeprüfung, wie du so gern zu sagen pflegst. Und im Herbst gehe ich zur Armee. Also, misch dich nicht mehr in mein Leben. Lass mich endlich in Ruhe!"

Holger Täumler war kalkweiß vor Wut. „Deine Worte sind genauso infam wie deine ganze Einstellung. Und das nach all den Jahren, wo ich mich bemüht habe, ... aber bei dir ist ja Hopfen und Malz verloren, du..."

Er brach ab, denn Inge trat ins Zimmer. Sie war genauso blass wie ihr Mann, aber an ihrem Hals zeichneten sich rote Flecke ab. Mit brennenden Augen blickte sie ihre so plötzlich verstummten Streithähne an. In beiden schien sich die Wut erschöpft zu haben. Chris nutzte die Gunst des Augenblicks und floh aus der Stube.

Spät am Abend, Cornelia war im Doppelstockbett über ihm schon längst eingeschlafen, aber Chris fand keine Ruhe, öffnete sich leise die Tür.

„Chris", flüsterte die Mutter, „schläfst du schon?" „Nein."

„Wollen wir raus zum Grundstück, an den See, fahren?"

„Was? Jetzt?" Chris setzte sich im Bett auf. Er war hellwach. „Warum? Ist was passiert?"

„Nein. Aber es ist wichtig. Für uns beide. Kommst du mit?"

„Und Vater?"

„Er schläft. Aber ich habe vorsichtshalber einen Zettel auf den Küchentisch gelegt."

Chris griff seine Sachen, die über dem Stuhl hingen, und folgte der Mutter in den Flur. Sie hatte einen seltsamen Gesichtsdausdruck, entschlossen und traurig, den Chris nicht zu deuten vermochte. Er zog Jeans und Trainingsjacke über die Schlafsachen, schlüpfte in die Turnschuhe, die Mutter griff ihr Schlüsselbund vom Brett, und sie schlichen durch das stille Haus hinunter in den Garten.

Um diese Zeit war Chris noch nie mit seiner Mutter per Fahrrad unterwegs gewesen, und die ganze Situation schien ihm umso unwirklicher, je näher sie dem Seegrundstück der Großmutter kamen.

Der Mond leuchtete dunkelgelb und war so riesig, wie Chris ihn noch nie gesehen zu haben glaubte. So tief stand er, dass man meinte, mit der Hand Schattenrisse auf seiner gelben Oberfläche abbilden zu können wie auf einer hellen von einer Kerze beschienenen Wand.

Sie lehnten die Räder an die Schuppenwand und liefen hinunter auf den Steg, der nun schon so viele Geschichten, so viele Liebesschwüre, so viele Beichten gehört hatte und der schweigen würde bis in alle Ewigkeit. Sie standen dicht an dem See, der die Spiegelbilder all der Menschen in sich bewahren und sie nie preisgeben würde. Auf der alten Holzbank rutschten sie eng aneinander und schwiegen zunächst, bis Inge sagte: „Die Fledermäuse haben, scheint es, ihr Abendbrot heute schon gehabt."

„Du wolltest mit mir reden." Chris ging nicht auf die Fledermäuse ein.

„Ja. Nur weiß ich nicht, wie ich anfangen soll. Und ich komme mir ziemlich lächerlich und dumm vor, weil ich so viele Jahre Zeit hatte, und nun hole ich dich mitten in der Nacht aus dem Bett, weil ich bis morgen nicht mehr warten kann.

Chris", sie stockte und nahm neuen Anlauf: „Chris, ich hätte dir das schon längst sagen müssen, spätestens aber nach Omas Tod. Sie hatte es mir schon Jahre zuvor so sehr ans Herz gelegt. Sie sagte, wenn ich es ihr nicht verspräche, würde sie es dir sagen... Aber, es ist bloß,... ich wusste doch nicht", sie brach ab.

„Mutti, was ist denn?" Chris war völlig verwirrt. Er hatte keine Vorstellung, worum es sich handeln könnte.

„Chris, dein Vater, ich meine Holger, er ist ... nicht dein richtiger Vater!"

Nun war es heraus. Diese Wahrheit, die so einfach und doch so schwerwiegend war. Die Chris so viel hätte bedeuten können, wäre sie zur rechten Zeit ausgesprochen worden.

Nun aber, in diesem Augenblick empfand er fast nichts. Nur ganz kurz flackerte der Gedanke auf: deshalb also Bastard! Chris sprang nicht auf, er schrie nicht, er war auch nicht entsetzt, er fühlte sich plötzlich nur unendlich leer. So leer, als ob nichts, aber auch gar nichts je in der Lage sein würde, dieses Vakuum wieder zu füllen.

Holger Täumler – nicht sein Vater?

Später meinte Chris manchmal, dass er einen Anflug davon schon früher gefühlt hätte, dieser Keim aber nie zu einem Gedanken herangereift wäre. Doch er selbst wusste nicht, ob das so stimmte.

Bevor Chris etwas sagen konnte, sprach die Mutter weiter: „Ich habe die Scheidung eingereicht."

Erst jetzt kam wieder Bewegung in Chris. „Die Scheidung? Aber warum denn!?
Ihr versteht euch doch gut."

„Ja, schon. Aber ich kann dieses Tauziehen nicht mehr ertragen, Holger hat zu viel kaputt gemacht. Ich bin es leid, ich bin müde."

„Aber, Mutti, ich... bin doch nicht mehr lange zu Hause! Ich geh' zur Fahne, dann zum

Studium. Es liegt doch nur an mir, das weiß ich. Wenn ihr euch gestritten habt, dann immer nur meinetwegen, nie wegen euch selbst! – Und ich bin doch jetzt schon fast aus dem Haus!"

„Nein, Chris, es liegt nicht an dir. Es lag nie an dir, das darfst du nicht glauben", und in diesem Moment, als sie das aussprach, fühlte sie entsetzt, dass Chris all die Jahre die Schuld bei sich gesucht hatte. Was hatte sie ihm angetan!

„Chris", sie drehte sich zu ihm und packte ihn bei den Armen, „es liegt an ihm! Nur an ihm! Er war von Anfang an eifersüchtig auf dich. Auch wenn er das vor sich selbst nicht zugeben würde! Du – du bist Nils zu ähnlich! Es ist nicht deine Schuld!" Sie schluchzte trocken auf. „Und ich, ich habe all die Jahre zugelassen, dass Holger dich verletzt. Ich liebte ihn. Und ich liebe dich. Ich bin zerrissen zwischen euch, zerrieben vom ewigen Streit. Und es ist meine Schuld, dass du das alles ertragen musstest. Oh, Gott!" Sie schlug die Hände vors Gesicht, und das Schluchzen schüttelte sie.

Chris konnte keinen Groll gegen sie fühlen. Seine Mutter tat ihm in der Seele leid, wie sie dort auf der Bank, die ihr Vater vor so langer Zeit gezimmert hatte, hockte wie ein flügellahmer Spatz. Er hatte sie noch niemals so hilflos und verzweifelt gesehen.

Aber er empfand auch, dass ihm etwas genommen worden war, das er hätte haben können und auf das er einen Anspruch gehabt hätte: eine glückliche Kindheit.

Es war zu spät.

Der Entschluss und die Offenbarung seiner Mutter kamen zu spät für ihn. Wenn die Kindheit vorbei ist, dann ist sie vorbei. Unwiederbringlich. Da lässt sich nichts nachholen.

Ihm fiel der Spruch ein, den er erst kürzlich auf einem Kalenderblatt gelesen hatte: Die größte Tragödie für ein Kind ist es, wenn es seinen ersten Teddybären erst dann geschenkt bekommt, wenn es schon ein Fahrrad bräuchte.

In den nächsten Tagen verhielt Chris sich seinem Vater gegenüber, als hätte sich nichts geändert. Er war sich nicht sicher, ob Holger Bescheid wusste über das nächtliche Gespräch zwischen Mutter und Sohn und ob er über die durch Inge beantragte Scheidung informiert war.

Und seltsam, je mehr Zeit verstrich, umso befreiter fühlte sich Chris. Er wusste nun, worauf das Verhalten seines Vaters ihm gegenüber begründet war. Aber er war sich auch bewusst, dass er all die Jahre hindurch viel weniger unter der Ablehnung und Nichtliebe hätte leiden müssen. Das jedoch ließ sich nun nicht mehr ändern.

Nach wie vor konnte Chris seiner Mutter nicht böse sein, wenn er auch nicht verstand, weshalb sie ihm so lange nicht die Wahrheit gesagt hatte und weshalb sie ausgerechnet jetzt die Scheidung wollte, jetzt, da er als der Stein des Anstoßes, im Begriff war, das Haus zu verlassen. Sicher, überlegte er, war es hier so wie mit dem berühmten Fass, das ewig nicht voll wird und das ein kleiner unscheinbarere Tropfen doch irgendwann zum Überlaufen bringt.

Derart zwiespältigen Gedanken und Gefühlen ausgesetzt, feierte Chris mit seinen Schulfreunden den Lehrabschluss. Als sie schließlich weit nach Mitternacht in einer bis auf die Abiturienten in ihren gebügelten Hemden und langen Kleidern leeren S-Bahn in Richtung Königs Wusterhausen fuhren, saßen Carola und Chris aneinander gelehnt auf einer Bank. Ihnen gegenüber kuschelte Carolas beste Freundin Birgit mit ihrem Freund Andreas. Kurz vor Eichwalde, wo die beiden aussteigen mussten, sagte Birgit kopfschüttelnd an Chris gewandt: "Schade, dass ihr euch so viel Zeit gelassen habt. Die schönsten Jahre habt ihr verpasst. Hättet ihr euch das nicht schon im ersten Lehrjahr überlegen können?"

Chris sah sie verwundert an: „Du tust ja gerade so, als hätten wir nur noch ein halbes Jahr zu leben! Oder als würde einer von uns in Afrika studieren wollen – oder ich zur Fahne nach Australien müssen!"

Birgit bemerkte nicht Carolas Erschrecken und ihren verzweifelten Gesichtsausdruck. Sie sah nicht die beschwörenden Blicke, die ihre Freundin ihr zuwarf, sondern fuhr an Chris gewandt fort: „Na, deinen Humor möcht' ich haben! Charkow ist dir wohl nicht weit genug?"

Die S-Bahn hielt in diesem Moment, und Birgit stieg mit ihrem Freund aus, rief noch: „Tschüss, viel Spaß auch noch!" durch die sich schließende Tür und hatte keine Ahnung, was sie angerichtet hatte. Sie hängte sich bei Andreas ein und schlenderte mit ihm zur Treppe.

Chris starrte Carola ungläubig an: „Charkow? Was soll das bedeuten? Wer will denn nach Charkow?"

Carola ließ den Kopf hängen. So sollte das nicht sein, so hatte Chris es nicht erfahren sollen!

„Ich", flüsterte sie. „Ich studiere in Charkow Landtechnik."

Wenn sie gesagt hätte, ich studiere außerhalb unseres Sonnensystems – Chris hätte nicht verständnisloser sein können.

„Aber wieso? Seit wann denn? Und wann wolltest du mir das sagen? Wenn die Koffer gepackt sind? Carola!" Er hatte sie an den Schultern gepackt und schüttelte sie. Carola ließ es geschehen, als sei sie eine Puppe.

„Carola, das kannst du nicht ernst meinen! Du wolltest doch in Berlin studieren, an der Ingenieurhochschule in Blankenburg. Es stand doch alles fest."

Carola weinte. Schluchzend stammelte sie: „Ich weiß es ja selbst erst seit drei Tagen. Ich wusste nicht, wie ich es dir sagen sollte."

„Aber wie kannst du überhaupt dorthin gehen? Musste man dafür nicht zum Vorbereitungskurs in Halle, ab dem zweiten Lehrjahr? Du warst doch aber hier!"

„Ja, das stimmt schon. Aber ich wollte damals schon nach Halle, doch da waren zu viele Bewerber und ich hatte die Vier in Mathe. Dann hieß es, wenn jemand abspringt, könnte ich aufrücken. Vorsichtshalber habe ich an der Abendschule die Sprachkundigenprüfung in Russisch und noch einen Fachrussisch-Lehrgang gemacht – rein prophylaktisch. Ich hatte wirklich nicht damit gerechnet, dass jemand aussteigt. Aber nun hat es sich doch so ergeben. Eins von den Mädchen ist schwanger geworden und bis letzte Woche sollte sie sich entscheiden, ob sie... jedenfalls, sie will das Kind behalten. Nun bleibt sie zu Hause. Und ihr Platz ist frei."

„Und du willst das wirklich machen? – Ist dir klar, was das bedeutet?"

„Aber wir können doch trotzdem..."

„Vergiss es!" fiel Chris ihr ins Wort. „Daran glaubst du doch selber nicht! – Und ich hatte gedacht, dir ist es genauso ernst wie mir." Seine Stimme zitterte.

Carola konnte nichts darauf antworten. Hatte Chris nicht Recht? Was hatte sie sich denn vorgemacht! Meinte sie tatsächlich, Jahre und Entfernungen zählten nichts und die Liebe bliebe und überdauerte alles wie ein Glas mit eingewecktem Kompott einen langen Winter? Was für eine Träumerin war sie denn!

Wusste sie wirklich nicht, dass so eine junge Liebe vor allem eines brauchte: Nähe!

Stumm und verbittert saßen sie auf der Bank, bis die Bahn in Königs Wusterhausen hielt. Ohne ein Wort holten sie ihre Fahrräder aus der Aufbewahrung und fuhren hintereinander her den Weg zum See.

Chris schloss das Haus auf, und Carola folgte ihm in den Flur. Als sie in der Kammer auf dem Bett lagen und ihre Körper wie sooft in den letzten Wochen aneinander entflammten, umklammerten sie sich mit der Verzweiflung zweier Ertrinkender, die vom anderen keine Rettung erhoffen dürfen und dennoch Schutz und Halt am anderen suchen.

Die Morgendämmerung war bereits erkennbar, als sie, immer noch stumm, wieder zu Atem kamen. Beide schauten sie auf das heller werdende Viereck des Fensters, hörten das lärmende Frühkonzert der erwachenden Vögel und wussten, dass sie von diesem strahlend anbrechenden Sommertag keine Freude zu erwarten hatten.

Schlafen konnten sie nicht.

Schließlich zog Carola sich an, Chris warf den alten Bademantel, der zum Haus gehörte wie das Dach und von dem niemand mehr wusste, wem er eigentlich mal gehört hatte, über und folgte Carola in den Garten. Hier, unter den Bäumen am Seeufer, wirkte sie in ihrem Abiballkleid aus dunkelrotem Brokat und den Silbersandaletten seltsam deplaziert. Es war kühl.

Carola schaute über das Wasser; im frühen Morgenlicht schien es wie flüssiges Blei. Sie dachte an ihren ersten Morgen hier auf dem Grundstück; es schien eine Ewigkeit seitdem vergangen zu sein, und doch waren erst wenige Wochen verstrichen.

Nichts, dachte Carola, ist so unbegreiflich wie die Zeit. Sie hat einen eigenen Willen, man kann sie nicht zwingen und nicht halten. Sie ist ganz unabhängig von dem, was wir tun.

So grausam unbeteiligt. Dass sie uns so seltsam erscheint, einmal flieht und einmal schleicht, liegt nur an uns.

Sie wusste nun, dass fünf Jahre eine lange Zeit sind, lang, viel zu lang für solch eine junge Liebe. Sie hatten dieser Zeit nichts entgegen zu setzen.

Die Verzweiflung umschloss Carola so vollständig, wie das Seewasser die Fische in seinem Reich.

Sie drehte sich zu Chris um und erkannte in seinem Gesicht den Spiegel ihrer eigenen Empfindungen.

„Ich liebe dich, Chris", flüsterte sie.

„Was nützt das!" sagte Chris tonlos, drehte sich um und ging ins Haus. Die Tür schlug zu.

Vorbei, dachte Carola. Vorbei, bevor es richtig begonnen hat. Fast blind vor Tränen ergriff sie ihr Fahrrad und schob es den Gartenweg hinauf. Sie wusste nicht, wie sie die verbleibenden Wochen bis zur Abreise in die Sowjetunion, nach Charkow, ihrem zukünftigen Studienort, überstehen sollte. Am liebsten hätte sie sofort die Koffer gepackt und den nächsten Zug genommen. Vielleicht half der räumliche Abstand, den zeitlichen schneller zu vergrößern.

Chris hatte sich auf die Sommerwochen mit Carola unbändig gefreut. Von einem Bekannten hatte er ein gebrauchtes Motorrad abgekauft und allerhand Ausflüge geplant. Auch wollte er Carola das Berlin seiner Oma zeigen, und er hatte vorgehabt, ein Ölbild von ihr zu malen, vor den Trauerweiden am See...

Nun aber erschienen die sich vor ihm auftuenden Wochen, die er so ungeduldig erwartet hatte, wie eine grenzenlose, öde weiße Landschaft, die mit Leben zu erfüllen alle Farben der Welt nicht reichten.

Irgendwie verstrichen die Sommertage einer nach dem anderen, ohne eine Spur zu hinterlassen. Fast war Chris froh, als seine Mutter ihm und Conny mitteilte, dass sie nun, da die Scheidung in die Wege geleitet war, aus dem Haus ausziehen und eine Drei-Raum-Wohnung in Berlin Buch bekommen würden. Inge begänne dann am Klinikum Buch als Physiotherapeutin zu arbeiten, bräuchte nun aber zunächst tatkräftige Hilfe beim Umzug.

Chris schleppte Möbel, malerte, tapezierte, bohrte Löcher in Wände, während Inge und Conny Geschirr ein- und auspackten Gardinen nähten, putzten und wischten wie eine ganze Kompanie Heinzelmännchen.

Cornelia war inzwischen fünfzehn Jahre alt und die einzige, die von Chris' enttäuschter Liebe erfuhr. Der Bruder tat ihr in der Seele leid, aber sie wusste nicht, wie sie ihm helfen konnte. Das hier war etwas anderes, als ihn bei einem Streit mit dem Vater ihre stille Unterstützung wissen zu lassen.

Aber als Inge ihren Sohn, nachdem die gröbste Umzugsarbeit geschafft war, aufforderte, doch nun endlich seine Ferien zu genießen, baden zu fahren oder ins Kino zu gehen und als Krönung meinte: „Du könntest dir auch mal 'ne Freundin anlachen!" bemerkte Conny

Chris' gequälten Gesichtsausdruck. Sie hielt deshalb ihrer Mutter entgegen: „Sei doch froh, dass Chris das hier alles managt! Es muss doch noch so viel getan werden – das schaffen wir beide nicht alles allein. Zumal in drei Tagen schon deine neue Arbeit anfängt."

Das stimmte, und insgeheim war Inge froh, dass Chris, nun als der Mann im Hause, sich um tausend wichtige Kleinigkeiten kümmerte. So fühlte sie sich, nachdem sie am ersten Arbeitstag aus der Klinik in die Wohnung zurückkam, doch schon ein wenig zu Hause. Und als sie am Tisch saß mit ihren großen Kindern, jedes entstanden aus der Liebe zu einem der beiden Männer in ihrem Leben, da fühlte sie sich auf seltsame Weise privilegiert und frei.

Die vielen äußeren Veränderungen machten, dass Inge nichts vom großen Kummer ihres Sohnes spürte.

Nach dem Urlaub arbeitete Chris in der Brigade seines Lehrbetriebes, in der er die praktische Arbeit des letzten Ausbildungsjahres verbracht hatte. Nach anfänglicher Zurückhaltung beteiligte er sich an Unternehmungen der Kollegen nach Feierabend. Sie gingen zum Bowling in den Palast der Republik, stiegen nach einer Dampferfahrt auf den Müggelturm, sahen im Kino DEFA-Filme wie „Die Verlobte" und „Bis dass der Tod euch scheidet" und ergatterten sogar Karten für eine Kabarettvorstellung der „Distel". Auch ein Fußballspiel gegen eine andere Brigade trugen die Arbeiter auf dem Sportplatz an der Wuhlheide aus.

Zur Verwunderung der Kollegen brachte Chris nun fast jedes Mal ein Mädchen mit, aber es war kaum zweimal dasselbe. Als der Brigadier Klaus Helling ihn daraufhin ansprach, meinte Chris bloß lakonisch: „Na und? In ein paar Wochen ist der Spaß sowieso vorbei. Wenn ich erst zur Fahne bin, muss die holde Weiblichkeit achtzehn Monate lang ohne mich auskommen. Da halte ich mich eben jetzt noch ordentlich 'ran!"

Verblüfft schüttelte Klaus den Kopf: „Seit wann bist du so zynisch? Das passt gar nicht zu dir, Chris!"

Chris zuckte die Schultern. „Woher willst du wissen, was zu mir passt?"

Das Gespräch war für ihn beendet. Er ahnte, dass Klaus mit seiner Meinung richtig lag, denn er fühlte sich selbst nicht wohl in seiner Haut. Und er wusste, dass es ein Unrecht war, Mädchen nur dazu zu benutzen, um den Schmerz im Herzen zu betäuben und sich vom Verlust Carolas abzulenken. Die Verbindungen, die Chris einging, hielten oft nicht einmal eine Woche lang; skrupellos nutze er die unbedeutendste Kleinigkeit, um seine Bekanntschaften schnell wieder los zu werden. Er ließ sich gar nicht die Zeit, ein Mädchen wirklich näher kennen zu lernen. Gefiel ihm eines, sprach er es an und hatte selten Probleme, eine Verabredung herbeizuführen. Wenn das Mädchen sich nach dem Kinobesuch oder dem Eisessen gegen körperliche Annäherung sträubte, gab es für Chris kein zweites Treffen mit ihr. Aber manche hatten auch nichts gegen schnellen Sex einzuwenden, da sie dies für modern und locker hielten.

Chris wusste aus Berichten seiner Mutter vom Krankenhausalltag, dass es durchaus junge Mädchen gab, die das in der DDR seit neunzehnhundertzweiundsiebzig geltende Gesetz zur Schwangerschaftsunterbrechung während der ersten zwölf Wochen zur Geburtenregulierung nutzten. Was sie sich damit antaten, ahnten die manchmal erst Fünfzehnjährigen nicht einmal.

Das Thema AIDS wurde im Westen zwar bereits heiß diskutiert, aber die Jugendlichen der DDR lebten doch beinahe wie auf einer Insel und hatten fast keine Kontakte zu Ausländern, nicht einmal zu den Deutschen des anderen Staates, es sei denn, zu Verwandten. So meinten viele, von der Krankheit kaum bedroht zu sein und verfolgten die Hysterie in den Westprogrammen von Rundfunk und Fernsehen mit staunendem Interesse. Manche glaubten wohl, das Risiko, als Heterosexueller in der DDR an AIDS zu erkranken, sei etwa so groß wie die Chance, zum achtzehnten Geburtstag einen Mercedes geschenkt zu bekommen. – Und zur Verhütung gab es die Pille ab sechzehn kostenlos und ohne, dass die Eltern dies erfahren mussten.

So war auch Chris unbekümmert und lebte wenige Monate lang scheinbar nur für die Momente, in denen er einen schlanken Mädchenkörper an sich pressen und in den Minuten der körperlichen Erfüllung seine seelische Not vergessen konnte.

Hatte Inge sich anfangs darüber gewundert, dass Chris sich fast nur zu Hause aufhielt, so stellte sie nun fest, dass ihr Sohn ständig unterwegs war und sie ihn wochentags kaum zu Gesicht bekam.

Chris spürte durchaus, was mit ihm geschah. Er fühlte den Widerwillen gegen sich selbst langsam in sich wachsen, und wenn er morgens in den Spiegel sah, wenn ihn die braunen Augen aus dem hellen Gesicht irgendwie strafend anzuschauen schienen, hatte er zuweilen das fast unstillbare Verlangen, sich selbst anzuspucken.

Der Oktober war bereits angebrochen; am ersten November sollte der Armeedienst beginnen.

An einem Freitag kam Chris nach einem Kinobesuch ungewöhnlich zeitig und frustriert nach Hause. Seine Begleiterin hatte sich unvorhergesehen sofort verabschiedet und war nicht zu einem Spaziergang im nahen Park zu überreden gewesen. Inge war mit ihrer Schulfreundin in die Oper gefahren, anschließend wollten die beiden noch an die Bar im Palast der Republik gehen und würden sicher, das wusste Chris, Gin-Tonic trinkend stundenlang über alte Zeiten reden. In der Annahme, Conny schliefe schon, schloss Chris die Wohnungstür vorsichtig auf und schlich über den Flur, um im Bad zu verschwinden. Bevor er die Tür hinter sich zuzog, vernahm er ein seltsames Geräusch. Es klang, als putze sich jemand die Nase. Chris lauschte, aber alles blieb still. Er duschte rasch und genoss den Komfort des ständig vorhandenen warmen Wassers. In dem Haus, wo sie bis zur Trennung der Eltern zur Untermiete gelebt hatten, musste man jedes Mal den Badeofen heizen, um warm baden oder duschen zu können. Aber hier, im Neubau, schien es nicht drauf an zu kommen. Chris wusste bereits, dass viele Leute jeden Tag Vollbäder nahmen, Kleinkinder bei jedem Windelmalheur in die Wanne gesteckt wurden, manche Leute sogar im Bad stundenlang das kalte Wasser laufen ließen, um die hochsommerlichen Temperaturen in der Wohnung leichter ertragen zu können. Einen Winter hatte er hier noch nicht erlebt, so konnte er nicht wissen, dass sich als Heizungsventilersatz nur die Fenster öffnen und schließen ließen, dass die Temperaturen in den Neubaublocks durchweg zu hoch lagen und deren Bewohner im tiefsten Winter deshalb innerhalb ihrer vier Wände in T-Shirts herumliefen. Dagegen froren die Studenten in ihren Hinterhauswohnungen, die Angestellten in den Büros, die Lehrer und Schüler in den Schulen.

Chris warf seine Wäsche in den Korb, nahm Jeans und Hemd über den Arm und schlich sich in das Zimmer, das er mit seiner Schwester teilte. Die Mutter hatte ihnen das Schlafzimmer überlassen und war in das kleinere Kinderzimmer, von manchen Leuten respektlos als Einbauschrank bezeichnet, gezogen. Conny und Chris hatten einen Kleiderschrank und das Bücherregal als Raumteiler aufgebaut und auf diese Weise für jeden einen eigenen Bereich geschaffen. Über Connys Bett hingen ausnahmslos Bilder, die ihr Bruder gemalt hatte: das Aquarell eines galoppierenden Pferdes, das Chris scherzhaft als sein erstes Auftragswerk bezeichnete, weil seine Schwester es sich von ihm zum vierzehnten Geburtstag gewünscht hatte, eine Kohlezeichnung mit Connys Konterfei und ein Ölbild, das den See und das Haus der Großmutter unter herbstlichen Bäumen zeigte.

Chris selbst hatte sich das Bildnis seiner Mutter, von dem er nun wusste, dass es tatsächlich sein Vater gemalt hatte, aus Omas Haus mitgenommen. Seine Mutter hatte geweint, als sie das Gemälde sah.

Oft blickte Chris forschend auf das Bild und dachte an den Maler, den Schweden Nils, und daran, wie sein Leben verlaufen wäre, gäbe es nicht diese unglückliche Trennung des Landes und der Stadt Berlin.

Es war dunkel im Zimmer, und Chris schlich rechts von der Schrankgrenze zu seiner Liege, ließ dabei seine Sachen über einen Hocker gleiten und schlüpfte nackt unter die Bettdecke. Als er still lag, hörte er wieder einen Laut, wie ein unterdrücktes Schniefen. Es war ganz nahe, konnte also nur von Conny stammen.

Flüsternd fragte er: „Conny?" Ein Schluchzen war die Antwort.

„Was ist denn? Tut dir was weh?"

Stille, bis auf ein fernes Autohupen und das Rauschen des Straßenverkehrs, das an- und abschwoll wie eine Meeresbrandung. Chris richtete sich auf, zog nun doch den Schlafanzug an und tastete sich zur anderen Seite hinüber. Er kauerte sich vor das Kopfende der Liege und flüsterte ins Dunkle: „Willst du mir nicht sagen, was los ist?"

Chris erschrak, als sich Conny herumwarf, an seinen Hals klammerte und laut aufschluchzte: „Ich bin ja so unglücklich, Chris!"

Er spürte ihr heißes tränennasses Gesicht an seiner Wange und fragte sich bestürzt, was seiner Schwester widerfahren sein mochte. Er hatte sie seit Jahren nicht weinen sehen, es musste also schwerwiegende Gründe geben.

Er knipste die kleine Nachttischlampe an, holte ein Taschentuch aus dem Schrank und gab es Conny. Ihr Gesicht war völlig verquollen, die Augen rot wie von einer schweren Entzündung und Chris bemerkte auch, dass das Kopfkissen nass war. Er warf es auf den Tisch und setzte sich zu Conny auf die Liege. Wie lange mochte sie schon weinend hier allein im Zimmer gelegen haben?

Nach einer Weile, in der Conny sich zu beruhigen schien, sagte sie: „Chris, wenn es dich nicht gäbe, würde ich glauben, alle Männer sind Schweine!"

Dieser Satz kam so unerwartet, dass Chris vollkommen perplex war, und beinahe hätte er gelacht. Wie kam seine kleine Schwester zu solch einer Feststellung?

Im selben Moment aber schämte er sich, dass sie anscheinend eine so hohe Meinung von ihm hatte, während er...

Chris schüttelte den Kopf. „Wie kommst du denn darauf?"

Noch immer konnte er die ganze Sache nicht allzu ernst nehmen. Sicher litt seine Schwester an typischem Backfisch-Liebeskummer, hatte sich in einen Typen auf dem Schulhof verknallt und der beachtete sie nicht... Allerdings – würde sie in diesem Fall dermaßen weinen und traurig sein. Das passte gar nicht zu ihr.

Doch da sagte Conny:

„Du weißt das nicht, Chris, aber ich hatte vor ungefähr drei Monaten jemanden in der Disco kennen gelernt. Jörg. Er ist schon fünfundzwanzig, aber er sieht jünger aus, ganz toll, groß und schlank und schwarzhaarig und... wir haben uns oft getroffen und viel unternommen, und Jörg wusste auch, dass ich erst fünfzehn bin. Es hat ihm nichts ausgemacht, und er sagte, wenn man sich wirklich liebt, spielen zehn Jahre Altersunterschied keine Rolle." Sie schluckte krampfhaft, schaute kurz hoch, um dann sofort wieder das zerknüllte Taschentuch in ihrem Schoß anzuschauen, als spräche sie ganz allein zu ihm und nicht mit ihrem großen Bruder.

Chris ahnte, wie es weitergehen würde, und am liebsten hätte er sich die Ohren zugehalten. Aber das ging nicht.

Conny fuhr fort: „Jörg sagte, er würde auf mich warten, denn ich sei ja noch so jung, und es würde auch ohne das... ohne – du weißt schon, halten zwischen uns.

Aber dann, nach einer Weile, begann er mich zu bedrängen, er sagte, er würde es nicht mehr aushalten... Und ich, ... ich hatte zwar auch Angst, aber ich liebe ihn doch so sehr. Und da habe ich, da hat er ...", sie holte tief Luft, „wir haben zusammen geschlafen."

Conny atmete nach dieser Beichte befreit auf, aber Chris war die Kehle wie zugeschnürt. Seine kleine Schwester! Er hätte diesen Jörg erwürgen mögen. Aber er wusste immer noch nicht, warum Conny nun so unglücklich war, wo sie den Mistkerl doch liebte, wie sie sagte. Aber da sprach sie schon weiter:

„Ich war so glücklich, Chris, weil ich dachte, dies ist nur der Anfang und nun wird es immer schöner... Aber es war der Anfang vom Ende. Nachdem Jörg bekommen hatte, was er wollte, verhielt er sich ganz anders. Manchmal gab er mir richtig das Gefühl, ihm auf die Nerven zu gehen. Das hat so wehgetan, aber ich hatte nicht genug Stolz, mir das nicht gefallen zu lassen. Und heute Nachmittag habe ich ihn gesehen, in der Mocca-Milch- Eisbar. Mit einer blonden Frau in seinem Alter. Sie saßen am Tisch direkt am Fenster und schauten sich unverwandt in die Augen und dann haben sie sich geküsst, und ... ach, Chris! Ich wär' am liebsten von der S-Bahn-Brücke auf die Gleise gesprungen. Bitte, sag, dass nicht alle Männer so sind. Bitte! Sag mir, dass wenigstens du nie so sein wirst, ja? Chris, versprich es mir!"

Sie schlang ihre weichen Kinderarme um den Bruder, und Chris spürte, wie ihm die Tränen in die Augen stiegen. In seinem Hals klemmte ein Klumpen ungeweinter Tränen, der saß dort seit Wochen fest und hatte ihn schon fast erstickt, weil Chris nach der Trennung von Carola nicht gewillt gewesen war, ihn zur Kenntnis zu nehmen.

Erst Connys Geständnis, ihre Trauer und ihr bedingungsloses Vertrauen zu ihm, ließen Chris plötzlich ahnen, was er sich und anderen in der letzten Zeit angetan hatte. Er ekelte sich vor sich selbst, und zum ersten Mal fragte er sich, wie viele Mädchen seinetwegen geweint hatten und wie viele tatsächlich so locker und oberflächlich gewesen waren, wie sie sich gaben. Er schämte sich entsetzlich.

Vor sich und vor den Mädchen, deren Namen er nicht einmal behalten hatte.

Und er schämte sich, weil der all die Wochen hindurch nicht bemerkt hatte, mit welchen Nöten sich Conny herumschlug. Er hatte nicht auf sie aufgepasst!

Chris legte die Arme um seine Schwester und spürte ihr Erschrecken, als sie bemerkte, dass nun er es war, der weinte.

„Chris, es tut mir leid! Ich wollte doch nicht...ich hätte dir das nicht erzählen sollen. Du hast ja selber genug Sorgen!" Sie hatte sich wieder einigermaßen gefasst, verstand aber nicht, weshalb Chris von ihrer Beichte dermaßen mitgenommen war.

Aber Chris schüttelte nur heftig den Kopf. „Nein, nein! Es ist ja gut, dass du mir's erzählt hast, Conny! Wirklich! Du ahnst ja nicht... Ich bin so froh, dass du mir alles gesagt hast!" Er schluckte krampfhaft und wischte sich über das Gesicht. „Conny?"

„Ja?"

„Ich verspreche dir, dass ich nicht so sein will! Ich versprech's, wirklich!" Er wusste, dass er sie nicht belog, denn er hatte nicht von der Vergangenheit, sondern von der Zukunft gesprochen.

Wenige Wochen später bestand die Zukunft für Chris nun zunächst aus dem achtzehnmonatigen Wehrdienst. Diese Zeit teilte sich für ihn, wie für jeden der jungen Männer, in dreimal sechs Monate: sechs Monate Grundausbildung mit der Vereidigung, zu der Inge und Conny ihn besuchten, als einzigem Lichtblick, weitere sechs Monate Routinedienst mit täglichen Ärgernissen und täglicher Wut über sinnlosen Drill, aber auch Erleichterung, nun als so genanntes „Zwischenspringschwein" nicht mehr der alleinige Fußabstreicher für einige frustrierte oder primitive Diensthöhere zu sein, und schließlich das dritte und letzte Halbjahr, das Halbjahr des bunt gefärbten Bandmaßes seiner Oma. Die verschiedenfarbigen Bandabschnitte symbolisierten Feiertage, Dienst, Urlaub – es war eine richtige Wissenschaft und ein festgeschriebenes Ritual. Gegen Ende des zweiten Drittels gab es einen intern vorgeschriebenen Tag, an dem die Maßbänder bemalt werden durften. Man braucht drei Stück davon: eines war für den Alltag gedacht, eines für den Urlaub und eins als Reserve, falls ein Exemplar jemandem in die Hände fiel, der es beschädigte oder einzog. Die Samstage wurden halb und die Sonntage ganz rot eingefärbt, die Montage blau, der Tag, der die Woche teilt, grün, die Schnapszahlen braun. Die Ziffern, die die Jahreszahlen der Armeezeit bezeichneten, wurden halb oder voll geschwärzt. Man trug das Bandmaß am Schlüsselbund und hatte ebenfalls genau die korrekte Summe von einundfünfzig Pfennigen mit sich zu führen. Für das erste Glas Bier in Freiheit!

Chris verbrachte die eineinhalb Jahre in einem kleinen Ort an der Grenze zu Westdeutschland im Harz. Die Routine des Wachwechsels überdeckte Wochen- und Feiertage, nahm zuweilen solche Ausmaße an, dass Chris manchmal meinte, sein Leben bestünde nur noch aus diesem ewig und ewig immer wiederkehrenden Wechsel zwischen Dienst und Freischicht. Er bemerkte kaum, wie die Wochen verstrichen, und wenn er einen Brief von seiner Mutter oder Conny oder einem ehemaligen Klassenkameraden und derzeitigen Leidensgenossen aus Prora, der „Henne" in Erfurt, „Stern Buchholz" bei Schwerin oder aus Eggesin erhielt, war er jedes Mal erstaunt, dass schon wieder ein Monat ins Land gegangen war.

Am Tag seiner Entlassung stieg Chris mit Reisetasche und Campingbeutel in Berlin Lichtenberg aus dem Zug. Suchend schaute er sich um. Inge hatte versprochen, ihn abzuholen, aber wo war sie? Plötzlich tippte ihm jemand von hinten auf die Schulter. Er drehte sich um. Hinter ihm stand Cornelia und strahlte ihn an. Chris ließ die Tasche fallen und seine Schwester flog ihm um den Hals. Er schwenkte Conny, die einen ganzen Kopf kleiner war als er, im Kreis herum. Als er sie absetzte, schaute sie zu ihm hoch und meinte: „Du bist ja 'n richtiger Mann geworden, Chris!"

Mit gespielter Empörung schob Chris sie auf Armlänge von sich. „Was soll das heißen, he? Was war ich denn vorher?"

Conny kicherte nur und sah sich plötzlich suchend um. Erst jetzt bemerkte Chris den jungen Mann, der in einiger Entfernung stand und die Szene mit finsterem Gesichtsausdruck beobachtete. Er ist eifersüchtig, dachte Chris amüsiert.

Conny zog den Jungen heran und stellte ihn Chris als „mein Freund Ingolf" vor.

Sie gaben sich die Hand.

Chris musterte den anderen neugierig. Er schien höchstens achtzehn zu sein und außerdem schwer verliebt in Conny. Besitz ergreifend legte er seinen Arm um sie und schaute Chris herausfordernd an. Chris musste lachen: „Na, ich bin vielleicht froh, dass ich nachweislich Connys Bruder bin! Sonst hätt' ich wohl gleich eine gefangen, als sie mir vorhin um den Hals fiel, was?"

Ingolf und Cornelia mussten nun ebenfalls lachen, und die Situation entspannte sich.

„Wo ist denn Mutti?" wollte Chris wissen. „Ich dachte, sie holt mich ab."

„Hatte sie auch vor", entgegnete Conny. „Aber dann musste sie überraschend für eine Kollegin einspringen. Sie war ganz schön sauer! – Deshalb sind wir hier, um den roten Teppich auszurollen!" Sie drückte Chris' Arm. „Willkommen im Leben, Brüderchen! Heute Abend, wenn Mutti vom Dienst kommt, gibt's Broiler mit Pommes, und als Nachtisch habe ich Rote Grütze mit Vanillesauce gekocht. Na, wie find'ste det?"

Sie war übermütig, und Chris ließ sich gerne von ihrer Stimmung anstecken.

In den nächsten Tagen allerdings wusste er zunächst nicht viel mit seiner neugewonnenen Freiheit anzufangen. Niemand befahl ihm, was zu tun sei!

So fuhr er mit dem Motorrad zum Seegrundstück hinaus, brachte dort einiges in Garten und Haus in Ordnung, teerte den alten Kahn und strich den Gartenzaun.

Die Zeit von Mai bis Ende August arbeitete er wieder in seiner alten Brigade und suchte sich während dieser Zeit ein Zimmer in der Nähe von Weißensee, damit der Weg zur Hochschule nicht so weit wäre. Er fand eines in der Mollstraße nahe des Alexanderplatzes zur Untermiete in der Dreiraum-Neubauwohnung, die eine ältere Dame ganz allein bewohnte.

Cornelia versuchte zwar, Chris zu überzeugen, dass er nicht auszuziehen brauche, sie würden in dem gemeinsamen Zimmer zu zweit doch zurecht kommen, aber sie selbst besuchte nun die Erweiterte Oberschule, brauchte selbst mehr Platz und Ruhe zum Lernen, und Chris bemerkte auch schnell, dass Ingolf dabei war, sich einen Stammplatz am Esstisch der Familie und auch bei Conny im Zimmer zu behaupten. Und er selbst würde zudem mehr Platz brauchen, für seine Staffelei und all die anderen Dinge, mit denen er sein Studium ausfüllen wollte.

Die dreitägige Aufnahmeprüfung an der Kunsthochschule in Berlin Weißensee hatte er mit Bravour bestanden; die Mitglieder der Prüfungskommission nickten sich bedeutungsvoll zu, als sie die Arbeiten des Christoph Täumler prüften: ja, hier würde sich ein großes Talent weiter entfalten und entwickeln können! Von dem jungen Mann war sicher einiges zu erwarten!

Im Laufe des Sommers bezog Cornelia ihren Bruder ständig in Unternehmungen mit ihrem Freund Ingolf mit ein. Chris musste mit ins Freizeit- und Erholungszentrum, in die Müggelberge und in die Disco, ins Kino und ins Theater, und oft brachte Conny ihre Freundin Marina mit, bis Chris merkte, woher der Wind wehte.

„Conny?" stellte er sie zur Rede. „Hast du vielleicht die Absicht, mich zu verkuppeln. Nichts gegen Marina. Aber das wird nichts. Meinst du, ich kann allein kein Mädchen finden, oder was?"

So direkt darauf angesprochen, war Cornelia ganz verdattert: „Aber ich wollte doch bloß... ich dachte..."

„Das lass mal lieber, ja? Du brauchst in dieser Beziehung nicht für mich zu sorgen!"

Seine Schwester ließ den Kopf hängen.

Eines Nachmittags kam Chris in die Wohnung, sah Ingolfs Schuhe an der Garderobe stehen und wollte daraufhin ins Wohnzimmer gehen, statt ins gemeinsame Kinderzimmer, als er laute Stimmen vernahm.

„Was weißt du denn schon über uns!" rief Cornelia aufgebracht. „Du hast es immer schön zu Hause gehabt, mit Mami und Papi, die sich nur um ihr einziges Kind kümmern. Aber Chris hatte nicht solches Glück! Du kannst doch nicht bloß immer dich sehen, du..."

„Na was! Sag es schon!" Ingolfs Stimme klang ebenfalls laut und ärgerlich. „Sag', dass ich ein Egoist bin, das meinst du doch, oder? Mensch, Conny, ich will doch bloß, dass wir auch mal allein sind, dass wir nur zu zweit mal was unternehmen! Du kannst Chris doch nicht helfen so wie du das machst!"

„Woher willst du das wissen? Wenn du was gegen meinen Bruder hast, dann ist sowieso alles sinnlos. Dann..."

„Aber ich habe doch nichts gegen Christoph!"

„Du benimmst dich aber so!"

„Conny, das ist doch Unsinn!"

„Lass mich in Ruhe, ja?!"

Chris wollte schon hinüber laufen, um den beiden Streithähnen seine eigene Meinung in dieser Sache klar zu machen, als Ingolf aus dem Zimmer gestürmt kam, die Tür hinter sich zuschlug, seine Schuhe packte und auf Socken aus der Wohnung lief.

Chris wartete einen Moment und ging dann zu Conny hinein. Sie saß am Tisch,
den Kopf in die Hände gestützt, und starrte in ein Buch, das dort lag.

„Conny, ich habe alles mitgehört. Tut mir leid, aber es ließ sich nicht vermeiden."

Cornelia schaute hoch, ihr Gesicht war blass. Aber Chris erkannte gleich, dass es nicht vor Angst war, Ingolf vielleicht verprellet zu haben, sondern vor Wut.

„Es tut mir leid, dass ihr euch meinetwegen gestritten habt", sagte Chris. „Das solltet ihr wirklich nicht. Gibt es nicht genügend andere Gründe, sich zu zanken?"

Conny zuckte die Schultern und schüttelte den Kopf. „Ich kann nichts dafür. Aber, Chris, wenn jemand dich ärgert oder schlecht von dir denkt oder redet, dann sehe ich rot. Das war schon früher so. – Darum war ich auch so froh, als wir von zu Hause weggezogen sind."

Über diese Dinge, wie über die Scheidung überhaupt, hatten die Geschwister bisher nie gesprochen. Sie hatten scheinbar kommentarlos die Tatsache akzeptiert, dass die Mutter sich scheiden ließ.

„Du warst froh?" fragte Chris deshalb erstaunt. „Aber es ist doch dein richtiger Vater. Nur meiner nicht."

„Ich wollte, es wäre auch nicht meiner!" sagte Cornelia leise. „Ich kann's nun mal nicht ertragen, wenn jemand mies zu dir ist."

„Ich weiß. Und du bist die beste Schwester, die man sich wünschen kann. Aber du musst mich nicht verteidigen, Conny. Ich bin doch schon groß!" Er lächelte. "Und ich glaube, Ingolf hat Recht. Er ist schon o.k. Jetzt vertrag dich wieder mit ihm, ja?"

Conny zuckte wieder die Achseln: „Mal sehen!"

In den letzen Augusttagen verbummelte Chris ein paar übrig gebliebene Urlaubstage. Per S-Bahn, Straßenbahn und zu Fuß durchstreifte er Berlin. Die vielen Baustellen veränderten das Antlitz der Stadt permanent, und die neuen Stadtbezirke, die es vor wenigen Jahren noch gar nicht gegeben hatte, machten, dass Chris dachte: Oma fände sich nicht mehr zurecht. Er zuckelte durch die Großbaustelle für das neue Wohngebiet in Hohenschönhausen; fast genau zum Zeitpunkt von Chris' Einberufung war hier die Grundsteinlegung erfolgt. So viele neue Wohnungen, überlegte Chris, mehr als zwei Millionen seit Neunzehnhunderteinundsiebzig. Doch noch immer nicht ausreichend! Und was wird mit den alten Häusern, denen am Prenzlauer Berg und anderswo, in den Hinterhöfen von Berlin? Wer wird dort noch wohnen wollen, wenn alle eine Neubauwohnung haben werden? Wird dann alles dort abgerissen oder überlässt man es einfach dem Verfall, getreu dem Motto „Ruinen schaffen – ohne Waffen"?

Chris sah den Neubau der Berliner Charitè nahe der Humboldt-Universität über seine Umgebung hinausragen und ihm fiel seine Mutter ein, die vielleicht eben jetzt im Klinikum Buch eine Beinamputierte das Laufen und Treppensteigen mit einer Prothese lehrte.

Mit Staunen stand Chris vor dem im April Neunzehnhundertvierundachtzig neu eröffneten Friedrichstadtpalast und erinnerte sich an seinen Besuch dort kurz vor Beginn der Umbauarbeiten. Es war anlässlich eines Puhdys-Konzertes gewesen, und er hatte damals im Rang gesessen, heilfroh darüber, denn einige Jugendliche warfen mit von Silvester aufgesparten Blitzknallern, und Chris hatte um seine nagelneue Westjeans aus dem Intershop gebangt.

Am letzten Wochenende vor dem Studienbeginn bezog Chris sein möbliertes Zimmer in der Mollstraße. Er fuhr mehrmals mit dem Motorrad, einen Rucksack auf dem Rücken, die Seitengepäckträger zusätzlich schwer beladen, hin und her.

Zuletzt griffen sich auch Cornelia und Ingolf noch einige Gepäckstücke, und zu dritt fuhren sie mit der S-Bahn bis zum Alexanderplatz.

Nach einem Fußmarsch quer über den Alex standen sie endlich im Flur des Hochhauses.

„Gott sei dank gibt's hier einen Fahrstuhl", seufzte Conny, stellt die schwere Tasche ab und drückte auf den Knopf neben der Fahrstuhltür.

„Freu dich nicht zu früh!" Chris grinste. „Der ist kaputt."

„Willst du damit sagen, dass du all das Zeug die vier Treppen zu Fuß hochgeschleppt hast?"

„Muss wohl so sein!"

Also stapften sie die Stufen hoch. „Das schlimmste sind die Bücher", gab Chris zu, und Ingolf gab ihm keuchend recht: „Was hast du auch so viele!"

Chris war aber nicht in der Lage gewesen, sich von einigen der vom Lehrlingsgeld oder schon früher vom Taschengeld zusammengesparten Bände zu trennen. Einige hatte er in Prag in der Internationalen Buchhandlung ergattert, darunter bestimmte Titel von Christa Wolf und Maxi Wander, Erich Loest und Stefan Heym, die in der DDR äußerst schwer zu beschaffen waren.

Als Conny das Zimmer betrat, schlug sie die Hände über dem Kopf zusammen:

„Ach du meine Güte, Chris. Das ist kein Zimmer, das ist ein Museum! Das sieht doch hier aus, wie im vergangenen Jahrhundert!"

„Pst!" Chris sah sie beschwörend an. „Nicht so laut! Die Wände sind dünn. Die alte Dame ist furchtbar stolz auf den alten Plunder, und ich glaube sogar, zu Recht. Es sind echte Stilmöbel, wenn der Staatliche Kunsthandel das mitbekommt, ist sie das Zeug bald los und es verschwindet auf Nimmerwiedersehen in Mühlenbeck. Also, behaltet das für euch. Ich musste ihr hoch und heilig versprechen, vorsichtig mit der Politur zu sein, ja keine Gläser darauf abzustellen und so. Sie wollte eigentlich gar nicht vermieten, und wenn ich Frank nicht kennen würde, hätt' ich das Zimmer nie gekriegt. Er ist irgendwie mit ihr verwandt und hat ihr gesagt, ich sei vertrauenswürdig. – Seid also bitte nett zu ihr! – Ansonsten scheint sie sowieso in Ordnung zu sein. Lässt mich sogar mal ihr Telefon benutzen und die Küche auch, wenn ich alles wieder aufräume. Mach ich ja – schließlich hat mich meine Schwester gut erzogen!"

Conny lachte. Aber dann sah sie den Bruder bittend an: „Chris?"

„Was denn?"

„Willst du nicht doch lieber zu Hause wohnen bleiben?"

„Nee! Da müsst' ich ja alles wieder zurückschleppen."

„Ich helfe dir auch!"

„Connylein, komm, lass gut sein. An den Wochenenden werd' ich mich sehen lassen. Aber nur, wenn du immer mal Gummiadler brätst! Möglichst mit Pommes!"

In seiner Seminargruppe fühlte Chris sich von Anfang an wohl. Die Studenten, die nach dem einjährigen Grundlagenstudium dann zwei weitere Jahre in einer der neun Richtungen von Architektur über Formgestaltung bis zu Graphik oder Malerei weiterstudieren würden, hatten fast alle eine abgeschlossene Berufsausbildung wie Chris aufzuweisen und kamen aus allen Teilen der Republik. Von „Fischköppen" aus dem Norden bis zu „Schluchtenjodlern" aus dem Thüringer Wald oder Erzgebirgern aus Sachsen war fast jeder Landstrich vertreten. Das brachte einen vielseitigen, interessanten Meinungs- und Gedankenaustausch mit sich.

Während des ersten Semesters interessierten sich die Studenten noch nicht so stark für die Struktur ihrer Bildungseinrichtung, für ihre Geschichte und den Wandel ihres Anliegens, auch infolge der Leitung durch verschiedene Direktoren – das kam erst im Verlauf des Studiums. Zu Chris' Zeit war der Maler Walter Womacka bereits seit Neunzehnhundertachtundsechzig Rektor der „Hochschule für angewandte Kunst", die er ein Jahr nach seinem Amtsantritt in Kunsthochschule Berlin umbenannte. Damit änderte sich nicht nur der Name, sondern auch die Leitidee der Schule: die Ausbildung freier bildender Künstler sollte gegenüber den angewandt schaffenden Künsten hervorgehoben werden. Das Anliegen bestand darin, die Zersplitterung der Künste aufzuheben mit dem Ziel einer harmonischen Umweltgestaltung vom Arbeitsplatz über das Produkt, bis zur Wohnung und zur Architektur.

Dieses lobenswerte Anliegen zerrieb sich jedoch häufig an der Wirklichkeit, die nur zu oft gezwungen war, ökonomische Prämissen in den Vordergrund zu stellen, wie viele kreative Künstler zu ihrem Leidwesen erfahren mussten..

Von einigen Kommilitonen erfuhr Chris von den verheerenden Umweltschäden im Süden der DDR durch die Steigerung der Energieproduktion aus der Braunkohle, nachdem die Sowjetunion die Erdöllieferung reduziert hatte. Das Waldsterben im Erzgebirge rund um den Fichtelberg aber wurde von offizieller Seite als „journalistische Erfindung westlicher Medien" erklärt. Der Wald sterbe nicht, er verändere sich bloß...

Einige Studenten waren nicht nur künstlerisch aktiv und machten ihre Mitstreiter auf solch kritische Werke wie „Das zweite Gesicht" oder „Freundlicher Besuch im Braunkohlenrevier" von Wolfgang Mattheuer aufmerksam, sondern engagierten sich auch in einigen der etwa fünfhundert Gruppen, die im ganzen Land verteilt zu den Themen Frieden und Umwelt arbeiteten. Allein dies brachte streitbares Potential in das Zusammenleben der Studenten.

Außer an ihrer eigenen Ausbildung waren die „Studenten im ersten Semester" jedoch, ganz so, wie es im gleichnamigen Lied von Kurt Demmler heißt, natürlich vorrangig an sich und dem jeweils anderen Geschlecht interessiert. Auch Chris war während des Winterhalbjahres nacheinander mit zwei Kommilitoninnen liiert, und die letzte Beziehung dauerte noch an, als er im März des Jahres Neunzehnhundertsechsundachtzig Kathleen traf.

Unter den Linden, gleich neben der ehrwürdigen Humboldt-Universität, an der seit über hundert Jahren nun auch Frauen studieren dürfen, befindet sich die Staatsbibliothek, ursprünglich errichtet, weil die „Kommode", jenes Gebäude, das die fast eineinhalb Millionen Bände der königlichen Bibliothek beherbergte, aus allen Nähten platzte. Elf Jahre lang baute Ernst von Ihle, der Lieblingsbaumeister Wilhelm II., bis endlich im Jahre Neunzehnhundertvierzehn die Preußische Staatsbibliothek Unter den Linden eröffnet werden konnte.

Chris schwamm mit Mühe gegen den Strom der Studenten, der sich aus dem Tor der Humboldt-Universität ergoss. Er hatte eben die Zeit erwischt, in der dort die meisten Vorlesungen endeten. Gemeinsam mit ihm drängten sich noch mehrere junge Leute in die Bibliothek. Einige schienen bereits Stammkunden zu sein, andere ließen sich von den Bibliothekarinnen helfen. Chris musste eine ganze Weile warten, bis er sich anmelden konnte und einen Leserausweis erhielt.

Im Lesesaal setzte er sich mit Büchern und Dokumenten über die DDR-Kunstausstellungen in Dresden unter die wachsamen Augen, die von den Portraits Stophs, Honeckers und Sindermanns auf die Bücherwürmer herabblickten.

Es herrschte eine tiefe, angenehme Stille, nur unterbrochen von leisem Knistern und Rascheln, einem Hüsteln oder Räuspern.

Chris las und schaute sich in einem Katalogband über die umstrittenen Kleinplastiken der VIII. Kunstausstellung fest. Er sollte in der Seminargruppe ein Referat darüber halten. Schade, dachte er, dass ich damals nicht selbst in Dresden war, um mir das anzusehen! Die Plastik des feisten Handwerkers mit dem verschmitzten Gesichtsausdruck, der vergoldeten Nase und der heimlich nach hinten offen gehaltenen Hand sah im Original bestimmt noch viel köstlicher aus. Auch der Kranhaken, geeignet, einen LKW hochzuheben, aber nur mit einer mittleren Hühnerfeder belastet, bezeichnet mit dem Titel „Aufwand und Nutzen", hatte garantiert so manchen geärgert. Ob das Kunst war, darüber ließ sich sicher auch trefflich streiten. Aber warum eigentlich nicht! Nicht weniger interessant waren die Bilder. Chris machte sich fleißig Notizen und Skizzen, versuchte gleichzeitig einen roten Faden oder wenigstens zunächst einen Aufhänger für sein Referat zu finden, als er sich plötzlich beobachtet fühlte.

Er schaute hoch und blickte genau in die Augen eines Mädchens einen Tisch weiter auf der anderen Seite des Ganges. Ertappt senkte sie den Blick wieder in ihr Buch, und Chris bemerkte, wie eine leichte Röte ihr Gesicht überzog. Er nahm sich nun, da sie sicher so rasch nicht wieder hoch schauen würde, Zeit, sie genauer zu betrachten. Sicher war sie ebenfalls eine Studentin, wie sonst hätte sie an diesem zeitigen Nachmittag hier in der Bücherei sitzen können. Sie war sehr schlank, aber nicht dünn, trug Jeans und ein kariertes Flanellhemd und die schwarzen Haare kurz geschnitten. Als einziger Schmuck vibrierten an ihren Ohren winzige Sternchen an silberfarbenen Kreolen.

Sie blätterte scheinbar planlos in dem Buch herum, schlug es schließlich zu und verließ damit den Lesesaal. Im Vorbeigehen schaute sie noch einmal zu Chris, und ihre Blicke tauchten für einen atemlosen Augenblick ineinander.

Chris hielt es nicht mehr lange im Lesesaal. Er brachte die Bücher und Kataloge, die nur Ansichtsexemplare waren, zurück und wollte sich noch etwas Belletristisches aussuchen. Vergeblich suchte er bei A nach Lesestoff von Ajtmatow. Es konnte doch nicht sein, dass alles bereits verliehen war! Oder war Ajtmatow inzwischen etwa auch so in Ungnade gefallen, dass seine Bücher aus den Regalen verbannt wurden?

„Alles ausgeliehen", sagte die Bibliothekarin, die er schließlich um Hilfe bat. „Den letzten Band hat gerade die junge Dame mitgenommen, die dort, die eben durch die Tür geht." Chris schaute ihrem ausgestreckten Arm hinterher und sah „sie" durch die Tür verschwinden. Das gab's doch nicht!

„Wahrscheinlich", erklärte die mitteilsame Angestellte, „arbeiten die Bibliothekswissenschaftler, die Studenten meine ich, mal wieder alle zur selben Thematik. Dann können Sie's vergessen, noch irgendwelche Literatur zu bekommen. Die Bücher sind alle erst dieser Tage geholt worden. Vor vier Wochen haben Sie da keine Chance. Versuchen Sie's doch mal in der Stadtbibliothek!"

Chris fuhr ohne Belletristik zurück zum Alex. Doch vier Wochen später zog ihn die Staatsbibliothek wie ein Magnet. Lange stöberte er in den Regalen, zog Bücher heraus, blätterte, las, wartete, und mochte sich doch nicht eingestehen, dass er wartete. Zehn Minuten vor Toresschluss kam ein Mädchen durch die Eingangstür gestürmt, ließ einen Stapel Bücher auf die Ausleihtheke gleiten und sagte aufatmend: „Ich dachte schon, ich schaff's nicht mehr. Das hat man davon, wenn man S-Bahn fährt: Schienenersatzverkehr. Und das mit dem Gepäck!"

Chris' Herz klopfte. „Sie" war es! Aber trotz seiner Freude darüber, dass sie gekommen war, dass sich seine Annahme, sie behielte die Bücher bis zum letzten Tag, bestätigte, fragte er sich: und was nun? Was will ich von ihr? Will ich überhaupt etwas von ihr? Und warum? Wir kennen uns nicht, ich weiß überhaupt nichts über sie... Aber sie hat mich so angesehen – so fragend... Ich kann sie nicht vergessen.

„Wollen Sie noch was Neues mitnehmen?" hörte er die Bibliothekarin fragen.

„Ja", sagte die Studentin. „Ich beeile mich auch."

Bevor Chris überlegen konnte, ob er diese Begegnung wirklich wollte, standen sie sich zwischen zwei Regalen gegenüber.

„Ick bin allhier", sagte Chris, wie der Igel nach dem Wettlauf mit dem Hasen.

Irritiert sah sie ihn an, denn sie wusste nicht, wie er das meinte, und stellte schließlich fest: „Aber wir sind doch gar nicht um die Wette gelaufen."

„Das nicht", sagte Chris. „Aber damals", er sagte tatsächlich „damals", obwohl gerade achtundzwanzig Tage vergangen waren, „hast du mir den Ajtmatow genau vor der Nase weggeschnappt. Falls du das heute mit Plenzdorf auch vorhattest – zu spät!" Er hielt ihr die „Legende vom Glück ohne Ende" entgegen.

Jetzt musste sie lachen. Aber sie schüttelte den Kopf. „Verstehe, aber ich bin heute auf was anderes aus."

Chris schaute zu, wie sie sich ihren Lesestoff zusammenstellte. Sie schien nervös, beobachtete Chris heimlich aus den Augenwinkeln, und sie schien das Alphabet nicht zu kennen, obwohl sie diesen Eindruck ansonsten eigentlich wirklich nicht machte.

Schließlich standen sie nebeneinander an der Ausleihe. Sie hatte es so eingerichtet, dass Chris als erster an der Reihe war. Er konnte dabei einen Blick auf ihren Leserausweis werfen: Bürmer – das war der Nachname. Den Vornamen konnte er nicht richtig erkennen: irgendwas mit Kat... oder so ähnlich am Anfang?

Chris packte sein ausgeliehenes Buch in die Aktentasche, zog den Reißverschluss des Parkas zu und verließ mit einem „Wiederseh'n" die Bibliothek. Ein enttäuschter Blick bohrte sich in seinen Rücken.

Die Studentin ließ sich nun Zeit. Ihr war traurig zu Mute. Wahrscheinlich war es doch nur ein belangloser Zufall gewesen, dass sie ihn heute wieder getroffen hatte.

Zuerst hatte sie noch gemeint, er hätte diesem Zufall nachgeholfen. Oder vielleicht war es tatsächlich so, und sie entsprach nun nach dem ersten Eindruck nicht seinen Vorstellungen. So was gab's. Damit musste man leben. Es war nur ein Elend, dass ihr immer die gefielen, die sich nicht für sie interessierten, und dass sie selbst welchen gefiel, für die sie sich nicht erwärmen konnte.

Sie trödelte aus dem Eingang, trat auf den Fußweg und gab sich keine Mühe, die Passanten mit einem fröhlichen Gesichtsausdruck zu beglücken.

Chris beobachtete sie. Sie denkt, ich bin gegangen, schoss es ihm durch den Kopf, als er ihr Gesicht sah, und sie ist enttäuscht. Er spürte plötzlich das starke Bedürfnis, sie in die Arme zu nehmen, ihr etwas Schönes zu sagen, sie zum Lachen zu bringen. Ich hab' mich verknallt, dachte er. Nach zwei Blicken schon, und noch mehr nach ein paar Worten. Seltsam!

Er löste sich von dem Zaun, an den gelehnt er gestanden hatte, machte die paar Schritte ihr entgegen und fragte so, als hätte er wie verabredet auf sie gewartet:

„In welche Richtung musst du eigentlich?"

Ihr Kopf ruckte hoch, und ein freudiger Schreck durchfuhr sie: er *hatte* gewartet!

„Greifswalder Straße", sagte sie.

„Da haben wir erst mal den gleichen Weg – Oder willst du wieder S-Bahn fahren?
Ist doch ein Umweg."

„Ja, schon. Aber ich hatte vorhin noch was in der Werner-Seelenbinder-Halle zu erledigen. Sonst nehm' ich auch immer die Straßenbahn und laufe den Rest."

Die Straße unter den Linden mündet in die Karl-Liebknecht-Straße und überquert die Spree. Aber Chris und seine Begleiterin beachteten weder den Dom zur linken, noch den Palast der Republik zur rechten, noch ließen sie sich von den über dem Spreewasser kreischenden Möwen stören. Beide waren sie vollkommen mit sich beschäftigt und von ihrem jeweiligen Gegenüber in Anspruch genommen.

Sie waren unmittelbar dazu übergegangen, ihre Lebensläufe vor sich auszubreiten, wobei hauptsächlich Chris fragte, und dabei erfuhr, dass seine Begleiterin aus Potsdam stammte, ihre Mutter Slawistik studiert hatte und nun als Dolmetscherin in einem Verlag arbeitete, ihr Vater Vorsitzender einer SED-Kreisleitung bei Potsdam war, sie selbst das Abitur auf der EOS abgelegt und nun dieses Studium der Bibliothekswissenschaften begonnen hatte.

Sie fühlten sich beide auf derselben Wellenlänge durch die Stadt gleiten, und dieses Gefühl war so berauschend, dass Chris erst in der Prenzlauer Allee aufblickend feststellte, dass die Mollstraße bereits hinter ihnen lag. Längst trug er das größere der beiden Bücherpakete, und sich orientierend sagte er:

„Ein Stückchen weiter westlich, parallel zu dieser Straße, verläuft die Kastanienallee. Dort hat meine Oma früher gelebt. Übrigens – irgendwie siehst du ihr ein bisschen ähnlich, natürlich auf einem Jugendfoto von ihr. – Wie heißt du eigentlich?"

Als sie „Kathleen" sagte, fand er, kein anderer Name hätte passender sein können, denn nun kam zu der Ähnlichkeit der äußeren Erscheinung noch die Namensähnlichkeit zu seiner Großmutter Katharina.

„Ich bin Christoph", sagte er.

Kathleen nickt. „Chris", sagte sie leise. Dann fragte sie: „Hast du ein Bild von deiner Oma?" Ihre Neugier war geweckt, denn wenn Chris' Maleraugen eine Ähnlichkeit feststellte, wollte sie selbst suchen, worin diese bestand.

„Hier nicht", sagte Chris. „Aber ich kann es dir bei Gelegenheit zeigen. Ich hab' ein altes Album meiner Oma aus ihrer Berliner Jugendzeit."

„Wo wohnst du denn?" fragte Kathleen. „Bei deinen Eltern oder im Studentenwohnheim?"

„Weder noch. Zur Untermiete, in der Mollstraße."

„Sind wir da nicht schon vorbei?"

„Das hab' ich auch gerade gemerkt!" Sie lachten.

Chris sagte: „Ich bring' dich noch zur Greifswalder und fahre dann mit der Straßenbahn zurück."

Kathleen nickte. Ihr war alles recht, die Zeit mit Chris zu verlängern. So etwas hatte sie noch nie erlebt, nach wenigen Sätzen diese innere Nähe!

Zwar hatte sie sofort, als sie Chris im Lesesaal bemerkt und seine Augen gesehen hatte, gespürt, dass er etwas Besonderes für sie sein könnte. Aber dieses Gefühl jetzt übertraf alle Erwartungen.

Viel zu schnell standen sie vor dem alten Mietshaus direkt gegenüber dem S-Bahnhof Greifswalder Straße. Kathleen war unschlüssig. Sie ahnte nicht, dass Chris genauso unsicher war.

Würde Kathleen es nicht missverstehen, wenn er mit in ihre Wohnung gehen wollte?

Was würde Chris von ihr halten, wenn sie ihn einlüde?

In diesem Moment fürchteten sie sich beide vor Missverständnissen, die aus der Unkenntnis der Gedanken und Gefühle des anderen entstehen konnten. Man kann soviel falsch machen!

In der Ferne rumpelte eine Straßenbahn heran. Chris gab Kathleen ihre Bücher, nahm seine Mappe in Empfang, schaute ihr in die Augen und dachte verzweifelt: warum kann ich nicht sehen, was du denkst, welche Erwartungen du hast, wovor du dich fürchtest. Ich will nichts kaputt machen – durch falsche Gesten, falsche Worte.

Er konnte nicht ahnen, wie oft Kathleen in der Folgezeit eben dies bedauern und fürchten lernen sollte: dass sie ihn nicht verstehen konnte, weil er sich nicht zu erkennen gab. An diesem Abend jedoch mochte sie nur einen Hauch der Vorahnung davon spüren.

„Jedenfalls weiß ich jetzt, wo du wohnst", sagte Chris. „Also, mach's gut, Kathleen!"

Er warf einen raschen Blick auf die Hausnummer, drehte sich um, rannte zwischen zwei Autos über die Fahrbahn, ein Stück neben der abbremsenden Straßenbahn her und stieg an der Haltestelle in die Bahn. Er schaute noch einmal zum Haus, hinüber, aber Kathleen war nicht mehr zu sehen.

Unzufrieden mit sich und wie zerrissen von diesem Nicht-Wissen, gleichzeitig aber unbeschreiblich glücklich, rannte Chris von der Haltestelle an der Mollstraße zu dem Hochhaus hinüber, am wie fast immer kaputten Fahrstuhl vorbei und die Treppen bis zum vierten Stock hinauf.

Zur selben Zeit stellte Kathleen in ihrer Hinterhauswohnung ihrem Stubentiger Murri das Futter hin, kraulte das weiche, vor Behagen schnurrend vibrierende Fell und seufzte: „Ach, Murri, du hast's gut! Für dich ist alles so einfach!"!

Zwei Tage später fand Kathleen in ihrem Briefkasten eine Postkarte. Auf der Vorderseite befand sich eine mit Christoph Täumler signierte Karikatur, die ein Mädchen, eindeutig sie selbst, zeigte, welches auf einem riesighohen Bücherstapel balancierte und dadurch von außen in die Panoramafenster des Restaurants oben im Berliner Fernsehturm blicken konnte.

Kathleen strahlte, als sie den kurzen Text auf der Rückseite las: Wenn du Freitag Zeit hast, dann sei bitte um 16.00 Uhr am Märchenbrunnen im Friedrichshain. Freitag – das war Morgen. Morgen schon!

Eigentlich fuhr Kathleen freitags nach Potsdam, um das Wochenende bei ihren Eltern zu verbringen. Mit dem „Sputnik" war man von Schönefeld aus ruck-zuck in der Bezirkshauptstadt. Aber sie konnte von der Telefonzelle aus noch anrufen und Bescheid sagen, dass sie erst am Samstag käme, oder vielleicht bliebe sie dieses Wochenende ganz in Berlin! Der

Frühling zog auch in der Stadt ein, und man konnte zum Orankesee oder zum Weißen See, vielleicht sogar nach Köpenick raus fahren, und dort würden schon die Krokusse und Tulpen in Vorgärten und Parks blühen.

Kathleen spürte eine unbändige Vorfreude auf diesen Frühling, den sie sich ohne Chris gar nicht mehr vorstellen mochte.

Energiegeladen rannte sie die Treppen hoch, hatte plötzlich Lust auf Frühjahrsputz in ihrer Wohnung, wusch sich anschließend die Haare und auch noch ihre Jeans und hängte sie zum Trocknen über das Wäschegestell. So musste sie zwar morgen in der beuteligen Stoffhose aus der Jugendmode an die Uni fahren, aber das war egal! Hauptsache, um vier war sie wieder ordentlich bejeanst!

Chris war am Mittwochnachmittag nach Hause gefahren, hatte Mutter und Schwester erklärt, er führe am Wochenende zum Seegrundstück 'raus, um die Winterschäden zu beseitigen. Inge war froh, dass Chris sich immer noch um das Haus kümmerte. Sie hatte nichts dagegen, dass er Wäscheschrank und Kühlschrank erleichterte; bei Studenten war das eben so! Chris packte auch Omas kleines Fotoalbum mit den rauen schwarzen Seiten ein.

Punkt sechzehn Uhr am Freitag stand Chris am Märchenbrunnen. Eigentlich stand er dort schon seit einer halben Stunde. Wenn sie nun nicht kam? Aber sie hätte anrufen können. Er hatte die Telefonnummer seiner Zimmerwirtin auf die Karte geschrieben. Chris fühlte sich wie ein Teenager, der mit vierzehneinhalb seinem ersten Rendezvous entgegenfiebert. Als ob ich noch nie verabredet gewesen wäre, dachte er. Einfach lächerlich, diese Herzflattern! Und doch war er machtlos dagegen.

Im nächsten Augenblick sah er Kathleen vom Fußweg in den Park abbiegen.

Schmal und schön sah sie aus. Die dunklen Haare glänzten in der Aprilsonne, als sie ihm gegenüberstand. Sie war einen halben Kopf kleiner als er.

„Ahoi, Chris!" begrüßte sie ihn.

Chris musste lachen. „Wieso Ahoi? Sind wir Kapitäne?"

„Das auch. Jeder auf seinem persönlichen Schiff. – Nee, aber das Ahoi steckt bei uns in der Familie so drin. Wir haben zwei Jahre in Prag gelebt, meine Eltern haben dort gearbeitet. In der Tschechei grüßt man sich mit Ahoi – das heißt eben dort soviel wie Guten Tag und hat uns immer gefallen."

Chris schien das wie eine Fügung des Schicksals zu sein: war nicht auch sein Leben eng mit der tschechischen Hauptstadt verbunden? So eng, wie es nur ging? Schließlich war er dort gezeugt worden. – Und Kathleen mochte die Stadt und ihre Bewohner. Das gefiel ihm.

Kathleen hatte bis zur letzten Minute ihre Jeans gefönt. Sie waren, besonders an den Nähten, noch so feucht gewesen, dass sie sie nicht anziehen konnte. Zum Glück war der Fön nicht verglüht, die Hosen aber doch halbwegs trocken geworden.

„Was nun?" fragte sie und sah Chris an. Sie umrundeten den Brunnen mit den Grimmschen Märchenfiguren bereits zum zweiten Mal. „Wo wollen wir hingehen?"

„Einfach irgendwohin?"

„Gut."

Sie bummelten ein Stück den Friedrichshain entlang, bogen dann wieder in den Park ein, wanderten über den Friedhof der Märzgefallenen, am Schwimmstadion vorbei und fanden sich an der Bersarinstraße wieder. „Wir könnten ins Kino gehen. Bis zum ‚Kosmos' ist es nicht mehr weit."

„Weißt du denn, was sie spielen", wollte Kathleen wissen.

„Nö. Lassen wir uns eben überraschen."

Es war auch vollkommen bedeutungslos, welcher Film dort vorn auf der Leinwand flimmerte. Chris und Kathleen saßen in der Dunkelheit des Kinos nebeneinander, sich der Nähe des Anderen so bewusst, dass etwas anderes wahrzunehmen ihnen gar nicht möglich war. Nach einer Weile legte Chris den Arm um Kathleens Schulter, und sie lehnte ihre Wange gegen seinen Oberarm. Ihr Herz klopfte so aufgeregt, dass sie meinte, Chris müsste es trotz der Filmmusik hören können.

Als das Licht aufflammte, fühlten sie sich abrupt in die Wirklichkeit gestoßen. Vom Strom der anderen Kinobesucher ließen sie sich nach draußen tragen, auf den inzwischen von Dunkelheit umgebenen Platz.

Kathleen fror sofort, das ging ihr immer so, wenn sie aus dem Kino kam. Chris bemerkte ihr Zittern und zog sie im Gehen enger an sich.

Sie überquerten den Straußberger Platz, liefen weiter in Richtung Alex und bogen dann zur Mollstraße hin ab. Vor dem Haus, in dem Chris wohnte, blieben sie stehen.

„Kathleen?"

„Hm?"

„Gehst du noch mit hoch? Ich möchte dir gern zeigen, wo ich wohne und dich meiner Zimmerwirtin vorstellen. Wenn sie dich kennt, nimmt sie's auch gern in kauf, wenn du ab und zu mal anrufst."

Kathleen nickte und ging vor Chris her ins Haus. Sie stiegen die Treppen hoch. Chris wusste, dass seine Vermieterin kaum vor Mitternacht zu Bett ging, daher läutete er trotz des Wohnungsschlüssels in der Tasche an der Tür.

Frau Wolffram öffnete. „Nanu?" sagte sie. „So spät noch Besuch?"

„Wir waren im Kino", erklärte Chris. "Das ist Kathleen Bürmer. Sie studiert an der Humboldt-Uni."

„Ach ja", sagte Frau Wolffram. „Dort hat mein Sohn auch mal studiert. Ist aber nun schon lange her. Na, dann kommt rein."

Sie kochte Tee und brachte ein Tablett in Chris' Zimmer. Kathleen war verblüfft:

„Bist du sicher, Chris, dass das nur deine Zimmerwirtin und nicht vielleicht deine Oma oder Tante ist?"

Chris lachte. „Ja, bin ich. Aber ich habe echt Glück mit ihr. Sie lässt mich auch völlig in Ruhe, das heißt, ich muss nicht mit ihr fernsehen oder so. Und sie hat nicht mal was gegen Damenbesuch."

„Hast du öfter welchen?" Die Frage sollte leichthin klingen, aber Chris bemerkte den gespannten Unterton.

Deshalb sah er Kathleen an und antwortete ernsthaft: „Nicht oft."

„Hast du denn keine Freundin?"

„Nein." Das stimmte. Chris hatte dem Mädchen aus seiner Seminargruppe erklärt, dass er jemanden anderes kennen gelernt hätte und dieser jemand ihm viel bedeute. Sie hatte es nicht sehr tragisch genommen – vielleicht nahmen einige Studentinnen im ersten Studienjahr so eine Liebelei wirklich nicht allzu ernst. Obwohl bei Kathleen alles ganz anders zu sein schien.

Kathleen stand vor dem hohen Bücherregal, den Kopf nach links geneigt, um besser die Titel lesen zu können, und meinte anerkennend: „Bei dir hat sich ja auch schon allerhand angesammelt. – Aber wo hast du denn nun deine Bilder? Ich dachte, ein Maler hat alle Wände voller Bilder aus eigener Produktion! Oder nicht?"

„Weiß ich nicht. Ich bin ja auch noch kein Maler, will erst einer werden. Meine Schwester hat Bilder von mir an der Wand. Ich habe nur welche in der Zeichenmappe."

„Zeigst du sie mir? Einige vielleicht?"

„Hmm." Chris fühlte sich unsicher, etwa wie jemand, der zum ersten Mal seine in tiefster Heimlichkeit geschöpften Gedichte vor Publikum lesen sollte.

Am unverfänglichsten waren sicher die Natur- und Landschaftsbilder. Er nahm die entsprechende Mappe aus einem Schubfach, legte sie auf den Schreibtisch und blätterte langsam die Seiten um. Staunend sah Kathleen eine fremde Welt, eine Welt, wie nur Chris sie zu sehen vermochte, und wie sie nur durch den Stift oder Pinsel und die Farben in seiner Hand entstehen konnte. Da waren Aquarelle und Kohlezeichnungen, ein Bleistiftbild und auch eines in Öl. Die Motive zeigten einen See im Frühnebel, durch den sich bereits die Sonne kämpfte, einen alten Holzkahn am Steg, ein Schwanenpaar mit fünf gefiederten Jungschwänen im Schlepptau, ein altes Haus unter herbstlichen Bäumen, Trauerweiden am unterspülten Seeufer.

Einmal hielt Kathleen Chris' Hand, die zu rasch die Seiten umlegte, fest.

Plötzlich aber rief sie freudig überrascht, als treffe sie unerwartet einen guten alten Bekannten: „Das ist ja die Karlsbrücke in Prag!"

„Stimmt genau!" erwiderte Chris. „Im Frühjahr, nach der Entlassung von der Fahne, war ich mit meiner Mutter in Prag. Es war herrlich! Da saßen die Studenten auf der Karlsbrücke und malten. Ich konnte nicht widerstehen, bin in den nächsten Laden, hab' mir Kohle und einen Zeichenblock gekauft und es ihnen gleich getan."

„Das kann ich gut verstehen", Kathleen seufzte. „Weißt du, ich hab' manchmal richtig Heimweh nach Prag. So 'ne schöne Stadt und so nette Leute!"

„Möchtest du das Bild haben? Hast du noch Platz an einer Wand?"

„Meinst du das ernst? Du schenkst mir das Bild? So was kann man doch nicht so einfach wegschenken!"

„Man nicht, aber ich schon."

„Danke, Chris!" Kathleen freute sich sehr.

Sie tranken den Tee, redeten dabei über Bücher, die sie gelesen hatten, über Filme und Musik, die sie mochten, bis Kathleen auf die Uhr blickte und erschrocken aufstand.

„Ich gehe jetzt besser. Die Straßenbahn fährt ja fast direkt von deiner Haustür bis zu meiner."

„Kathleen?"

Beunruhigt schaute sie ihn an. Was würde Chris sagen? Hatte er gemeint, sie bliebe, weil sie mitgegangen war? Da irrte er sich.

Aber seine Stimme klang ganz normal und sachlich, als er fragte: „Fährst du morgen zu deinen Eltern, nach Potsdam, oder hättest du Zeit?"

Kathleens Herz schlug schneller. Sie war unheimlich froh, sich bei ihren Eltern für das gesamte Wochenende abgemeldet zu haben. „Ich bleibe in Berlin. Wieso?"

„Würdest du auch raus fahren aus Berlin?"

„Wohin denn?"

„Ich möchte zum Grundstück meiner Großmutter. Das ist nicht weit von Königs Wusterhausen. An einem See. Wir könnten mit dem Motorrad fahren, ich hab's vergangenen Sonntag aus dem Winterschlaf geweckt. Nun wiehert es und scharrt mit den Hufen und will Auslauf!"

Kathleen lachte. „Wo hast du denn dein Motorrad versteckt?"

„In Buch, wo meine Mutter und meine Schwester wohnen. Wir könnten morgen gleich früh mit der S-Bahn hinfahren und dann mit der Karre raus nach KW. Du kannst den Helm von meiner Schwester kriegen, der passt dir bestimmt."

Kathleen strahlte. Über eine Einladung zu einer Weltreise hätte sie sich nicht mehr freuen können.

Sie trafen sich um sieben Uhr früh am S-Bahnhof Greifswalder Straße.

„Was für 'ne schrecklich unchristliche Zeit zum Sonnabend", sagte Chris und gähnte unterdrückt.

Auch Kathleen war nicht recht munter. Sie hatte in der Nacht kaum schlafen können. Immer wenn sie die Augen schloss, erschien Chris' Gesicht vor ihr: hellblonde Haare über dunklen Augenbrauen und braunen Augen, welch seltener Kontrast! Woher mochte er die Narbe an der Stirn haben? Und weshalb fragte er so viel und erzählte von sich selbst so wenig, und wenn, dann nur Äußerlichkeiten? Was verschloss er in sich, was sollte sie nicht sehen, wonach wollte er nicht gefragt werden? Denn, dass da etwas war, das spürte Kathleen bereits instinktiv. Er hatte ihr bereitwillig das alte Fotoalbum seiner Oma gezeigt, aber keine Bilder seiner Eltern.

Die S-Bahn fuhr ein, fast leer um diese Stunde am Samstag.

„Du sagst, deine Mutter und Schwester wohnen in Buch. Was ist mit deinem Vater?"

„Er lebt nicht bei uns. Da gibt's nicht viel zu sagen. Ich vermisse ihn nicht", antwortete Chris mit verschlossenem Gesicht und dachte dabei an Holger Täumler, den er bis vor fast drei Jahren für seinen Vater gehalten hatte und der zwar rein körperlich seit der Scheidung der Eltern für ihn nicht mehr existierte, der aber seine Spuren hinterlassen hatte, wie ein urzeitliches Tier seine Fußabdrücke, die man noch Jahrmillionen später in versteinerten Uferschlammschichten freilegen kann.

Kathleen merkte, dass es jetzt keine Sinn hatte, weiter zu fragen. Später würde er ihr sicher mehr erzählen. Deshalb wechselte sie das Thema:

„Und deine Oma, wo wir dann hinfahren? Wie alt ist sie, wohnt sie ganz allein dort draußen?"

„Meine Oma lebt nicht mehr. Schon seit fünf Jahren nicht mehr. Nur ihr Haus ist noch da, und der Steg mit dem Boot. Wir sind im Sommer immer draußen, einen billigeren Urlaub gibt es nirgends. Und bis auf die Mücken ist es wunderbar. 'Nen Ferienplatz über den Gewerkschaftsbund kriegst du ja sowieso kaum. – Doch, einmal hatten wir einen, auf einem Zeltplatz an der Müritz."

Kathleen schwieg. Sie wusste nicht, weshalb, aber ihre Eltern hatten häufiger einen Ferienplatz bekommen, einmal an der See, dann im Harz und im Thüringer Wald, ein anderes mal waren sie sogar nach Bulgarien an das Schwarze Meer geflogen.

Als sie an der Wohnungstür der Täumlers klingelten, war es fast acht Uhr. Conny öffnete im kurzen Nachthemd, mit zerwühltem Haarschopf, die leere Kaffeekanne in der Hand, die Tür.

„Huch!" rief sie, als sie neben Chris ein fremdes Mädchen erblickte „Entschuldigung, aber um diese Zeit bin ich noch nicht salonfähig. Wollt ihr gleich mit frühstücken? Noch ist alles offen – die Kaffeemenge zumindest!"

„Prima!" sagte Chris. „Gerne, wenn's nicht so lange dauert. Wir woll'n mit der Karre raus an den See. Gibt viel zu tun." Dann legte er den Arm um Kathleen und schob sie in den Flur. „Kathleen, das ist meine Lieblingsschwester Cornelia. – Conny, das ist Kathleen, sie will mal 'n echter Bücherwurm werden."

Die beiden jungen Mädchen gaben sich die Hand, und Conny sagte an Chris gewandt: „Du hättest ruhig Bescheid sagen können vorher. Wie komm ick mir denn vor, so im Nachtjewand?"

Kathleen lachte. „Hast du noch mehr Schwestern, Chris?"

„Nö. Wieso?"

„Na, weil du Lieblingsschwester gesagt hast."

„Ich hab' nur Conny, und sie ist meine Lieblingsschwester!"

Kathleen nickte.

„Wo ist denn Mutti?" wollte Chris wissen.

„Sie ist vor zwei Stunden zur Schicht."

Chris wunderte sich, dass Conny in der Küche trotzdem für vier Personen den Tisch deckte. Aber dann hörte er Türenklappen, und gleich darauf erschien Ingolf, nur mit einem Slip bekleidet, in der Küche. „Conny, was...?" erschrocken hielt er inne. „Ach, du meine Güte! Damenbesuch! Und ick fast nackt! Wie peinlich! Warum hast du mir nichts gesagt, Conny?"

„Weil ich selbst überfallen wurde. Nun geh endlich und zieh dir was an!"

Mit hängendem Kopf, wie ein zu unrecht gescholtener Junge, zog er ab und machte dabei einen höchst komischen Eindruck.

Kathleen kicherte. Sie fand es ulkig, wie alle ganz erschrocken taten, sich dabei aber köstlich amüsierten.

Zehn Minuten später saßen sie zu viert kauend und schwatzend am Tisch und merkten gar nicht, wie die Zeit verflog. Schließlich aber rief Chris: „Nun aber genug. Sonst können wir am See bloß noch den Sonnenuntergang bewundern und das war's dann! Conny, borgst du Kathleen bitte deinen Sturzhelm."

„Was hast du gegen Sonnenuntergänge", murmelte seine Schwester, schien dann kritisch Kathleen Kopfumfang abschätzen zu wollen und stand schließlich auf, um den Helm zu holen. Er passte gut.

Wenige Minuten später saß Kathleen dicht an Chris' Rücken gepresst hinter ihm auf der einhundertfünfziger MZ. Das anfänglich etwas unsichere und ängstliche Gefühl flog rasch mit dem Fahrtwind davon, und Kathleen empfand eine unbeschreibliche Leichtigkeit. Sie hatte zuvor nie auf einem Motorrad gesessen.

Sie ließ sich ganz von diesem Gefühl einfangen und war wie berauscht, als Chris kurz vor Mittag an einem alten, von wildem Hopfen umrankten Holzzaun anhielt.

Chris schob das Visier seines Helmes hoch, drehte sich halb um und sagte: „Wir sind da."

Kathleen rührte sich nicht.

„Bist du eingeschlafen?" fragte Chris.

„Im Gegenteil", sagte Kathleen leise. Die Stille plötzlich kam ihr so ungewohnt vor, als hätte sie jahrelang die Geräusche des Motors und des Fahrtwindes im Ohr gehabt. „Ich war schon lange nicht mehr so wach. Können wir nicht immer so weiterfahren? Es war so schön!"

Chris zog seine Handschuhe aus und löste vorsichtig Kathleens Hände, die ihn um den Leib festhielten wie Fesseln. „Ich weiß. Mir geht das auch immer so. Na komm, steig ab."

Kathleen musste sich förmlich Befehl erteilen, aktiv zu werden. Als sie mit verkrampften Beinen und leicht zittrigen Knien am Gartenzaun stand, sagte sie: „Ich fühl' mich wie'n Cowboy nach dem Viehtrieb. Bloß gut, dass jetzt nicht noch die Pferde zu versorgen sind!"

Chris lachte. „Das vergeht schnell wieder. Komm, ich zeige dir das Haus und den See."

Das Wasser war noch gar nicht zu sehen, und Kathleen konnte sich nicht vorstellen, dass es hier einen großen See geben sollte. Aber als sie in Höhe des Hauses standen, erblickte sie schon das Ufer.

„Da ist ja der Chris!" rief plötzlich eine Stimme herüber. „Und sogar mit Freundin, das ist aber schön!"

„Guten Tag, Frau Mangold!" grüßte Chris in den Nachbargarten zurück.

An Kathleen gewandt, erklärte er: „Bei ihr hab' ich früher immer Erdbeeren gemaust. Sagt meine Mutter. Ich kann mich nicht daran erinnern."

„Es ist wunderschön hier", sagte Kathleen. „Wenn du hier aufgewachsen bist, hast du's bestimmt gut gehabt."

„Ja, bei *Oma* hatte ich's wirklich immer gut."

„Schade, dass ich sie nicht mehr kennen lernen kann."

„Ja, das stimmt. Sie hätte dich sicher gern gekannt. Ich glaube, ihr hättet euch richtig gut verstanden."

Sie traten auf den Steg, und Kathleen bemerkte den Kahn. „Können wir nicht ein Stück raus fahren?"

„Na klar! Aber zuerst müssen wir das Haus lüften und ein bisschen herrichten."

Chris öffnete alle Fenster, schleppte Kissen und Decken hinaus und hängte sie über Leinen und die Teppichklopfstange.

„Eigentlich darf man Bettzeug nur in Monaten, die kein R haben, ins Freie hängen", sagte Kathleen.

„Na gut, dann haben wir eben Apil, ohne R, und nächste Woche ist ja sowieso schon Mai!"

Chris drehte das große alte Röhrenradio an und machte sich ans Staubwischen, während Kathleen die vielen kleinen Fensterscheiben der Glasveranda putzte.

„Du machst dich gut", meinte Chris. „Ich werd' dich fest einstellen."

„Wenn du gut zahlst..."

„Da sieht's mau aus. Ich fürchte, bei 'nem Studenten als Brotherrn kannst du glatt verhungern! Apropos: hast du auch so'n Hunger?"

„Kann man sagen."

„Wir haben ja schon ganz schön viel geschafft. Was hältst du von einem Picknick auf dem See?"

„Sehr viel!"

Chris griff den Campingbeutel, der auf einem der Seitengepäckträger festgeschnallt war, und brachte ihn ins Boot. Eine Weile ruderte er schweigend, während Kathleen über die glitzernde Wasseroberfläche hinweg das Ufer mit den Trauerweiden betrachtete. Plötzlich rief sie: „Guck mal die Enten dort vorn. Sieht aus, als tanzten sie ein Menuett!"

Chris drehte sich um und zog die Ruder ins Boot. „Das sind Haubentaucher. Sie sind mitten im Balzspiel. Sieh mal, wie aufgeregt sie Kopf- und Halsgefieder aufplustern."

Tatsächlich schwammen die Haubentaucher immer wieder aufeinander zu, bis sich ihr Brustgefieder berührte, wendeten sich voneinander ab und entfernten sich etwas, um das Spiel aufs Neue zu beginnen.

„So was hab' ich noch nie gesehen", flüsterte Kathleen. "Bei uns auf der Havel haben die Schwäne das Sagen. Hast du gewusst, dass sie Nachkommen aus der Schwanenzucht des Preußenkönigs sind? Deshalb sind sie vielleicht immer noch so stolz!"

Chris lenkte den Kahn nun seitlich in Richtung einer großen Bucht und legte die Ruder wieder ins Boot.

Sie aßen belegte Brote, Äpfel und tranken Joghurt aus zwei kleinen Glasflaschen.

Plötzlich hörten sie seitlich am Ufer der Bucht Wasser spritzen, laute Geräusche wie ein zorniges „gaiarr, gaiarr" und gleichzeitig ein kräftiges Zischen.

Kathleen zuckte zusammen. Auch Chris erschrak. Er hatte nicht daran gedacht, dass hier das Brutrevier der Höckerschwäne war. Um diese Jahreszeit hatte das alte Schwanenpaar oft schon sein Gelege im Nest zwischen dem dichten Uferschilf versteckt. Wenn die Schwaneneltern ihre Eier bedroht wähnten, konnten sie sehr ungemütlich werden.

Chris war sich der Gefahr sehr wohl bewusst und verfluchte seinen Leichtsinn.

Zwei große Schwäne kamen vom Schilfgürtel direkt auf sie zu. Aber was zunächst wie ein Angriff auf die menschlichen Eindringlinge gewirkt hatte, stellte sich sofort als Verfolgungsjagd zwischen den beiden Schwänen heraus. Es waren zwei Männchen, und wahrscheinlich war das jüngere und unerfahrenere der beiden in das Brutrevier des alteingesessenen Schwanenpaares eingedrungen. Hier aber galt Hausrecht. Der alte Schwan verstand keinen Spaß, und so half dem Greenhorn auch kein offizieller Rückzug mehr. Die Wut über des Jungen Frechheit war groß, und kaum hatte der alte Schwan ihn erreicht, erhob er sich halb aus dem Wasser und traktierte den Artgenossen mit heftigen Flügelschlägen.

Chris wusste, dass solch ein Flügelschlag ausreichen konnte, einem erwachsenen Mann einen Knochen zu brechen. Daher sein Respekt vor den ebenso schönen wie wehrhaften Vögeln.

Der junge Schwan war bereits schwer angeschlagen. Sein sonst so anmutig geschwungener Hals lag jetzt flach ausgestreckt auf der Wasseroberfläche. Aber dem alten Schwan war das noch nicht genug. Flügelrudernd stemmte er sich aus dem Wasser und sprang auf den Rücken des anderen, drückte ihn unter Wasser und schlug triumphierend unter lautem „gaiarr, gaiarr" mit den herrlichen, gefährlichen Schwingen.

Kathleen hatte die Hände vor den Mund gepresst. Ihre Augen waren riesengroß auf dieses dramatische Schauspiel gerichtet. „Chris", keuchte sie, „er ertränkt ihn ja! Können wir denn nichts tun?"

„Das wäre viel zu gefährlich. Du siehst ja, welche Kraft der hat!"

Trotzdem nahm Chris ein Ruder und schlug damit kräftig auf die Wasseroberfläche. Das irritierte den Sieger. Er ließ von seinem Opfer ab und schwamm aufgeregt hin und her. Kampf an zwei Fronten war nicht sein Metier.

Der junge Schwan tauchte aus dem Wasser auf und nutze die Gunst des Augenblickes, um sich an das nahe Ufer zu flüchten. Die Kraft dazu konnte ihm nur aus seinem jugendlichen, unbedingten Lebenswillen erwachsen. Doch nun erwachte der Verfolgungstrieb aufs Neue in dem Altschwan. Wie von einem kleinen Motor getrieben schob er eine Bugwelle vor sich her, glitt auf das Ufer zu und stieg aus dem Wasser. Dort war es zwar mit seiner Eleganz nicht mehr so weit her, aber er schlug sofort erneut auf den mit hängenden Flügeln am Ufer hockenden Flüchtling ein.

Da rief Kathleen plötzlich aufgeregt: „Chris, guck doch bloß! Was macht die Frau denn da? Ist die lebensmüde?"

Eine nicht mehr junge Frau in einer bunten Kittelschürze kam aus einem Schuppen dicht am Ufer gerannt. Mit beiden Händen schwang sie einen gewaltigen Reisigbesen und schlug damit auf den unnachgiebigen Sieger ein. Und was Chris nicht für möglich gehalten hätte: dieser ließ von seinem Opfer ab. Nach einem verwunderten Moment ergriff er die Flucht, ließ sich ins Wasser gleiten und schwamm zurück zu seiner aus Schwanenfrau und fünf oder sieben Eiern bestehenden Familie. Er hatte seine Pflicht getan, sein Sieg war vollständig. Vor einem Besen zu kapitulieren war keine Schwanenschmach!

Chris ergriff die Ruder und trieb den Kahn aus der Bucht. Kathleen war sehr blass. Nach einer Weile sagte sie: „Das hätte ich mich nicht getraut, da dazwischen zu gehen."

„Ich auch nicht. Vielleicht hat die Frau nicht gewusst, wie gefährlich ein großer wütender Schwan auch für Menschen werden kann. Obwohl – wenn sie hier zu Hause ist, dann weiß sie es."

Sie schwiegen bis zum Anlegesteg und machten sich dann wieder an die Arbeit. Kathleens Gedanken aber waren unablässig in der Bucht. Was mochte nun aus dem jungen Schwan werden? Würde er sich wieder erholen, nicht nur körperlich, und würde er diese Niederlage verwinden können – eines Tages?

Es wurde ein wenig kühl. Chris schloss die Fenster und heizte den Küchenofen mit trockenem Holz aus dem Schuppen. Die Steppdecken und Kissen hatte er schon längst hereingeholt und frisch bezogen.

Kathleen briet auf dem alten Elektroherd Spiegeleier, die Chris in der Nachbarschaft besorgt hatte. Dazu gab es Brot. Nach dem Essen fragte sie: „Wann fahren wir denn zurück?"

„So gegen vierzehn oder fünfzehn Uhr, denke ich."

„Was!?"

„Ist dir das zu spät?"

„Das... ist doch erst morgen!"

„Natürlich", Chris stutzte. „Hast du gedacht, wir fahren heute noch zurück?"

Plötzlich begriff er und schlug sich an die Stirn. „Ich bin wirklich ein Esel. Entschuldige! Aber für mich war das so sonnenklar, dass wir nicht an einem Tag hin und zurück fahren, dass ich gar nicht mit dir darüber gesprochen habe. Du musst ja denken..."

„Ja?"

„... dass ich dich austricksen will. Das war aber nicht meine Absicht!"

„Was dann?"

„Ich wollte das Wochenende mit dir verbringen. Mit dir zusammen sein. Es ist schön mit dir, Kathleen."

„Ich ... bin auch gern mit dir zusammen, Chris. Aber ich..."

„Was denn? Hast du Angst vor mir? Fürchtest du, ich würde was von dir verlangen, was du nicht willst?"

„Nein. - Eigentlich nicht."

„Gut! Also, das wäre geklärt. Gehen wir zum gemütlichen Teil des Abends über!"

Kathleen lachte. Der Schreck war überwunden, die Anspannung von ihr abgefallen wie loser Sand von einem nackten Fuß. Und sie freute sich auf den Abend und den kommenden Tag mit Chris.

Sie gingen am See spazieren, bis die Sonne endgültig verschwunden war. Eine Weile saßen sie noch auf der alten Bank auf dem Steg und hörten aus dem Schilf ab und zu ein verschlafenes Piepsen der Wasservögel.

Im Haus blieben sie in der Nähe des Küchenofens, hörten Musik und spielten eine Partie Schach, aber Kathleen fielen fast die Augen zu, und ihre Züge waren mehr zufällig als planmäßig, bis Chris ihr ein Remis anbot.

„Bist du immer so großzügig im Siegeverschenken?" wollte Kathleen wissen.

„Nur manchmal! Kommt darauf an, wem ich den Sieg schenke! - Du kannst in der Kammer schlafen. Es ist alles frisch bezogen. Ich bleibe im Wohnzimmer."

„Chris?"

„Ja?"

„Ich hab' nicht mal 'ne Zahnbürste. Von Nachthemd ganz zu schweigen!"

Chris verdrehte die Augen. „Ich bin wirklich ein Trottel! Dass mir das nicht aufgefallen ist, dass du so ganz unweiblich ohne großes Handgepäck ins Wochenende fährst! Spätestens da hätt's bei mir doch klingeln müssen! - Also, im Spiegelschrank im Bad sind noch nagelneue verpackte Zahnbürsten. Und in der Kommode in der Kammer sind frische T-Shirts.

Suchst du dir eins aus."

Kurz darauf lag Kathleen in dem großen französischen Bett in der Kammer und fragte sich, wie man so dumm sein konnte. Weshalb rief sie Chris nicht zu sich? Es müsste schön sein, sich an seine Haut zu schmiegen, ihn ganz nahe zu spüren. Aber sie wusste auch, dass es dann nicht dabei bleiben würde. Und zu mehr war sie noch nicht bereit.

Chris streckte sich auf dem alten Sofa aus, wickelte die Decke um sich und lauschte in das stille Haus. Es war atemberaubend, Kathleen so nahe zu wissen in dieser Frühlingsnacht. Er konnte lange nicht einschlafen, und er sehnte sich fast schmerzhaft nach diesem Mädchen, das so nahe und doch so unerreichbar war. Aber er wusste genau, er würde Kathleen die Zeit geben, die sie wollte oder brauchte. In der Liebe kann es kein Ultimatum geben. Er wusste es und konnte doch nicht einschlafen.

Als die Vögel ihr Frühkonzert begannen, zuerst zaghaft wie ein sich einstimmendes Orchester und nach einer Weile so vielstimmig und gewaltig wie die musikalische Wucht einer großartigen Ouvertüre, einer Ouvertüre für diesen Frühlingssonntag, da stand Chris auf und schloss die Fenster. Wie unter einem Zwang lenkten ihn seine Füße in die Kammer hinüber. Die Tür war nur angelehnt, und es war schon fast hell im Zimmer.

Kathleen lag auf der Seite, ein Knie schaute unter der Decke hervor. Das schwarz glänzende Haar umgab ihren Kopf wie ein wertvoller Helm. Sie sah so klein und verletzlich aus wie ein Kind, und eine ungeahnte Welle der Zuneigung, die nichts mit Sex zu tun hatte, durchflutete Chris. Leise schlich er ins Wohnzimmer zurück, legte sich hin und war fast sofort eingeschlafen.

Als er erwacht war und aus dem Bad kam, konnte er Kathleen nicht im Haus finden. Sie saß auf dem Steg und schaute hoch, als sie seinen Schritt hörte.

„Guten Morgen", rief Chris. Er streckte seine Hände aus, und Kathleen ergriff sie und ließ sich hochziehen. Dicht gegenüber standen sie und schauten sich an. Zum ersten Mal küssten sie sich, und dieser Kuss ließ sie ahnen, wie es mit ihnen werden könnte.

Am Nachmittag verschloss Chris das Haus und fuhr, Kathleen hinter sich auf dem Sozius, zurück nach Berlin. Er glaubte, ihren Körper hautnah an seinem Rücken zu spüren, auch wenn mindestens sechs textile Schichten zwischen ihnen lagen. Er sah Kathleen wieder vor sich, wie sie aus dem Wasser gestiegen war, mit Gänsehaut, fröstelnd wie eine vom Winter überraschte Nixe, doch stolz über ihren Mut, in diesem aprilkalten Wasser geschwommen zu sein.

Zuerst hatte sie geglaubt, Chris scherze, als er nach dem Frühstück sagte, nun müsse noch angebadet werden. Ostern sei längst vorbei, eigentlich wäre Anbaden traditionell da schon fällig gewesen, also werde es nun höchste Zeit.

„Das Wasser ist doch noch eiskalt. Außerdem – meinst du, wer kein Nachthemd mitnimmt, der hat einen Badeanzug einstecken?"

„Badeanzug? Was ist denn das? So was besitzt hier kein Mensch!" stapelte Chris ein wenig hoch.

„Wirklich?" Kathleen hatte gezögert. „Na gut. Auf deine Verantwortung!"

Chris hatte zwei Handtücher geholt, und wie zwei Synchronpantomimen hatten sie sich ausgezogen, die Sachen auf das trockene Holz gelegt und waren ganz vorn am Ufer vom Steg aus ins dort nur fußhohe Wasser gehüpft.

Kathleen war bestrebt, so rasch wie möglich unterzutauchen, aber als das Wasser ihr bis zum Bauch reichte, musste sie die Luft anhalten. Die Kälte des Seewassers stach wie Millionen feinster Nadeln in die Haut. Sie atmete tief ein und warf sich, fast gleichzeitig mit Chris, ins Wasser. Sie schwammen mit kräftigen verschwenderischen Bewegungen hinaus, aber lange war es nicht zu ertragen.

Kathleen hatte sich auf dem Steg so schnell, als gelte es einen neuen Rekord aufzustellen, abgerubbelt und war in ihre Sachen geschlüpft. Chris, der sie verstohlen dabei beobachtet hatte, vergaß dabei sich selbst.

Nun saßen sie dicht hintereinander auf der gleichmäßig summenden Maschine, ließen den See und das Frühlingsland am Rande Berlins hinter sich und fuhren quer durch die Stadt, bis sie vor dem Haus in Berlin Buch hielten.

Chris und Kathleen stiegen die Treppe zur Wohnung hoch. Chris schloss die Tür auf, sie gingen hinein, und da sie niemanden in der Küche entdecken konnten, ins Wohnzimmer.

Inge, Conny und Ingolf saßen dicht vor dem Fernseher auf dem Fußboden, Conny hielt eine Hand vor den Mund gepresst. Keiner der drei wendete den Kopf nach den Eintretenden.

In diesem Moment waren die Nachrichten beendet. Es war nicht die Aktuelle Kamera gewesen. Der anschließende Wetterbericht schien sonderbarerweise heute niemanden zu interessieren. Alle redeten plötzlich durcheinander, und Chris fiel auf, dass sie alle blass waren, aber er verstand kein Wort.

„Was ist denn los?" fragte Chris schließlich in eine kleine akustische Pause hinein.

Inge schien erst jetzt zu bemerken, dass ihr Sohn wieder zu Hause war. Das ihr unbekannte Mädchen beachtete sie gar nicht.

„Chris", rief sie, „es ist was ganz schreckliches passiert. Irgendwo in der Sowjetunion, in der Ukraine, glaube ich, hat es einen schweren Atomunfall gegeben. Ein Kraftwerk ist explodiert. – Niemand weiß, wie schlimm es ist, aber sie fürchten, es ist *sehr* schlimm."

Sie saßen, fast ohne zu sprechen, im Zimmer und warteten auf die nächsten Nachrichten der ARD. Aber erst in den folgenden Tagen, ja eigentlich erst in den nächsten Wochen, erfuhren sie, erfuhr die Welt, was sich da für eine Katastrophe ereignet hatte: In der Stadt Tschernobyl, die ihren Namen dem Wehrmut verdankt, der dort allerorten wächst und der nun für Jahrzehnte das Verderben in sich gespeichert tragen würde wie die Flasche aus dem Märchen den bösen Dschin.

Kathleen und Chris sprachen oft darüber und noch häufiger schwiegen sie darüber, wenn sie in diesem Frühling irgendwo unter maigrünen Birken saßen, am Weißen See spazieren gingen oder nach einem Kinobesuch an einer nächtlichen Straßenbahnhaltestelle standen. Es war so unvorstellbar grausam, dass weit entfernt ebensolche jungen Menschen wie sie es waren mit dem Tode rangen und starben wo sie doch lieben, wo sie doch leben wollten! Wer hatte bestimmt, dass das ihr Schicksal sein sollte, nur weil der Zufall es gewollt hatte, dass sie dort geboren waren.

Die Gedanken daran waren wie ein Schatten, der auf alles fällt, selbst auf den sonnigsten Tag, und der alles eine Spur dunkler erscheinen lässt, als es in Wirklichkeit ist.

Ein Juniwochenende verbrachten Chris und Kathleen im Garten am See, beide mit Lehrbüchern und Heftern im Gepäck, der Semesterprüfungen wegen.

Inge und Conny mit Ingolf waren mit der S-Bahn ebenfalls zum Grundstück gefahren; oft kam es nicht vor, dass für Inge ein dienstfreies mit einem wetterschönen Wochenende zusammenfiel.

Erst hier, an diesem Junitag, sprachen Inge und Kathleen miteinander. Kathleen hatte ein schlechtes Gewissen, weil Inge sie bekochte und das Essen servierte, deshalb wollte sie sich in der Küche etwas nützlich machen und dabei gleichzeitig die Gedanken ein wenig von deutscher Romantik und französischer Klassik ausbaumeln lassen.

„Wie lange kennt ihr euch eigentlich schon?" wollte Inge von ihr wissen.

„So etwa drei Monate", erklärte Kathleen und rechnete die vier Wochen nach dem ersten Blick in der Bibliothek bereits mit ein.

„Ist es dir ernst? Es geht mich nichts an, ich weiß, aber Chris ist schon mal sehr enttäuscht worden. Er spricht nicht darüber, ich weiß es auch nur von Conny. Und... Chris ist mein Sohn. Ich will nicht, dass er unglücklich wird. – Ich glaube, er hat sehr viel für dich übrig."

Kathleen war unsicher. Sollte sie denn Chris' Mutter etwas sagen, das sie Chris selbst noch nicht einmal gesagt hatte, nämlich, dass sie ihn liebte? Das wäre nicht richtig, fand sie.

Andererseits hatte sie durch diese wenigen Sätze mehr von Chris erfahren, als in den Wochen zuvor durch ihn selbst. Sie schaute Inge an, das Geschirrtuch in der

Hand zerknüllend, und sagte leise: „Sie brauchen sich keine Sorgen zu machen!"

Inge lachte erleichtert und antwortete: „Eine Mutter macht sich eben immer Sorgen. Das versteh'n so junge Leute noch gar nicht, aber das ist auch ganz natürlich!"

Sie schwatzten noch eine Weile, über Kathleens Eltern, über das Studium, über die Schriftsteller, die sie mochten, bis Chris durch das offene Küchenfenster rief:

„Genug der Konversation! Was haltet ihr von Ausgleichssport: eine Runde schwimmen!?"

„Prima Idee!" rief Inge, und ehe Kathleen es sich versah, rannten Chris, seine Mutter,

Conny und Ingolf nackt wie plötzlich lebendig gewordene griechische Statuen über den Steg und sprangen unter lautem Gejohle und Gekreische ins Wasser. Kathleen überwand ihre Verblüffung und tat es ihnen gleich.

Als sie später alle auf dem Steg saßen und sich von der Sonne trocknen ließen, meinte sie kopfschüttelnd: „Und ich dachte, Chris nimmt mich auf den Arm, als er neulich sagte, hier gehen alle ‚ohne' baden!"

Am Abend fuhren Inge, Conny und Ingolf wieder zurück in die Stadt, während Chris und Kathleen zum Tagesausklang noch einmal im seidenkühlen See schwammen. Aus dem Wasser gestiegen mussten sie vor den blutgierigen Mückendamen, die sich ihrer Arterhaltung wegen am menschlichen Blut bedienen wollten, flüchten.

Das Holzhaus hatte die Wärme des Tages gespeichert. Nach dem Bad war es angenehm, hineinzugehen.

Chris hatte einige Schallplatten mitgebracht und ließ Kathleen auswählen. Sie blätterte den Stapel durch wie ein dickes Fotoalbum und fragte: „Worauf hast du Appetit?"

„Auf dich!"

„Ich bin nicht essbar!"

„Die Platten auch nicht."

„Na gut. Aber trotzdem: ich höre nicht jeden Tag dieselbe Musik gerne und hätte auch nicht jeden Tag Lust auf ein bestimmtes Buch. Das ist beim Essen doch auch so: man hat nicht mal immer Appetit auf sein Lieblingsgericht! Es hängt wohl immer von der Stimmung ab."

„Genau! Sag' ich doch. Und ich hab' Appetit auf *dich*!"

„Chris! Sei doch mal ernst!"

„Aber das bin ich doch. Ich meine es total ernst."

Und Kathleen wusste das. Sie legte die Schallplatte der Gruppe „Lift" auf. „Wasser und Wein" empfand sie als genau das richtige für diesen Abend. Jeder Tag hat Fragen, die woll'n Antwort... Ihr Herz klopfte. Denn die Frage hieß für sie an diesem Tag, an diesem Abend, ganz einfach: wollte sie mit Chris schlafen? Und wollte sie das wirklich von sich aus, oder nur, weil sie wusste, er wartete darauf?

Chris kam zu ihr, legte die Arme um sie, und sie drehten sich unendlich langsam auf dem Teppich vor dem Plattenspieler, das Gesicht im Haar des anderen vergraben. Chris hatte Kathleen auch vorher schon berührt, im dunklen Park am Orankesee oder in ihrem Zimmer unterm Dach. Und Kathleen hatte ihn nicht abgewehrt. Anfangs hatte sie sich ängstlich beobachtet, ob da wie sonst immer dieser Widerstand in ihr wäre, der sie bei solchen Gelegenheiten bisher stets dazu gebracht hatte, die Hand, die da nach ihr suchte, festzuhalten und wegzustoßen. Manchmal hatte sie gemeint, nicht normal zu sein, aber bei Chris war der Widerstand in ihr einfach nicht da, als hätte es ihn nie gegeben. Und das lag an Chris, das wusste sie. Sie waren den Weg bis hierher in kleinen Schritten aufeinander zu gegangen, und sie wusste nun, dass dies heute der Abend war, an dem sie ganz zueinander finden würden.

Chris legte Kathleen die Hände auf die Rippen und streichelte mit den Daumenspitzen ihre Brüste unter dem T-Shirt. Kathleen spürte, wie die Knospen sich zusammenzogen und unter der Berührung emporreckten.

Kathleen vergaß, sich weiter zu befragen, sie vergaß, Chris zu fragen, ob er sie liebte, sie existierte nur noch in diesen Augenblicken, die aufeinander folgten wie die Perlen einer wertvollen Kette, eine schöner und glänzender als die andere. Alles andere versank.

Als sie wieder zu sich kam, lag sie in Chris' Armen in der Kammer auf dem Bett. Chris streichelte unendlich sacht ihren Hals und legte zwei Fingerspitzen auf die pulsierende Schlagader. Das Leben, das er spürte, war wie für ihn geschaffen.

„Kathleen?" fragte er leise.

„Ja?"

„Warum hast du mir das vorher nicht gesagt. Ich hatte nicht damit gerechnet, dass du ..."

Kathleen verstand ihn zunächst nicht. Was meinte er?

Aber da setzte er hinzu: „Warum hast du mir nicht gesagt, dass du noch nie mit einem Mann zusammen warst?"

Erst nach einer Weile drang der Sinn seiner Worte in ihr Bewusstsein, und sie schüttelte den Kopf. „Ich hab' es dann einfach vergessen. Das war nicht so wichtig!"

Chris zog sie enger an sich. Er fragte sich, was für ein Mädchen er da gefunden hatte: sie war zwanzig und schön, intelligent und liebenswert.

Es musste doch schon Männer gegeben haben, die sich für sie interessiert hatten. Weshalb hatte es keiner geschafft, ihr so nahe zu kommen. Und weshalb er?

Es musste etwas Besonderes geben, das sie zueinander zog und verband.

Zum ersten Mal spürte Chris die Verantwortung für diese junge Frau, die ihm einfach so und vielleicht wider besseres Wissen vertraute, und er bekam es mit der Angst zu tun. Er ahnte, dieser Schwebezustand konnte nicht von langer Dauer sein. Irgendwann, eines nicht zu fernen Tages, würde Kathleen Antworten von ihm verlangen, Antworten, die er nicht zu geben vermochte.

Sollte er ihr dann sagen, dass er nicht an die Liebe für ein Leben glaubte, dass er also auch nicht an sie, Kathleen, glauben konnte? Ohne seine Gründe zu kennen, würde sie das nie verstehen. Aber wie konnte er über Holger Täumler sprechen, über seine Kindheit und die durch ihn zerstörte Ehe seiner Eltern, die sich doch geliebt hatten! Er hatte dieses Elend tief in sich begraben und würde es vor Kathleen nicht ans Tageslicht ziehen. Niemals!

Kathleen bewegte sich und zerriss dabei das schwere Netz der Gedanken, das Chris eingesponnen hatte, wie eine flinke Spinne ein unvorsichtiges Insekt.

Sie legte den Kopf auf Chris' Brust und sagte: „So nahe hab' ich noch nie ein Herz klopfen hören." Dann schaute sie hoch, Chris in die Augen, fragend und unsicher: „Woran denkst du?"

„An dich", sagte Chris, und es stimmte ja auch.

Sie schliefen lange in den Sonntag hinein.

Am Montag hatten sie keine Vorlesungen, aber am Nachmittag fuhren sie nach Berlin zurück, weil Kathleen zu einer Versammlung an der Hochschule musste.

„Was denn für 'ne Versammlung?" wollte Chris wissen.

„Partei", sagte Kathleen.

„Was, du bist in der Partei?"

„Noch nicht ganz. Ich bin Kandidatin."

„Und warum?"

„Warum?"

„Ja! Du musst doch wissen, warum du da rein willst."

Kathleen zögerte. Sie konnte das schlecht erklären. „Na ja, weißt du, weil...irgendwie hab ich die Vorstellung, dann mithelfen zu können, dass es bei uns besser wird. Wenn nur lauter Leute eintreten, die sich einen Vorteil davon versprechen, dann kann dabei ja nichts rauskommen! Deshalb also – ich erwarte keine Vorteile. Mir sind auch keine versprochen worden. Zum Glück. Dann hätte ich mir's vielleicht anders überlegt."

Chris sah sie nachdenklich an. Bei jemandem anderes hätte er über diese Meinung gelächelt oder eine gewisse Anmaßung herausgehört. Aber Kathleen war so geradlinig, dass es ihn manchmal schmerzte. „Du meinst das tatsächlich ernst. Ich fürchte bloß, du vergeudest deine Kraft. Du bist eine Idealistin, Kathleen!"

„Nein, bin ich nicht! Oder doch? Vielleicht muss man das ja ein wenig sein."

„Was hältst du von Gorbatschow?" wollte Chris nun wissen.

„Find ich stark, den Mann. Der hat Mut. Der ist aber Realist, oder?"

„Das denke ich auch. Aber das wollen deine Genossen doch gar nicht wissen, mit deiner Meinung liegst du bei denen doch garantiert schief."

Kathleen ließ den Kopf hängen: „Das stimmt, ich liege schief. Aber das heißt doch nicht, dass mich das abschrecken könnte!"

„Und deine Eltern? Sind die auch in der Partei?"

„Ja. Und ein bisschen bin ich ja auch ihretwegen Kandidat geworden."

„Wolltest also ein braves Mädchen sein. Machen, was Papi sagt."

„Chris, was soll das? Willst du mich provozieren?"

„Nein, es ist nur so seltsam, wie verschieden das sein kann: ich wollte immer was anderes als mein Vater. Meistens sogar genau das Gegenteil."

„Ja?" Kathleen hoffte, er würde weiter sprechen, aber Chris nickte nur und sagte:

„Wir müssen los. Setz den Helm auf."

Wieder einmal grübelte Kathleen darüber nach, weshalb Chris kaum etwas über sein Elternhaus und schon gar nicht über seinen Vater berichtete. Wenn er von seiner Kindheit erzählte, dann immer von den Zeiten, die er hier am See bei der Oma verbracht hatte. Schade, dass es sie nicht mehr gab – vielleicht hätte sie Kathleen gegenüber offener gesprochen.

Während der Semesterferien arbeiteten sie zunächst in Praktikumsbetrieben, die entsprechende Vereinbarungen mit den Hochschulen hatten. Vier Wochen lang sahen sie sich nicht, sondern schrieben sich fast jeden Tag einen Brief. Diese Briefe waren eine ganz neue Erfahrung. Besonders Kathleen begriff diese schriftlichen Zeugnisse von Chris' Gedanken als Reflexion auf seine Wirklichkeit und bewahrte sie sorgfältig auf, denn Chris schrieb nicht nur über das Praktikum sondern auch seine Meinung zu politischen Ereignissen, Büchern, die er gerade las, und Filmen.

Im August verbrachten sie zwei Wochen bei einer Tante von Kathleen, die in einem thüringischen Dörfchen ganz in der Nähe von Weimar in einer Landwirtschaftlichen Produktionsgenossenschaft arbeitete.

Sie war das, was man sich schlechthin unter einer Bäuerin vorstellte, auch wenn sie die Hauptarbeit nicht in der eigenen Wirtschaft, sondern in der drei Kilometer entfernten Milchviehanlage verrichtete. Mit dem ersten Hahnenschrei schwang sie sich bei Wind und Wetter auf ihr Fahrrad und fuhr zum Melken in den Stall. Am zeitigen Vormittag war sie wieder da, kümmerte sich um den Haushalt und fuhr zum Nachmittags - Melken erneut los. Das lange Haar hatte sie straff nach hinten gekämmt, ein einfaches Gummiband hielt es dort fest. Und stets trug sie eine Dederonschürze über dem dunkelbunten Kleid, derbe Schuhe dazu, und werkelte mit ihren völlig verarbeiteten vierzigjährigen Händen von früh bis spät im immer wiederkehrenden Wechsel zwischen Küche, Garten, LPG und privater Viehhaltung. Sie fütterte zwei Schweine und eine Schar Hühner mit Küchenabfällen aus der LPG-Küche. Auch Nachbarn brachten überlagerte oder ungenießbare Lebensmittel.

„Wozu die viele Plackerei?" wollte Chris wissen, der beobachtete, wie die zwei halbwüchsigen Söhne in die nicht enden wollende Arbeit eingespannt waren, Heu machen mussten, kaum Zeit hatten für Fußball und Schwimmen gehen.

„Es lohnt sich", sagte Kathleens Tante. „Die Schweine liefern wir ab, das bringt allerhand ein. Die Eier nimmt der Konsum. Das Futter ist ja praktisch umsonst."

Chris wollte nicht mit ihr streiten, aber mit Kathleen sprach er darüber:

„Hier siehst du im Kleinen, was im Großen überall Gang und Gäbe ist. Und daran geht unsere Wirtschaft kaputt. Wer das angezettelt hatte, müsste eigentlich als Saboteur verurteilt werden."

Kathleen verstand ihn nicht, aber sie hatte auch nicht in einem Industriebetrieb gelernt und gearbeitet. „Was meinst du denn?"

„Was kostet bei uns ein Brot?" fragte Chris.

„Zweiundfünfzig Pfennige – wieso?"

„Ja. Aber dafür wird es nicht hergestellt. Die Preise für Backwaren sind staatlich gestützt, wie auch für andere Grundnahrungsmittel. Hast du mal gesehen, wie viel Brot in den Abfällen ist, die deine Tante aus der Küche mitbringt oder die die Nachbarn ihr geben? Das sind auch viele ältere Leute – die haben vor vierzig Jahren schrecklich gehungert. Aber sie haben es wohl vergessen. Jetzt gibt es Brot im Überfluss, und es ist billig. Also wird es verschleudert. Die Schweine werden dick und dann verkauft. Der Aufkauf ist auch wieder gestützt, das heißt die Preise, die dafür gezahlt werden, sind überhöht. Weil Fleisch ja exportiert werden soll, und da braucht man viel. Schön für deine Tante. Aber der Staat schießt zweimal in derselben Kette was dazu. Woher kommt das Geld dafür? Wie rechnet sich das?

Ich sage dir, das rechnet sich überhaupt nicht! – Was nützt ein Milliardenkredit, den man nicht zurückzahlen kann! Oder denken die alten Herren, dass sie dann sowieso schon im Paradies sind und andere die Rechnung begleichen müssen?"

„Chris!" Kathleen war erschrocken. „Du redest dich noch um Kopf und Kragen!"

„Aber es ist doch die Wahrheit!"

„Das hört sich leider ganz danach an."

„Aber", rief Chris aufgebracht, „wenn wir es sehen, dann müssen es die Verantwortlichen doch schon längst gemerkt haben. Warum gibt es dann keine Korrekturen?"

„Ich weiß nicht."

„Das solltest du aber wissen! Oder jemand aus deiner Partei. Frag sie doch, deine Genossen, die immer so tun, als wäre die Wahrheit etwas, das naturgemäß ihnen ganz allein gehört. Aber ich sage dir gleich, auf diesem Ohr sind sie taub!"

„Chris. Warum bist du so aggressiv?"

„Entschuldige. Ich meine ja auch nicht dich, Kathleen. Es ist nur – ich mach mir eben 'nen Kopf! Sand in die Augen streuen nützt doch niemandem!"

Kathleen ahnte, dass Chris Recht hatte. Sie redeten oft über solche Dinge, landeten aber immer wieder am selben Punkt.

Doch es gab auch viele Tage, da waren sie sich selbst genug; sie liefen durch taufeuchte Wiesen, lagen im duftendweichen Grumt oder am Ufer des märchenhaften Weihers im Wäldchen hinter der Koppel. Sie liebten sich unter freiem Himmel und fühlten zuweilen eine solch grenzenlose Freiheit, wie sie auf diese Art nur von Innen kommen kann.

Mit dem September zog der Studentenalltag wieder ein. Aber für Chris und Kathleen gab es viele Momente, die aus dem Einerlei der Wochen herausragten.

Da sie sich nicht jeden Tag sehen konnten, freuten sie sich jedes Mal auf die ein- oder zweimal wöchentlichen Treffen, die Verabredungen im Kino oder in der Tanzbar im Palast der Republik.

Zum Jahreswechsel erfüllten sie sich einen gemeinsamen Wunsch. Sie hatten Weihnachten jeder mit seiner Familie verbracht. Am siebenundzwanzigsten Dezember trafen sie sich auf dem Bahnhof Schönefeld. Der Zug lief ein, und Kathleen sagte: „Ich freu mich so riesig auf Prag! Vor allem, weil wir es zusammen wiedersehen werden."

Viele Stunden fuhren sie, aber die Zeit wurde ihnen nicht lang.

In Prag fanden sie ohne Komplikationen das Haus am Platz mit dem Jan- Hus- Denkmal, in dem die freundliche Frau Januschkowa ein Zimmer für sie vorbereitet hatte.

Inge hatte ihnen die Adresse vermittelt, aber sie hatte Chris nicht gesagt, dass eben diese Frau Januschkowa vor nunmehr dreiundzwanzig Jahren ebenfalls vermietet hatte: ein Zimmer für den schwedischen Maler Nils und seine Freundin Inge aus Berlin.

Tagsüber durchstreiften Chris und Kathleen die Straßen der Moldaustadt. Von der Teynkirche am Altstädter Ring wanderten sie zur Nationalbibliothek, überquerten die Karlsbrücke und betraten die Kleinseite mit ihren Kirchen und Palästen.

Von hier erstiegen sie den Berg bis zur Prager Burg. Und wie schon immer war Kathleen viel mehr von den sagenumwobenen winzigen Häuschen im Alchimistengässchen als von der Pracht des alles überragenden Veitsdoms fasziniert.

„Kannst du dir das vorstellen, Chris, dass hier Wissenschaftler neben Scharlatanen experimentierten, alle vereint in der wahnwitzigen Zielstellung, den Stein des Weisen zu finden, um damit Gold herstellen zu können?"

„Ja, sie wussten ja nichts von der Aussichtslosigkeit ihrer Arbeit. Gold kann man eben nicht einfach künstlich herstellen. Höchstens als instabiles Element, das sofort wieder zerfällt. Wie viel Hoffen und Harren! Aber es sind doch tolle Erfindungen ganz zufällig bei diesen Experimenten herausgekommen!"

Über die Karlsbrücke liefen sie zurück und beobachteten die Studenten, die hier saßen und malten und ihre Bilder den Touristen um eine Stipendiumaufbesserung anboten.

Chris beobachtete, wie ein bärtiger junger Mann seine Zeichenutensilien einpackte und sich zum Gehen anschickte.

„Kathleen, ich würde dich gerne malen – hier in Prag! Zu dumm, dass ich mein Malzeug nicht mitgenommen habe. Ob der", und dabei nickte er in die Richtung des Bärtigen, „uns ein Blatt und ein Stück Kohle abgeben würde?"

Kathleen antwortete nicht, sondern ging zu dem jungen Mann hinüber und tippte ihn am Arm an. Der hatte sie mit Chris reden hören und auch anhand des umgehängten Fotoapparates als ausländische Touristin eingeordnet und staunte daher nicht wenig, als sie ihn in seiner Muttersprache, wenn auch akzentuiert, ansprach und ihr Anliegen vortrug.

Kurz darauf stand Kathleen an das steinerne Geländer der Karlsbrücke gelehnt, während Chris, vor einer Bank kniend, mit wechselnd sanften und kräftigen Kohlestrichen ihr Portrait vor dem Antlitz der Stadt aufs Papier bannte.

Am Abend, als sie in ihrem Zimmer saßen, klopfte Frau Januschkowa an die Tür. Sie brachte eine Platte mit winzigen Weißbrotschnitten, bunt belegt, zwei kleine Törtchen und eine Kanne duftenden Tees. Als sie das Tablett abstellte und den Blick hob, entdeckte sie die Kohlezeichnung auf dem Tisch. Ein begeisterter Ausruf entfuhr ihr: „Joi, auch eine Maler! Wie der junge Nils. Ja, ja, er hat auch die Inge gemalt, hier in unsere scheene Stadt Prag. War sehrr scheene Bild. – Inges Sohn", und dabei nickte sie Chris zu, „hat malen von Vater. Ja, bestimmt! Scheen ist das! – Wünsche noch guten Abend!" Und damit verließ sie das Zimmer, bevor Chris etwas erwidern konnte.

Kathleen schaute Chris fragend an. „Ich dachte dein Vater kann gar nicht malen. Hast du das nicht mal gesagt?"

Chris war innerlich aufgewühlt. Hier, das spürte er nun, traf er auf seine Wurzeln, die nicht nur in Schweden lagen, auch nicht nur in Omas Seegrundstück oder in Berlin, sondern auch hier in dieser Stadt, denn er war der Liebe zweier Menschen entsprungen, die sich in und mit Prag verbunden gefühlt hatten. Vielleicht war er sogar in diesem Haus, in diesem Zimmer entstanden? Woher sonst sollte seine Mutter die alte Adresse hier haben, weshalb sonst konnte sich Frau Januschkowa an Inge und Nils erinnern. Während der Ehe seiner Eltern war die Familie nie in Prag gewesen. Inge wäre es vielleicht wie ein Verrat an Nils vorgekommen, so, als ob sie dessen Liebesbriefe Holger zum Lesen gegeben hätte. Und als sie mit Chris nach dessen Armeezeit für drei Tage in Prag war, hatten sie in einem kleinen Hotel am Hauptbahnhof gewohnt.

Chris schüttelte den Kopf: „Der ehemalige Mann meiner Mutter ist nicht mein Vater. Mein richtiger Vater stammt aus Schweden, und ich kenne ihn nicht. Meine Mutter hatte schon vor meiner Geburt keinen Kontakt mehr zu ihm."

„Wie traurig", flüsterte Kathleen. „Das muss doch schrecklich für sie gewesen sein!"

„Das war es ganz sicher."

Am letzten Dezemberabend liefen sie durch die erleuchteten Straßen, stiegen vor Mitternacht auf den Hradschin und erlagen der Faszination des Lichtertaumels aus bunten Raketen und leuchtendem Sternenregen über den goldenen Dächern Prags.

Als sie sich zu Füßen des Veitsdoms küssten und das neue Jahr willkommen hießen, da lagen alle Ängste und Zweifel unendlich weit in der Dunkelheit, erschien ihnen alles licht und klar, und das neue Jahr erstreckte sich vor ihnen wie eine breite glatte Straße unter sonnenbeschienenen Alleebäumen.

Wer denkt in einem solchen Moment schon daran, dass der Geist nicht durch den Wechsel des Jahres allein geläutert wird, dass man seelischen Ballst nicht einfach über Bord werfen kann wie überflüssige Sandsäcke aus einem Ballonkorb.

Ganz Berlin saß im Sommer neunzehnhundertsiebenundachtzig wie ein siamesisches Zwillingspaar, verbunden und doch getrennt an ein und derselben Stelle, der Mauer, die wie eine hässliche Narbe an der Nahtstelle der beiden Zwillingshälften verlief, wie unter einer gemeinsamen Glocke. Alles, was sich bewegte, jedes Wort und jedes Tun stieß sich an dieser Glocke und rief ein und dasselbe Echo hervor: Berlin wird siebenhundertfünfzig Jahre alt!

Es erinnerte Chris an Theodor Fontanes „Effi Briest" die im Dialog mit ihrer Tochter, ganz gleich, was sie auch fragte, stets die Antwort erhielt: „Gewiss, wenn ich darf!"

Und ebenso wie Effi konnte auch Chris diese ewige Leier nicht ertragen.

Aber er lebte in dieser Stadt, es gab kein Entrinnen. Staatsoberhäupter und die Bürgermeister Berlins brüskierten sich gegenseitig mit ihren Ablehnungen zu Einladungen für Feierlichkeiten im jeweils anderen Teil der Stadt.

Anfang Juni drängten Kathleen und Chris sich mit tausenden Jugendlichen so nahe wie möglich an das Brandenburger Tor, um das Westberliner Konzert vor dem Reichstag mit David Bowie, Paul Young und anderen Stars mitzuhören.

Einige Tage später durchstreiften sie staunend die Jubiläumsausstellung „Kunst in Berlin 1648 - 1987" im Alten Museum. „Hier könnten tausende von Bildern mehr gezeigt werden", sagte Chris zu Kathleen. „Wenn die Nazis nicht neununddreißig eine riesige Bilderverbrennung von Werken der so genannten entarteten Kunst durchgeführt hätten."

Das wusste Kathleen nicht. Ihr war nur die Bücherverbrennung, der u. a. Werke von Heinrich Mann, Erich Maria Remarque, Arnold und Stefan Zweig zum Opfer gefallen waren, bekannt. Aber es war derselbe Geist gewesen, der die Feuer am Lodern gehalten hatte, die sechs Jahre später zur Bilderverbrennung und bis zum Kriegsende zur Einäscherung ganzer Städte geführt hatte.

„Ich kann manchmal nicht glauben, dass das alles noch gar nicht lange her ist, dass das in der Mitte unseres Jahrhunderts geschehen ist. Man denkt, wenn man so was hört, automatisch ans Mittelalter und die Inquisition", meinte Kathleen.

„Wenn wir nicht allesamt aufpassen, ist morgen wieder Mittelalter. Oder was viel schlimmeres", sagte Chris dumpf. „Hast du schon Ajtmatows ‚Die Richtstatt' gelesen? Es kann einem Angst machen. Jedenfalls jedem, der nicht blöd oder vernagelt ist!"

Aber diese Eindrücke und Gedanken wurden überlagert vom Lieder- und Theatersommer in Berlin, vom Wasserfest auf den zahlreichen Gewässern der Stadt und vom bunten Panoptikum des Festumzuges am vierten Juli.

Wie im Zeitraffer zogen die Jahrhunderte an den Schaulustigen vorüber. Mehr als dreihundert Bilder präsentierten Geschichte und Geschicke der Stadt, stellten die unterschiedlichsten Persönlichkeiten, die Berlin entscheidend geprägt hatten, von Friedrich dem Großen über Napoleon und Karl Marx bis zum Hauptmann von Köpenick dar. Die drei ersten namentlich bekannten Berliner, Marsilius und Konrad von Beelitz sowie der Mönch Symeon warteten mit einer Urkunde über die Stadtgründung auf.

Im August flüchteten Chris und Kathleen für zwei wundervolle Zeltwochen aus dem hektischen Treiben der Stadt an die Ostsee. Durch einen glücklichen Zufall ergatterten sie einen Zeltplatz in Markgrafenheide, fast direkt hinter den Dünen.

Chris war noch nie zuvor am Meer gewesen, und nach den letzten Wochen in Berlin, die ihm wie ein Tornado aus Farben, Lärm und Hitze erschienen waren, fand er sich nun urplötzlich in einer Symphonie der Stille, der kein Ostseeurlaubertrubel etwas anhaben konnte.

Er ahnte aber, dass sie nur unversehens in das Auge des Tornados geraten waren und sie der Strudel im September aufs Neue erfassen würde.

Während Kathleen auf einem Badetuch im Sand und zuweilen in einem kurzzeitig nicht belegten Strandkorb lag und las, saß Chris mit seinen Malutensilien im Schatten eines Windflüchters, malte das Meer und die Dünen, die Dünen und das Meer und konnte nicht genug davon bekommen. Jeder Maler, so stellte er für sich fest, sollte mindestens einmal im Leben an die See; anders könnte man die Farben des Wassers und des Himmels gar nicht begreifen, sollte man sie überhaupt jemals begreifen!

Aber auch ein Fischerhaus mit altersgrauem Schilfdach und farbig bemalter Tür, Möwen im Strandhafer, ein Fischerboot in der Nähe der Buhnen hielt Chris fest. Und viele, viele Skizzen von Badegästen: skurille Karikaturen exotischer Strandläufer mit Sonnenbrillen und -hüten, über den Badehosenrand quellenden Bäuchen, begeistert im Sand spielender Kinder, baucheinziehender Frauen und nackt Volleyball spielender Freizeitmannschaften. Studien von Mädchen mit „Kulturstreifen", dort, wo zuvor der Bikini die Sonne nicht an die Haut gelassen hatte, Männern mit Sonnenbrand auf dem Hintern, Kleckerburgen bauender Kinder sammelten sich in Chris' Zeichenmappe. Im Verlauf des Herbstes in Berlin verwob Chris dieses ungewöhnliche Strandgut zu einem großen Bild, an dem Heinrich Zille sicher seine helle Freude gehabt hätte.

Chris malte auch Kathleen, im Sand liegend, von dem ihr glänzendes Haar sich abhob wie eine wertvolle schwarze Perle von einem golddurchwirkten Tuch.

Eines spätnachmittags bat er Kathleen, ihm Modell zu sitzen für ein Portrait in Öl. Sie benötigten mehrere Tage dafür, aber während Kathleen von dem Ergebnis überwältigt war wie ein Laiendichter von Versen Heinrich Heines, war Chris unzufrieden mit sich.

„Aber warum denn?" wollte Kathleen verblüfft wissen. „Es sieht doch so ähnlich und sogar richtig lebendig aus!"

„Aber es *ist* nicht lebendig! Verstehst du? Es ist nur ähnlich!"

„Wie kann es denn auch richtig lebendig sein, wenn es ein Bild ist? Lebendig bin *ich*!"

„Du verstehst nicht, was ich meine, und ich kann es nicht besser erklären. Im Herbst fahren wir mal nach Dresden, ja? Dann schau dir die Gemälde der Alten Meister an, die sprechenden Augen auf den Portraits. Dann siehst du den Unterschied."

Kathleen aber war überzeugt, dass ein noch so meisterhaft vollkommenes Kunstwerk niemals ein unverfälschter Spiegel der Wirklichkeit sein konnte.

Durch den Pinsel des Malers, die Hände des Bildhauers, den Federhalter des Schriftstellers, ja sogar durch die Linse des Fotoapparates geht ein Stück der Natur verloren. Ein individueller Teil des Künstlers, der das Werk schafft, füllt die entstandene Lücke, und dadurch verändert sich das Objekt in seiner Darstellung.

Genauso, dachte sie, hat Sartre es seiner Lebensgefährtin Simone de Beauvoir erklären wollen: Sie müssen wissen, dass niemand genau das sagen kann, was er will. Der Trick ist, dem Satz einen Anflug von Unvollständigkeit zu geben, ein Geheimnis, von unendlicher Annäherung, und damit den Leser anzuregen, ihn selbst, ohne die Wörter, zu vervollständigen.

Und Chris, so fand sie, *hatte* das Bild unendlich der Wirklichkeit angenähert. Sie versuchte, es ihm zu erklären, aber er ließ sich nicht überzeugen. Worte, so befand er, seien eben etwas anderes als Bilder.

Anfang September, wieder in Berlin, lud Kathleen Chris ins Theater ein. Aber sie vergaß ihm zu sagen, wohin sie gingen.

Deshalb riss sie erstaunt die Augen auf, als Chris vor der Tür stand, um sie abzuholen. Doch dann begriff sie und musste lachen: „Du siehst aus, als wolltest du in die Staatsoper zu einer Gala!"

Chris, der extra nach Buch gefahren war, um aus dem Kleiderschrank schwarze Hose und weißes Oberhemd zu holen, der dort ewig nach dem einzigen Paar Manschettenknöpfe gesucht hatte, wusste nicht, was das zu bedeuten hatte.

„Willst mich wohl verschaukeln, was? Ich denke, wir woll'n ins Theater!"

„Ja, schon. – Entschuldige, aber", Kathleen prustete los: „Wir geh'n ins BE!"

„Oh Gott!" Chris verdrehte die Augen. „Da seh' ich ja aus, als ginge ich zum Fasching! Warum hast du mir das nicht vorher gesagt?"

„Wahrscheinlich, weil ich dich mal ohne Jeans sehen wollte!"

„Na, das kannst du haben!" Und schon war Chris aus der Hose gestiegen und hatte sie in die Ecke geworfen.

„Und jetzt gib mir *deine* Jeans, los! Wo hast du die versteckt?" Schon stand er vor dem Schrank. Kathleen, nur in Bikinihose und ellenlangem T-Shirt, schlüpfte mit ausgebreiteten Armen zwischen Chris und die Schranktür: „Halt! Keinen Schritt weiter!"

„Ha!" rief Chris. „Geh' zur Seite, Weib! Sicher hast du den Liebhaber im Schrank versteckt.

Aber das soll ihm übel bekommen, sein letztes Stündlein hat geschlagen!"

Sie rangen vor dem Schrank miteinander, ihre Körper rieben sich aneinander und kurze Zeit darauf lagen sie auf Kathleens selbst gezimmerter Liege und warfen die wenigen Kleidungsstücke, die sie noch anhatten, beiseite.

Chris zog Kathleen über sich, und für eine Weile vergaßen sie alle Theateraufführungen der Welt.

Als sie schließlich wieder auf die Uhr sahen, war es allerhöchste Zeit. Sie sprangen unter die Dusche, Chris zog Kathleens Jeans an, die ein wenig zu kurz waren, obwohl er den Umschlag herabkrempelte, und etwas zu eng, weshalb er den Knopf nicht schloss und das Hemd lose darüber hängen ließ. Kathleen lachte als sie ihn betrachtete und meinte: passt doch! Sie schlüpfte in ein dunkelblaues Sommerkleid, griff die Eintrittskarten vom Küchenschrank und dann rannten sie zur Straßenbahn.

Das BE, wie die Berliner das von Berthold Brecht in der Nähe des S-Bahnhofs Friedrichstraße am Schiffbauerdamm gegründete Berliner Ensemble liebevoll nennen, hat seine Beliebtheit unter den Berlinern, besonders unter den Studenten, seit seinem Bestehen nie eingebüßt.

Kathleen und Chris saßen in der vierten Reihe und beobachteten gebannt, wie Mutter Courage mit ihren Kindern durch kriegszerstörtes Land zieht, stets bestrebt, ein gutes Geschäft zu machen, wie sie nicht begreift, dass sie von demselben Kriege lebt, der nach und nach ihre Kinder frisst. Atemlos hörten sie Franziska Troegner als Stumme Kattrin trommeln, um die Stadt aufzuwecken und damit zu retten, ihr eigenes Leben verachtend.

Bevor Chris und Kathleen nach der Vorstellung mit rot geklatschten Händen das Theater verließen, verschwand Kathleen noch kurz in der Damentoilette. Erst dort stellte sie erschrocken fest, dass sie ihre Handtasche gar nicht mitgenommen hatte.

Und darin befand sich die angebrochene Packung mit der „Pille".

Sie nahm die Pille jetzt seit fast drei Jahren, hatte sie sich zu dieser Zeit nur wegen massiver Menstruationsbeschwerden verschreiben lassen, und war, nachdem sie Chris kennen gelernt hatte, froh gewesen, dass das Problem der Verhütung damit für sie bereits geklärt war. Die Packung Gravistat hatte sie extra in die kleine Handtasche gesteckt, damit sie die Einnahme pünktlich vornehmen konnte. Sie musste unbedingt daran denken, sobald sie wieder in ihrer Wohnung war!

Chris wartete am Eingang; sie liefen über den Platz, die Brücke zum S-Bahnhof hinauf und fuhren schwarz die beiden Stationen bis zum Alex. Dann schlenderten sie am Neptunbrunnen vorbei zum Palast, stiegen ins Obergeschoß und wandten dabei die Augen ab von den Schreckensgestalten auf den Gemälden des Willi Sitte, die vielleicht realistisch waren, dabei aber zuweilen jede Ästhetik einbüßten; aber es war eben alles Geschmacksache! Sie öffneten die Tür zur Gaststätte einen Spalt breit. Es war noch ein wenig Platz. Außerdem spielte eine Viermannband. Die Tanzfläche war bevölkert, aber nicht überfüllt.

Kathleen und Chris fanden zwei freie Stühle an einem Tisch am Fenster, standen aber sofort wieder auf, um zu tanzen. Es war schummerig und nach der Nachtkühle draußen angenehm warm. Niemand nahm Notiz von ihnen; jedes der Paare schien ausschließlich mit sich beschäftigt zu sein.

Chris zog Kathleen an sich, versenkte sein Gesicht in ihrem Haar und spürte durch den Stoff des leichten Kleides ihren Körper, den er nun schon so gut kannte, der ihm aber unter Textilien verborgen, stets wieder neu geheimnisvoll und begehrenswert erschien. Seine Hände wanderten unter den weiten halblangen Ärmeln des Kleides Kathleens Oberarme hinauf und streichelten ihre bloßen Schultern. Keine Träger von Hemd oder BH behinderten ihn, und die Vorstellung, dass nur so wenig äußerer Hülle zwischen ihren Körpern lag, erregte ihn.

Er legte die Hände auf Kathleen Hüften und zog sie enger zu sich.

„Merkst du was?" flüsterte er an ihrem Ohr.

Kathleen kicherte leise. „Ich glaube, meine Hosen sind dir wirklich zu eng. Du Ärmster!"

„Genau, das meine ich. Sie sind total unbequem, nicht auszuhalten! Lass uns geh'n, ja?" Zärtlich strichen seine Lippen über Kathleens Ohrläppchen und Hals.

Kathleen spürte einen warmen Strom durch ihren Körper laufen. Wie immer stachelte Chris' Erregung auch die ihre an. Er brauchte sie dazu kaum zu berühren...

So gingen sie aus dem Lokal, über den großen Platz, unter der S-Bahnbrücke hindurch und über den Alex.

„Denk dran, wir müssen aber mauseleise sein", sagte Chris, als sie vor der Wohnungstür standen. „Meine Zimmerwirtin hat 'nen leichten Schlaf. Außerdem weißt du ja, die Wohnungen haben Wände, da hörst du, wenn nebenan jemand die Zeitung umblättert."

„Eigentlich wollte ich jetzt aber gar nicht Zeitung lesen", flüsterte Kathleen, während sie durch den dunklen Flur in Chris' Zimmer schlichen.

„Was willst du dann?"

„Weißt du das nicht?"

„Nein."

„Doch. Du weißt es, Chris."

„Nein. Sag's mir!"

Sie schüttelte den Kopf.

„Doch. Komm, sag es schon, Kathleen!"

Sie waren in seinem Zimmer angelangt und Chris schloss vorsichtig die Tür.

Er stand dicht vor ihr, aber sie berührten sich nicht. Durch das angelehnte Zimmerfenster drangen das Rauschen des Straßenverkehrs und ein ganz entferntes Glockenläuten. Chris schaute Kathleen erwartungsvoll an.

„Chris, bitte. Ich kann das nicht sagen."

„Aber warum? Warum ist es nur normal, wenn ein Mann sagt: ich begehre dich, ich möchte mit dir schlafen. Aber eine Frau sagt so was nicht. Weshalb? Vielleicht, weil ein Mann das sowieso viel schlechter verbergen kann, du weißt, es gibt es da so eine Art Anzeiger..."

„Chris, du bist unmöglich!"

„Ich weiß. Aber ich hab doch recht, oder?"

„Hmm!"

Chris trat noch einen Schritt näher an Kathleen heran. Ihre Körper berührten sich nun, aber er ließ seine Hände herabhängen, als wüsste er nichts damit anzufangen.

„Verstehst du denn nicht, was ich will?"

Kathleen schluckte. Ihre Worte kamen zögernd: „Ich soll dich anfassen, ja? Ich soll den Anfang machen, dich verführen. Ja?" Unsicherheit schwang in ihrer Stimme mit; wenn sie sich nun lächerlich machte! Aber Chris lächelte sie an. „Das wäre schön. Tu es bitte, Kathleen. Mach mit mir, was du willst!"

Kathleen spürte ihr Herz aufgeregt klopfen. Es war wie beim ersten Mal; Chris versetzte sie in einen Rausch der Sinne, dem sie nicht auszuweichen vermochte.

„Chris, ich will dich", flüsterte sie. „Ich möchte dich lieben." Sie griff nach ihm, presste ihn an sich. Chris stöhnte leise. Es fiel ihm schwer, so ungewohnt passiv zu bleiben, es war so schrecklich schön, Kathleen nur gewähren zu lassen, zu ertragen, wie sie zuerst sich und dann ihn fast wie im Trance auszog, ihn liebkoste, seine Hände über ihren Körper führte, wie ein Fremdenführer einen Blinden durch eine unbekannte Landschaft.

Chris spürte die Spitzen ihrer Brüste wie zwei schwere Tautropfen seinen Oberkörper hinabwandern. Er hatte die Augen geschlossen und überließ sich ganz dieser Empfindung. Er war ein Fels, unbeweglich und doch veränderbar – veränderbar durch die Sonne, den Wind und den Regen, veränderbar durch die Zeit, die über allem liegt. Kathleen aber war der Wind, der über den Felsen streicht, war die Sonne, die ihn wärmt, und war der Regen, der ihn tränkt. Sie war die Zeit, die ihn verändert, die selbst einen Fels zu bewegen vermag.

Wie lange Chris Kathleens Zärtlichkeiten ertrug, konnte keiner der beiden ermessen. Die Zeit war unbegreifliche Dimension.

Irgendwann hatte Chris das Gefühl aus nichts anderem mehr zu bestehen, als aus seinem Verlangen nach dieser unbeschreiblichen Frau.

Kathleen zog ihn hinab auf den Teppich, sanft drückte sie seine Schultern zurück und beugte sich über ihn. Sie hatte das noch nie getan, sich das nie vorgestellt oder erwogen, aber nun umschloss sie ihren Geliebten mit den Lippen, ließ ihre Zunge sanft über die seidigglatte Haut gleiten, bis sie selbst mit jeder Faser ihres Körpers nur noch das Verlangen spürte.

Sie hob den Kopf und blickte für Sekunden in Chris' Gesicht. Sie ließ die Lippen seinen Körper hinaufwandern und mit einer Bewegung so selbstverständlich wie der nächste Atemzug senkte sich ihr Schoß und umschloss seinen männlichsten Teil. Chris legte seine Hände auf ihre Hüften, ließ sie aber sofort wieder sinken. Kathleen allein sollte den Rhythmus bestimmen.

Hand in Hand liefen sie den Strand hinab, ihre Füße berührten kaum den Sand. Weiter liefen sie, in das Wasser, das allmählich anstieg, schon erreichte es die Hüften, schwoll weiter an und umschloss Brust und Hals; und sie sahen der Welle entgegen, die da auf sie zukam, turmhoch, gischtumsprüht und einzigartig. Auf der Sandbank hob die Welle sich noch weiter empor, rollte heran, erreichte sie und umschloss sie, während sie sich ihr entgegen warfen, wirbelte sie empor, dass jede Orientierung, jedes Denken unmöglich wurde, riss sie in ungekannte Höhen, dem Himmel entgegen, um sie dann mit sanfter Dünung langsam an den Strand zu tragen, sie zärtlich und besänftigt dort niederzulegen, wo sich der Atem beruhigen, der Körper wieder Boden unter sich spüren kann.

Irgendwann, lange nach dieser Wiederkehr in die Realität des Raumes, sie lagen noch immer umschlungen und ungetrennt, sagte Chris die ersten Worte: „So was hab' ich noch nie erlebt."

Kathleen murmelte etwas und schmiegte sich enger an ihn. Vorsichtig löste Chris sich von ihr, hob sie hoch und legte sie auf sein Bett. Er nahm sie in die Arme, zog die Decke über ihre Körper und war bald darauf eingeschlafen.

Irgendwann gegen Morgen, als der Straßenlärm anschwoll, eine Straßenbahn bimmelte und eine Schar davon ganz unbeeindruckter Spatzen lauthals in den Sträuchern vor dem Haus tschilpte, erwachte Kathleen. Sie fand sich im ersten Moment nicht zurecht.

Kathleens Bewegungen zogen auch Chris den Schlaf von den Sinnen. „Müssen wir schon aufstehen?" fragte er verschlafen.

„Hab' ich etwa hier geschlafen?" wunderte sich Kathleen. „Und schon wieder kein Nachthemd und keine Zahnbürste dabei!"

„Tja, das scheint ein markanter Charakterzug von dir zu sein!"

„Frechheit! Wer ist denn immer schuld daran!?"

Sie lachten und küssten sich. „Wenn du mit mir frühstückst", schlug Chris vor, „kannst du gleich von hier aus zur Uni fahren."

„Gute Idee", meinte Kathleen dazu. „Sicher gibst du mir meine Jeans zurück und leihst mir ein T-Shirt, oder?"

So machten sie es.

In der Vorlesung kurz vor der Mittagspause erinnerte der Professor an die Uraufführung des Dramas „Zyankali" von Friedrich Wolf im Lessingtheater: „Meine Damen und Herren, Sie können sich sicher lebhaft vorstellen, dass ein gegen den Abtreibungsparagraphen 218 gerichtetes Stück vor achtundfünfzig Jahren zu scharfen Kontroversen führte und besonders von rechtsgerichteten Kräften angegriffen wurde. Wenn man bedenkt, dass selbst heute, an der Schwelle zum letzten Jahrzehnt unseres Jahrhunderts, in der Bundesrepublik Deutschland..."

Kathleen, die bisher aufmerksam zugehört und sich Notizen gemacht hatte, war es plötzlich völlig gleichgültig, was die BRD zum Ausklang der achtziger Jahre mit dem genannten Paragraphen trieb; der Rest des Satzes rauschte an ihren Ohren vorbei. Der Schreck war ihr in die Glieder gefahren: sie hatte die Pille noch immer nicht nachgenommen!

Für den Nachmittag war ein Seminar über Theodor Storm angesetzt, das Kathleen schwänzte. Erst als sie in ihrer Wohnung die kleine dragierte Perle geschluckt hatte, fühlte sie wieder festen Boden unter den Füßen. Sie sah Chris' schwarze Hose in der Ecke neben dem Schrank liegen und dachte an den vergangenen Abend und die Nacht... Doch das Hochgefühl konnte nicht gänzlich verhindern, dass Kathleen zu grübeln begann. Was würde geschehen, wenn sie tatsächlich eines Tages schwanger würde, wie würde Chris reagieren? Wie dachte er sich ihre gemeinsame Zukunft, dachte er überhaupt daran? Kathleen hatte seit jeher klar umrissene Vorstellungen von ihrem Leben: sie wollte eine Familie haben, mit einem Mann, den sie liebte und mindestens zwei Kindern. Sie selbst war als Einzelkind aufgewachsen und hielt das als nicht für sonderlich erstrebenswert. Sie beneidete Chris um seine Schwester. Gewiss, sie hatte als Kind alles gehabt, vielleicht mehr, als andere Kinder, aber oft war sie allein gewesen, da ihre Eltern beruflich und gesellschaftlich stark engagiert waren.

Obwohl sie nun annähernd eineinhalb Jahre mit Chris zusammen war, hatten sie über solche Themen nie gesprochen. Es hatte sich einfach nicht ergeben, aber nun schien es Kathleen, als hätte Chris bisher jedes Gespräch, das in diese Richtung gehen konnte, geschickt umschifft.

Ich muss ihn aber danach fragen, dachte sie nun, ich muss es doch wissen! Und nach allem, was zwischen ihnen war, fand sie, hatte sie auch das Recht dazu.

Einige Tage später fuhr Chris zum ersten Mal mit zu Kathleens Eltern nach Potsdam. Sie hatten das schon öfter geplant, aber stets war irgendetwas dazwischen gekommen.

Chris fühlte sich ein wenig unbehaglich, als sie im „Sputnik" in Richtung der Bezirkshauptstadt fuhren. Dies würde ein offizieller, angemeldeter Besuch werden, Kathleens Eltern würden ihn neugierig betrachten, genau beobachten und prüfen, ob er auch gut genug sei für ihre einzige Tochter. Er kam sich vor, als ob er zu Markte geführt werden sollte.

„Was hast du deinen Eltern eigentlich schon alles über mich erzählt?" wollte er von Kathleen wissen.

„Ooch, nicht so viel. Eigentlich nur, dass du dreiundzwanzig und Kunststudent bist, dass deine Mutter im Klinikum arbeitet und du eine Schwester hast. Und dass dir Heinrich Zille und Vincent van Gogh lieber sind als Willi Sitte und Picasso. Wie du selbst malst, wissen sie, weil ich mein Ölportrait mit nach Hause genommen habe. Und das Bild von der Karlsbrücke kennen sie auch. Es hat ihnen gut gefallen."

„Na, wenigstens etwas! Hoffentlich haben sie nicht auch den „Akt am Strand" von dir gesehen! Was sollten sie da von mir denken!"

Kathleen lachte: „Na, wahrscheinlich, dass du toll malst!"

Chris seufzte. Den Rest der Fahrt schauten sie schweigend aus dem Fenster.

Und während Chris überlegte, wie er die folgenden Stunden überstehen sollte, ohne das Protokoll zu kennen, fragte sich Kathleen wieder einmal, weshalb sie von Chris nur Äußerlichkeiten wusste. Selbst wenn sie es gewollt hätte, ihre Eltern hätten nicht viel mehr von ihr über Chris erfahren können. Natürlich kannte sie seine politischen Ansichten. Aber was ihr viel wichtiger gewesen wäre: seine Wünsche und Träume, seine Ängste – die kannte sie nicht. Vor allem hütete er die Narben auf seiner Seele vor ihren Blicken. Kathleen war überzeugt, das es etwas gab, das Chris tief verletzt hatte und das er vor allen, vielleicht sogar am liebsten vor sich selbst, verborgen hielt.

Vom Bahnhof aus waren es noch etwa zwanzig Minuten Fußweg bis zu dem Zweifamilienhaus im Villenstil. Und alles war genauso, wie Chris es befürchtet hatte: Kathleens Eltern erwarteten den Gast sorgfältig gekleidet und frisiert; der Kaffeetisch war aufwendig gedeckt, der Kaffee bereits in der Thermoskanne.

Chris überreichte einen kleinen Blumenstrauß, der mit freundlichem Nicken entgegen genommen wurde, dann bat Kathleens Mutter, der ihre Tochter sehr ähnelte, zu Tisch. Chris hatte es nie bemerkt, wie viele Geräusche an einer Kaffeetafel entstehen, wenn man versucht, sie zu vermeiden. Tassen klappern, Löffel klirren, Kuchengabeln schaben über zartes Porzellan, das Kauen und Schlucken verursachen ordinäre Geräusche...

Chris atmete erleichtert auf, als er sein Stück Sahnetorte, ohne es auf die Hose oder den Teppich zu kippen, geschafft und den Kaffee, ohne ihn über das Damasttischtuch zu schütten, ausgetrunken hatte.

Kathleen zwinkerte ihm zu und schlug vor: „Wir könnten einen Spaziergang durch den Park machen. Ist doch schönes Wetter."

Die Wanderung durch Sanssouci entspannte die Atmosphäre. Chris ließ sich von Kathleens Vater über die Kunstepoche der Entstehung des Schlosses ausfragen, überraschte Frau Bürmer mit botanischen Kenntnissen, die sie einer „Berliner Pflanze" augenscheinlich nicht zugetraut hatte, und ließ sich schließlich zu einer politischen Diskussion verleiten, wie sie im Dilemma dieser Zeit fast zwangsläufig entstehen musste.

Chris wusste zwar, dass es nicht zu seinem Vorteil sein würde, seine Meinung ehrlich zu sagen, aber er war es auch nicht mehr gewohnt, damit hinterm Berg zu halten. Und da es sich nun einmal so ergab, wollte er gleich zu Anfang klare Verhältnisse schaffen.

Er war nicht gegen diesen Staat, nein, nur, weil er nicht in der Partei war. Er hatte auch nie das Land verlassen wollen, wie so viele andere, nein, aber er würde auch gerne mal nach Frankreich fahren, die Staffelei in der Provence aufstellen, oder nach Kanada reisen, weil die Welt eben größer war, als dieses kleine Stückchen Deutschland hier im Osten.

Und er denke, ja, dass Gorbatschow ein kluger Mann sei, der für die Probleme, die seine Politik hervorbringe, nicht die ursächliche Verantwortung trüge, die hätten seine Vorgänger eigentlich übernehmen müssen. Und, er meine, einen Tapetenwechsel beim Nachbarn dürfe man nicht mit längst überfälligen und dringend notwendigen Korrekturen und Reformen im eigenen Land vergleichen. Das sei niveaulos und primitiv, der hinkendste Vergleich überhaupt, und für solche Äußerungen eines Politikers in der Öffentlichkeit könne man sich als DDR-Bürger doch nur schämen!

Besonders dies ließ Kathleens Eltern erschrecken. Er könne doch nicht die Worte unserer Politiker als niveaulos und beschämend bezeichnen!

„Und wieso nicht?" fragte Chris scheinbar naiv. „Nur deshalb, weil sie uns für dumm und unmündig halten?"

Kathleens Vater war schockiert. „Bedenken Sie doch, junger Mann", rief er aufgebracht, „ dass *diese* Männer, die Sie beleidigen, echte Antifaschisten sind, dass sie die schwerste Last in Deutschlands dunkelsten Jahren trugen, verfolgt und eingesperrt wurden. Diese Männer greifen Sie an – das steht Ihnen nicht zu! Das steht uns allen nicht zu!"

„Das stimmt zwar, aber", hielt Chris entgegen, „man kann doch nicht alles *damit* begründen und entschuldigen! Irgendwann wird eine Generation das Land leiten, die den Krieg nur aus den Geschichtsbüchern und aus Erzählungen ihrer Großeltern kennt. Und diese Generation bekommt es dann mit all den Resultaten aus eben diesen Fehlern zu tun, die den jetzigen Politikern gütig nachgesehen werden, weil man sie nicht beleidigen und ihnen nicht sagen will, dass es einfach großer Mist ist, was sie da machen! Man kann doch nicht alles mit der schweren Vergangenheit unserer Chefs entschuldigen und, wenn die Karre dann tief genug im Dreck steckt, zu den anderen sagen: ich ziehe mich jetzt zurück, macht was draus! Dann wird das hier so wie es in der Sowjetunion jetzt schon ist: all der Dreck, der jahrzehntlang unter'n Teppich gekehrt wurde, ist plötzlich wieder da! Aber das ist nicht Gorbatschows Schuld. Er hat den Teppich nur ein Stück angehoben! Der Dreck war schon drunter!"

„Ich glaube", sagte Kathleens Vater mühsam beherrscht, „dies einzuschätzen, fehlt Ihnen die Erfahrung. Ich denke, Sie werden es bald selbst begreifen." Der Tonfall der Worte ließ keine Zweifel daran, dass er das Thema, besonders aber die Diskussion dazu, für beendet ansah.

Chris war froh darüber, denn weitere Worte wären fruchtlos gewesen und hätten vielleicht ernsthaften Streit heraufbeschworen. Sie versuchten, einen unverfänglicheren Gesprächsstoff zu finden, was nach diesem Wortwechsel nicht so einfach war.

Es stellte sich heraus, dass Kathleens Eltern in dem kleinen romantischen Theatercafé am Schloss einen Tisch reserviert hatten. Chris entspannte sich in der ungezwungenen Atmosphäre der vollbesetzten Gaststätte, die von leiser Musik und Stimmengemurmel erfüllt war. Sie aßen zu Abend, tranken jeder einen Schoppen Rotwein und unterhielten sich über die Feierlichkeiten zur Gründung Berlins.

Unter dem Tisch drückte Kathleens Bein gegen Chris' Knie, und er hatte zeitweise Mühe, dem Gespräch zu folgen.

Als sie zurückgingen, war es bereits dunkel, und Chris wagte es nun endlich, den Arm um Kathleens Schultern zu legen. Er spürte ihre Anspannung in den Schultern, im Rücken und Hals und wie sie nach geraumer Zeit weicher wurde und sich an ihn lehnte.

In der Wohnung zeigte Kathleens Mutter ihm zunächst seinen Schlafplatz im Arbeitszimmer. Es war ein kleiner Raum, angefüllt mit einem zum Bersten beladenen Bücherregal, einem kleinen Schreibtisch unter dem Fenster und einer Liege unter der Dachschräge. Chris war enttäuscht.

Er hatte gehofft, bei Kathleen schlafen zu dürfen, in ihrem geräumigen Zimmer auf dem Doppelbettsofa. Ihre Eltern wussten doch, dass sie schon zusammen im Urlaub gewesen waren und überhaupt!

Aber das war wohl etwas anderes. Hier handelte es sich um ihre Wohnung.

Später lag Chris unter der Dachschräge und grübelte über diesen Nachmittag und Abend nach. Er fragte sich, was Kathleens Eltern von ihm dachten, was sie erhofften und wovor sie sich fürchteten. Und er? Nun war er offiziell als „Freund der Tochter" eingeführt worden. Wie sollte es weitergehen?

Chris war sich seiner Zerrissenheit wohl bewusst. Wäre es nach ihm gegangen, dann hätte er alles so weiterlaufen lassen, bis in alle Ewigkeit... Aber so war das Leben nicht. Es verlangte Antworten auf Fragen, die es selbst stellte.

Kathleen würde eines Tages, eines nicht mehr fernen Tages, wissen wollen, woran sie mit ihm war. Und sie würde sich nicht mehr mit Ausflüchten zufrieden geben.

Was sollte er dann tun? Er konnte sie nicht lassen – aber er wusste, er würde sie verlieren, wenn sie ihn erst richtig erkannte!

Zu diesem Zeitpunkt ahnten weder Chris noch Kathleen selbst, dass bereits wenige Wochen später seine Befürchtungen real werden sollten.

Es war Anfang November, als Kathleen blass und mit vor Aufregung roten Flecken am Hals im Wartezimmer der Arztsprechstunde in der Falkenberger Straße saß.

Neben der Anmeldung hing ein Plakat. Darauf war ein Baby abgebildet, das strahlenden Gesichts auf eine leere Pillenpackung zeigte, in der eine einzelne Pille übrig geblieben war. Kathleen aber war fest überzeugt, dass nur eine gewisse ängstliche Hysterie an dieser körperlichen Unregelmäßigkeit bei ihr schuld war. Gut, sie hatte die Einnahme ein einziges Mal vergessen, aber nachgeholt. Und sie fühlte sich *nicht* schwanger! Weder war ihr schlecht, noch verspürte sie Heißhunger auf seltsame Nahrungsmittel oder eine Abneigung gegen bestimmte Speisen und Gerüche. Das Ausbleiben der Periode konnte hundert andere Gründe haben...

„Fräulein Bürmer", rief die Schwester sie auf, „gehen sie bitte in Kabine zwei! Sie werden dann aufgerufen."

Kathleen hatte eiskalte Hände und Füße und zitterte, als der Arzt sie untersuchte. „Entspannen Sie sich doch", redete er ihr zu, während die Schwester das kühle Metall des Untersuchungsbestecks in der richtigen Position hielt.

Kathleen versuchte, tief ein- und auszuatmen, aber das Zittern ließ nicht nach.

„Die Regel ist zum zweiten mal ausgeblieben?" vergewisserte sich der Arzt noch einmal. „Ja, es gibt keinen Zweifel, die Untersuchung bestätigt das Ergebnis der Urinprobe: sie sind schwanger, Anfang des dritten Monats."

In Kathleens Ohren rauschte es. Und der Arzt wiederholte seine Frage, nachdem sie ihm gegenüber vor seinem Schreibtisch Platz genommen hatte, noch einmal:

„Ich fragte Sie, ob sie das Kind behalten wollen. Sonst wäre es langsam Zeit für eine Einweisung."

„... Einweisung? Was meinen Sie?" Kathleen hatte nur den Rest des Satzes verstanden.

„Wollen Sie das Kind behalten?"

Jetzt erst begriff Kathleen, und sie ärgerte sich. Wieso fragte der Arzt danach! Wer abtreiben lassen wollte, würde das doch wohl von sich aus sagen!

„Natürlich!" sagte sie in solch selbstverständlichem Ton, als sei das begonnene Baby ein lange geplantes Wunschkind.

Der Arzt änderte schlagartig sein Verhalten. Er lächelte und streckte Kathleen die Hand hin. „Herzlichen Glückwunsch, junge Frau! – Na bitte, jetzt kriegen Sie endlich auch wieder etwas Farbe! Vorhin dachte ich schon, Sie würden mir vor Schreck abklappen!"

Kurze Zeit später stand Kathleen an der Straßenbahnhaltestelle, den „Ausweis für Schwangere und Wöchnerinnen" in der Tasche verstaut, und horchte inmitten des Berliner Straßenverkehrs in sich hinein: warum hatte sie denn nicht gemerkt, dass da in ihr ein neues Leben begonnen hatte? Noch konnte sie kaum glauben, dass es wirklich da war!

Kathleen besorge sich einen Zahnarzttermin, denn den Löwenanteil der eintausend Mark, die der Staat dem Baby schenkte, bekam man nur mit abgeschlossener Zahnarztbehandlung. Und wovon sollte sie sonst einen Kinderwagen und all die hundert Dinge kaufen, die ein Baby wohl brauchen würde!

In ihrer Wohnung schaute Kathleen sich um, als sähe sie diese zum ersten Mal, oder zumindest mit ganz neuen Augen. Und sie erschrak. Wie sollte denn hier ein Kind aufwachsen? Sie würde sich eine andere Wohnung suchen müssen, natürlich in Berlin, denn das Studium würde sie nicht aufgeben, nur ein Jahr aussetzen vielleicht, dann das Kind vormittags in eine Krippe geben... Sie fragte sich, woher all diese Gedanken plötzlich kamen. Es war, als hätte der Untersuchungsbefund ein Wehr geöffnet und damit einen ganzen Fluss freigesetzt. Oben auf dem Fluss schaukelte ein lustigbunter Kahn mit Musik an Bord und Luftballons an der Reling, aber unten, im Flussbett, riss die Strömung schwere Steine und Geröll mit sich: oben tanzten Freude und Stolz über diese Schwangerschaft, darunter aber rumorten unüberhörbar Sorgen und Bedenken.

Kathleen beschloss, ihren Eltern zunächst nichts zu erzählen. Bevor ihr Zustand sichtbar würde, wollte sie mit Chris sprechen, denn ihn betraf es, außer sie selbst, ja schließlich am meisten.

Am Abend rief sie Chris an und lud ihn für den kommenden Tag zum Abendessen zu sich ein. Sie bemühte sich, ganz normal und unverkrampft zu sprechen, aber ihre eigene Stimme klang ihr fremd in den Ohren, und die Sätze kamen gespreizt wie auf Stelzen daher.

Am Nachmittag fuhr Kathleen ins Warenhaus am Ostbahnhof, der nach dem Umbau seit dem Dezember 1987 nun Hauptbahnhof hieß. Sie bummelte durch die verschiedenen Etagen und kaufte in der Kinderabteilung ein buntes Badehandtuch und ein Paar winzige gestrickte Babyschuhchen. Bei den Schreibwaren stand eine riesige Menschenschlange an der Kasse an. Kathleen stellte sich an und fragte die Frau vor sich: „Was gibt es denn?"

„Weihnachtsbaumkugeln. Goldene."

Kathleen sah eine langhaarige, sehr schlanke junge Frau, die ihr schon in der Kinderkonfektion aufgefallen war, an der Schlange vorbei zur Kasse gehen. Sie hielt der Verkäuferin ein Papier hin und erhielt daraufhin eine Schachtel Kugeln, bezahlte und ging weiter. Die Verkäuferin, selbst höchstens zwanzig, erklärte laut:

„Schwangerenausweis! Aber zu sehn war noch nischt! Jestern abend erst passiert und heute schon vordrängeln. Bei mir isses ooch jestern abend passiert, wa! Und trotzdem muss ick heute hier steh'n und vakoofen!"

Die Umstehenden lachten. Kathleen ließ ihren Ausweis heimlich wieder in die Tasche gleiten und wartete, bis sie dran war. Kurz vor ihr war ein etwa achtjähriges Mädchen an der Reihe. Die Verkäuferin hielt schon die Schachtel mit den zwölf Kugeln in der Hand, aber die Kleine fragte: „Hamse Klopapier jekricht?"

„Nee, war wieder nich dabei. Vielleicht am Donnerstach."

„So!" sagte das Kind entrüstet und stemmte richtig die Hände in die Hüften. „Jetzt bin ick zum dritten Mal hier, wa! Und nu isses dringend! Nu könn wa nich mehr kacken jehn!" Sprach's, drehte sich um und stapfte zornig davon. Der schlagfertigen Verkäuferin hatte es die Sprache verschlagen.

„Tja", sagte ein Mann hinter Kathleen, „da machen wa nu so viel Scheiße – und denn jibt's noch nich mal Papier!"

Die umstehenden Leute lachten, aber es war ein Lachen, das die Kehle wund stieß.

Kathleen bekam ihre Schachtel Goldkugeln, sogar eine Packung bunter Papierservietten, und fuhr zurück in die Greifswalder Straße. Sie fühlte sich plötzlich elend. Der Stimmungsumschwung war ebenso plötzlich gekommen, wie der in der Kaufhausabteilung.

Und dann geschah am Abend das Unfassbare. Chris floh aus Kathleens Wohnung, noch bevor Kathleen ihm von dem Baby erzählten konnte. Den tiefen Grund des Streits konnte Kathleen nicht ahnen, sie begriff nur, dass Chris einen Anlass zum Gehen verzweifelt gebraucht und nach der erstbesten Gelegenheit gegriffen hatte, wie ein Ertrinkender nach einem Schwimmring. Und er hatte ihr keine Chance gegeben. Aber warum?

Nachdem eine Woche vergangen und Chris sich nicht wieder gemeldet hatte, bestand für Kathleen das Leben nur noch aus grauer Verzweiflung. Eines Morgens nahm sie die weißen Babyschuhe vom Fensterbrett in der Küche, lief die Treppe hinunter und warf die Schuhchen, ohne ihnen einen Blick nachzusenden, in die Mülltonne.

Statt an die Uni fuhr sie in die entgegengesetzte Richtung, in die Falkenberger Straße.

„Das wird aber knapp, junge Frau", sagte der Arzt. „Melden Sie sich unbedingt noch diese Woche in der Klinik. Die warten ja dort auch nicht gerade nur auf Sie!"

Seine Stimme klang nicht freundlich, aber Kathleen achtete gar nicht darauf. Sie fühlte sich wie in einem furchtbaren Traum, aber so sehr sie den Kopf auch hin und her werfen mochte, um endlich daraus zu erwachen, er ließ sich nicht abschütteln. Krampfhaft hielt sie den Überweisungsschein fest.

Zwei Tage später fuhr sie früh mit der S-Bahn in Richtung Klinikum Buch, eine kleine Reisetasche auf den Knien. Sozialversicherungsausweis und Überweisung in deren Außentasche, saß sie am Fenster und starrte hinaus. In Blankenburg endete die Bahn, und Kathleen musste etwa zehn Minuten auf den Anschlusszug warten. Sie setzte sich auf dem Bahnsteig auf eine Holzbank, erschöpft, als wäre sie die Strecke bis hierher zu Fuß gelaufen.

Neben der Bank stand eine junge Frau mit einem Kleinkind im Sportwagen, um den ein etwa vierjähriger Junge herumhüpfte. Er hielt einen goldgelben großen Bummi-Teddybären an sich gedrückt und ließ ihn ab und zu auf dem Fußsack des Sportwagens vor den Augen seines kleinen Bruders hin und her tanzen, worauf dieser vor Begeisterung jedes Mal laut jauchzte.

Kathleen beobachtete das alles, ohne es wirklich zu sehen, und sie hätte sich später nie mehr an diesen kleinen Jungen erinnert, wäre nicht gleich darauf etwas Einschneidendes passiert, das ihre Lethargie abrupt beendete.

Eine S-Bahn fuhr ein, die Frau schob den Sportwagen an die Bahnsteigkante, drehte sich zu ihrem größeren Sohn um und rief ihn: „Komm, Tommy, bleib schön bei mir!"

Es war noch die Zeit des Berufsverkehrs, und viele Leute drängten in die Bahn. Zwischen die Frau mit dem Kinderwagen und Tommy mit dem Teddy schoben sich einige Jugendliche, die sich laut unterhielten und lachten. Da klingelten die Signale der Türschließanlage. Tommy tat einen Schritt in die S-Bahn, als ihm sein Teddy aus den Armen rutschte und auf den Bahnsteig kullerte. Sofort machte der kleine Junge kehrt und stieg wieder aus, um seinen Teddy zu retten. Zwar hörte er seine Mutter angstvoll schreien: „Tommy! Steig sofort ein!", aber da schlossen sich schon die Türen, und die Bahn ruckte an. Fassungslos wurde der kleine Junge von der Katastrophe überrollt. Innerhalb weniger Sekunden hatte sich sein Leben vollständig verändert: gerade noch war die schützende Nähe und Aufmerksamkeit der Mutter um ihn gewesen wie ein warmes Nest um ein geschlüpftes Vogelkind, aber nun hatte eine plötzliche Sturmböe ihn aus dem Nest gewirbelt und einer fremden gefahrvollen Umwelt schutzlos preisgegeben.

Mit weit aufgerissenen Augen starrte das Kind der ausfahrenden Bahn nach. Sein Schrei: „Mutti! Muttiiii!" drang Kathleen ins Ohr und ins Herz wie ein schmerzhafter Stich. Rasch stand sie auf und beugte sich zu dem Kleinen hinab: „Hab' keine Angst! Deine Mutti holt dich gleich wieder hier ab. Ich bleibe solange bei dir und passe auf dich auf."

Sie hob den Teddy auf, drückte ihn Tommy in die Arme und legte ihm sacht eine Hand in den Nacken. „Du brauchst keine Angst zu haben, es kann dir nichts passieren", sagte sie noch einmal mit zitternder Stimme. Der Anblick des von Panik überhauchten, bleichen Kindergesichtes schnitt ihr ins Herz. Ohne Hilfe war der Kleine verloren!

Die Mitarbeiterin der Bahnaufsicht rief bei der nächsten Station an und gab durch, dass die Mutter des kleinen Tommy ihr Kind in Blankenburg auf dem Bahnhof abholen solle, dass es dort solange in sicherer Obhut sei.

Keine viertel Stunde dauerte es, bis aus einer der auf dem gegenüberliegenden Gleis haltenden Bahnen Tommys Mutter mit dem Sportwagen stieg. Kathleen ging ihr entgegen, das fremde Kind an der Hand, und die beiden Frauen schauten sich für einen Moment an, ohne etwas sagen zu können.

Dann riss Tommy sich los und klammerte sich an den Mantel der Mutter. Jetzt erst, nach überstandenem Schrecken, lösten sich die Tränen, aber nun war ja Mutti wieder da, um ihn zu trösten. Sie legte ihrem Jungen eine Hand auf den Kopf und streckte die Rechte Kathleen entgegen. „Haben Sie vielen Dank, dass Sie sich gleich um Tommy gekümmert haben. Wer weiß, was sonst vielleicht..." sie brach ab und schluckte.

Auch Kathleen saß ein Kloß im Hals, sie konnte kein Wort hervorbringen. In ihren Ohren klang, ja dröhnte, noch immer das verzweifelte „Muttiii!" des Kindes.
Sie nickte der Frau zu, drehte sich um und lief wie gehetzt zur Treppe. Sie spürte kaum,

wie ihr die Tränen übers Gesicht liefen, aber das Schluchzen, das in der Kehle saß, erstickte sie fast.

Sie verließ den Bahnhof, überquerte einen Platz und lief eine unbekannte Straße entlang. Einige verwunderte Blicke von Passanten streiften ihr Gesicht, aber niemand schien sich ernsthaft für den Grund der Tränen dieser fremden jungen Frau zu interessieren. Ziellos lief sie durch fremde Straßen. Irgendwann, später an diesem Vormittag, fand sich Kathleen wieder in einer S-Bahn. Am Alexanderplatz stieg sie aus, lief zur Straßenbahn und fuhr bis zur Greifswalder Straße. Sie drückte die schwere Haustür auf, ging durch den Hausflur, über den Hof und wollte schon das Hinterhaus betreten, als sie plötzlich stockte.

Sie nahm ein Papier aus dem Vorderfach der Reisetasche, stellte die Tasche ab und ging zurück in den Hof. Sie klappte den Deckel der Mülltonne auf, zerriss den Einweisungsschein zur Unterbrechung der Schwangerschaft in winzige, nicht mehr leserliche Schnipsel und ließ sie in die Mülltonne segeln.

In diesem grauen öden Hinterhof, vor der Mülltonne stehend, legte sie die Hände über dem Leib zusammen und flüsterte: „Entschuldige!"

Sie hatte sich endgültig entschieden: sie wollte dieses Kind, das seinen Vater vielleicht nie kennen lernen würde, wie auch Christoph Täumler seinen Vater nie gekannt hatte, bekommen. Sie würde ihm das Leben schenken, aber eigentlich war das falsch, denn es lebte ja bereits. Wie hatte sie das vergessen können!

Was sie geplant hatte, wog schwer, viel schwerer, als das unbeabsichtigte Zurücklassen eines Kindes auf dem Bahnsteig. – Sie hatte ihr Kind während einer rasenden Fahrt aus dem Zug stoßen wollen. Ihr Kind, das noch nicht einmal nach ihr rufen und schon gar keine Hilfe von außen erwarten konnte! Aber nun endlich war es ihm gelungen, sich nicht nur im Leib sondern auch im Hirn und Herzen seiner Mutter einen festen Platz zu erkämpfen. Durch die Lunge, den Kehlkopf, die Stimmbänder und den Mund eines anderen Kindes hatte es seine Mutter gerufen, damit sie es endlich, endlich hören möge! Und Kathleen hatte es gehört.

Plötzlich war alles anders. Die Freude der ersten Stunden, nachdem sie es erfahren hatte, kehrte zurück. Ich werde ja ein Stück von Chris behalten, sagte sie sich, so wie auch dessen Mutter ihr Kind behalten hatte. Jetzt erinnerte sie sich an das Gespräch in Prag: auch Chris' Mutter hatte während ihrer Schwangerschaft keine Verbindung zum Kindesvater mehr gehabt. Kathleen hätte damals nicht geglaubt, dass sie dieses Schicksal einmal mit ihr teilen sollte.

Und es war unendlich schwer! Sie hätte ihre Freude über dieses Leben in sich so gern mit Chris geteilt, auf, dass sie sich verdoppelte. Sie vermisste Chris, seine Worte, seine Zärtlichkeiten, die Wortgefechte mit ihm, seine Liebe... einige Lieder, die sie zusammen gehört hatten, bei deren Klängen sie sich in den Armen gehalten hatten, konnte Kathleen nicht ertragen. Dann stellte sie das Radio ab.

Besonders schmerzte sie Tamara Danz' „Bataillon d' Amour", das an ihrem letzten Abend durch das Zimmer getanzt war. Die unvergängliche Wahrheit dieser Zeilen „wir können uns nicht wehren, wenn's einfach nur beginnt" konnte niemand besser ermessen als Kathleen. Sie hatte sich seit Anbeginn nicht gegen Chris wehren können, war ihm in dieses Labyrinth gefolgt, und sie konnte es nicht bereuen!

Sie bereute nichts, obwohl sie nun keine Hoffnung mehr hatte, dass Chris zurückkäme. In den folgenden Wochen und Monaten bemühte sich Kathleen anfangs noch hoffnungsvoll, dann zunehmend verzweifelt, eine kleine Wohnung zu bekommen, die über ein richtiges Bad und möglichst eine Zentralheizung verfügen sollte.

Sie war schon am Aufgeben und nahe daran, im Studentenwohnheim ein Zimmer zu beziehen, wo sie Bad und Küche jedoch mit mindestens fünf weiteren Bewohnern hätte teilen müssen, aber Uni und Krippe gleich um die Ecke gehabt hätte, als es eines Nachmittags an ihrer Tür klingelte.

Es war inzwischen März, Kathleens Bauch war rund aber noch nicht beschwerlich geworden. Als die Klingel dreimal kurz schellte, machte Kathleens Herz einen unvernünftig heftigen Sprung, in der aberwitzigen Hoffnung, Chris könnte es sein. Sie atmete tief durch, öffnete die Tür vorsichtig – und blickte in das Gesicht ihrer Mitstudentin Sabine.

Die Enttäuschung war Kathleen so offensichtlich anzusehen, dass es Sabine richtig Leid tat, der Anlass dafür zu sein. Dabei hatte sie doch eine gute Nachricht!

„Wenn du dich beeilst und wir etwas Glück haben, kriegst du 'ne Bude! Los, komm mit!" fiel sie mit der Tür ins Haus.

Ehe Kathleen es sich versah, hatte sie Stiefel und Anorak an und saß neben Sabine in der Straßenbahn.

„Nun erzähl' endlich!" drängte sie.

„Also", Sabine holte Luft, „Gleich am S-Bahnhof Marx-Engels-Platz ist 'ne Wohnung freigeworden. Weiß aber offiziell noch niemand!"

„Wie – freigeworden?" Kathleen verstand nicht.

„Die Leute sind weg", flüsterte Sabine. „Seit drei Tagen verschwunden. Die wollten wohl rüber. Hab' einen heißen Tipp bekommen. Ein Kumpel kennt jemanden aus dem Haus, bei dem hatten sie die Katze in Pflege gegeben, wollten angeblich für ein paar Tage in Urlaub. Wer's glaubt! Der Nachbar hat die Nachtigall schon lange trapsen hören, hatte nämlich mitgekriegt, dass die vorher ihre Garage und das Wochenendgrundstück am Müggelsee verkauft haben. Ich bitte dich! Wer macht denn so was freiwillig! Also, die sind weg, sag ich dir. Und die Wohnung ist frei – für dich!"

Kathleen hatte diesem Redeschwall gebannt gelauscht. „Weg?" fragte sie. „Du meinst Republikflucht?"

„Klar!" meinte Sabine überzeugt. „Was denn sonst! Es ist drei Tage her. Entweder sitzen die jetzt mit Adidas-Turnschuhen bei Mc. Doof oder mit Handschellen in Bautzen."

Kathleen schaute sich erschrocken um. „Sei bloß still! Ich glaube, ich will die Wohnung nicht! Am Ende denkt noch jemand, ich kannte die Leute, und das war schon vorher alles abgemacht."

„Quatsch! Wir machen es ganz offiziell, gehen zur Wohnungsverwaltung und melden die Wohnung als leer stehend gefunden. Du schiebst deinen Bauch vorneweg und erklärst weinerlich, deine Eltern hätten dich rausgeschmissen. Du bist obdachlos, Mensch! Und so was gibt's bei uns nicht! Päng – schon hast du die Wohnung! Nun sei nicht blöd, Kathleen!"

Kathleen musste unwillkürlich lachen. Sabines Argumente klangen verdammt überzeugend! Und sie befand sich in der Zwickmühle. Schließlich überwogen der Frust wegen der bisher vergeblichen Wohnungssuche und die Befürchtung, der Juni käme heran und sie säße noch immer im Hinterhaus.

Sie machten es so, wie Sabine vorgeschlagen hatte, und wundersamerweise klappte es, sie hatten Glück: Kathleen bekam die Wohnung, die fast vollständig eingerichtet war und über verschwenderische drei Zimmer verfügte, ein Bad mit Gasdurchlauferhitzer und eine Forsterheizung besaß. Es war trotz der undichten Fenster, des bröckelnden Putzes im Treppenhaus und an der Außenfassade sowie der veralterten Elektroinstallation mit über dem Putz verlegten Kabeln einfach paradiesisch!

Kathleens Eltern, denen Kathleen kurz nach Weihnachten gebeichtet hatte, dass sie Großeltern, aber nicht Schwiegereltern würden, kamen über ein verlängertes Wochenende nach Berlin, und halfen ihrer Tochter beim Umzug, beim Anbringen von Gardinen und bei der Installation eines Waschvollautomaten, den sie Kathleen zum Einzug schenkten.

Viel lieber hätten sie ihre Tochter in Potsdam gehabt, schließlich war die Wohnung groß genug und das Großelternpaar noch jung genug, auch ein Baby im Haushalt zu verkraften. Kathleens Mutter hatte sogar vorgeschlagen, zeitweise ihre Arbeit aufzugeben, vielleicht Übersetzungen in Heimarbeit zu übernehmen und sich um das Enkelchen zu kümmern, während Kathleen ihr Studium weiterführte.

Doch darüber war mit Kathleen nicht zu reden. Sie wollte ihr Kind bei sich haben und trotzdem weiterstudieren, wie es viele junge Frauen an der Uni taten, während ihr Baby in einer Tageskrippe gut aufgehoben war.

„Stell dir das bloß nicht so einfach vor!" hatte Kathleen von ihrer Mutter zu hören bekommen, ohne zu ahnen, dass dies derselbe Satz war, den Chris' Großmutter vor nun fast genau vierundzwanzig Jahren zu *ihrer* Tochter sagte.

Kathleen hatte nur den Kopf geschüttelt: „Das tue ich nicht!"

Als sie nach dem anstrengenden Wochenende allein in ihrer Wohnung saß, atmete sie erleichtert auf und fühlte sich zum ersten Mal seit Monaten innerlich frei und unbeschwert.

In der neuen Umgebung bewegten sich die Gedanken leichter durch den Raum, lastete nicht so viel mit Erinnerung verbundener Schmerz auf ihnen. Auch das Baby bewegte sich, und Kathleen legte die Hände auf ihren Bauch und sagte: „Du freust dich auch über die schöne Wohnung, stimmt's? Als nächstes richte ich dein Kinderzimmer ein!"

Nur das Bild von der Karlsbrücke, das erste Bild, das Chris ihr geschenkt hatte, brachte sie im Flur an. Es ist nur wegen Prag, entschuldigte sie sich vor sich selbst.

Einige Tage später saß Sabine mit Kathleen zusammen. Sie wollten gemeinsam für die anstehende Klausur in Philosophie lernen, aber ständig schweiften ihre Gedanken von Feuerbachs Hegelkritik und Marxens Dialektischem Materialismus zu greifbareren Themen ab.

Sabine verfolgte mit Neugier und Spannung Kathleens Schwangerschaft. Statt im Kommunistischen Manifest von Karl Marx blätterte und las sie in Heinrich Brückners „Ein Kind wird erwartet".

„Siehst du!" rief sie plötzlich. „Hier steht's geschrieben: eine Wehe muss nicht wehe tun! Sie wird ab jetzt als Anspannungswelle bezeichnet. – Sehr witzig, find'ste nicht auch? Man gibt dem Ding 'nen anderen Namen und schon tut's nicht mehr weh! – Du, das find' ich eine prima Idee! Werd' ich gleich morgen beim Frühstück ausprobieren. Da sag' ich zu meinem trockenen Brotkanten: na du, mein lockerweiches frischknuspriges Frühstücksbrötchen! – Was meinst du, wie mir das dann schmecken wird!"

Kathleen lachte. Aber dann sagte sie: „Ich hab' trotzdem ganz schön Angst vor diesen – egal, wie nun heißen!"

Sabine nickte. „Hätte ich auch. Aber irgendwie muss es zu schaffen sein: schließlich sind alle fünf Milliarden Menschen auf diese Weise zur Welt gekommen. Das kriegst du auch hin!"

Kathleen seufzte. „Wenn wenigstens Chris draußen auf dem Gang vorm Kreißsaal sitzen und mir die Daumen drücken würde! Das wär `ne große Hilfe!"

„He! Kopf hoch! Du schaffst das auch ohne ihn! Du kriegst doch was viel Schöneres als ihn: ein supersüßes knuddeliges Baby! Beneidenswert!"

Ende Mai saß Kathleen wieder einmal in der Schwangerenberatung. Die Abstände der Termine waren nun auf zwei Wochen zusammengeschrumpft.

„Tja", sagte der Arzt nach der Untersuchung und nachdem Kathleen über einen Radiolautsprecher die flotten Herztöne ihres Kindes gehört hatte, „Ihr Baby ist groß genug zum Aussteigen. Wenn es nicht von allein innerhalb der nächsten Woche losgeht, melden Sie sich bitte am sechsten Juni früh um acht Uhr in der Entbindungsklinik. Sie werden dort untersucht, und dann kann entschieden werden, ob die Geburt eingeleitet werden muss oder man weiter abwartet. Wo wollen Sie entbinden?"

„In der Charite?" fragte Kathleen.

„Na bestens. Dann alles Gute! – Und nehmen Sie zum Termin gleich alles mit, was sie in der Klinik benötigen, auch alle Papiere! Auch, wenn Sie dann noch keine Wehen haben. Viel Glück!" Mit kräftigem Händedruck wurde Kathleen verabschiedet.

Hoffentlich geht es bald los, dachte Kathleen. Ich will nicht dreimal mitsamt Gepäck in der Klinik antanzen und jedes mal wieder nach Hause geschickt werden, weil es doch noch nicht soweit ist! – Einer Kommilitonin war es so ergangen.

Sie fühlte sich völlig normal, und nichts deutete auf die bevorstehende Geburt hin. Nicht einmal irgendwelche Senkwehen, die man angeblich haben sollte, machten sich bemerkbar. Kathleen besuchte noch immer die Vorlesungen, denn sie wollte so wenig wie möglich versäumen.

Am dritten Juni ging sie um halb sieben zur Uni, als sie besonders heftige Kindsbewegungen spürte. Es war eigentlich überhaupt nicht „seine" Zeit; das Baby schien ein Nachtschwärmer werden zu wollen, denn tagsüber verhielt es sich ziemlich ruhig, aber kaum lag Kathleen abends im Bett und versuchte einzuschlafen, begann ihr kleiner Untermieter seine Gymnastikstunde. Abwechselnd beulte und beutelte er ihren Bauch an den verschiedenen Stellen, und Kathleen meinte manchmal, einen kleinen Fuß oder eine winzige Faust so deutlich zu spüren, dass sie glaubte, sie festhalten zu können. Sie drückte dann leicht gegen die Beulen und spürte die Reaktion ihres Kindes; auf diese Weise hielten sie erste Zwiesprache miteinander.

Doch nun spürte sie außer den bekannten kräftigen Strampelbewegungen noch ein leichtes Ziehen im Rücken. Wieso im Rücken?

Kathleen horchte in sich hinein, aber alles blieb ruhig. Erst als sie durch den Eingang zur Uni ging, zog es wieder im Kreuz. Erschrocken blieb sie stehen. Waren das etwa die Wehen? Und wenn ja, warum dann nicht im Bauch?

„Hallo!" wurde sie angesprochen. „Du siehst aus, als wärst du gerade einem Geist begegnet? Vielleicht dem Alexander von Humboldts?" Sabine schaute ihr von der Seite ins Gesicht.

„Hallo!" brachte Kathleen heraus.

„Du bist ja ganz käsig im Gesicht, Kathleen. Ist dir nicht gut?"

„Doch, doch. Ich dachte bloß gerade... es ist nichts. Gehen wir rein, ja?"

Gegen Mittag hatte sich das Ziehen in Kathleens Rücken auf regelmäßige Abstände von etwa fünfzehn Minuten eingependelt. Ein echter Schmerz war es nicht. Doch auch das Baby schien zu spüren, dass etwas in Bewegung kam; für einen Vormittag war es ungewöhnlich aktiv. Kathleen konnte sich kaum auf die Vorlesung konzentrieren.

Wenige Minuten vor der Mittagspause flüsterte Kathleen Sabine, die neben ihr eifrig mitschrieb, zu: „Legst du großen Wert auf die Vorlesung am Nachmittag?"

„Nö. Nicht besonders. Wieso?"

„Würdest du mit mir nach Hause gehen, um die Reisetasche zu holen und mich bis zur Charité begleiten? Bloß vorsichtshalber."

Sabine riss die Augen auf und musterte Kathleen erschrocken: „Willst du damit sagen, dass es losgeht, oder was?"

„Ich glaube, ich hab' schon seit heute früh Wehen. Jetzt sind sie ziemlich regelmäßig."

Sabine wurde blass: „Du meine Güte! Ich..."

Der Rest des Satzes wurde übertönt vom lauten Klopfkonzert, mit dem das Auditorium seinen Lieblingsprofessor verabschiedete.

Sabine stand auf und zog Kathleen am Arm hoch. „Na, komm schon! Willst du dein Kind im Hörsaal kriegen? Dass du so ruhig sein kannst, herrje!"

Kathleen lächelte: „Das sieht nur so aus!"

Zwei Stunden später, Kathleen hatte zu Hause noch geduscht und die Haare gewaschen und gefönt und damit die Geduld ihrer Freundin auf eine fast unzumutbare Probe gestellt, drückte Sabine einer Schwester in der Berliner Charite Kathleens Reisetasche in die Hand, umarmte die Freundin und hielt dann die Fäuste, die die Daumen fest drückten, hoch.

„Hals- und Beinbruch! Soll ich deine Eltern anrufen?"

Kathleen zögerte: „Lass mal. Lieber nicht. Nützt ja niemandem, wenn sie vor Aufregung durch die Wohnung tigern. Ich rufe sie lieber selbst an, wenn ihr Enkelkind da ist."

„Okay, also dann. Halt die Ohren steif, Kathleen." Sie wusste nicht, was sie sonst noch sagen sollte, drehte sich um und lief den Flur entlang zum Ausgang.

Kathleen schaute ihr nach, und in diesem Moment beneidete sie Sabine glühend und wäre ihr am liebsten nachgelaufen. Sie hatte Angst.

„Na, kommen Sie!" die Schwester ging mit der Reisetasche voran, und Kathleen trottete hinter ihr her.

Nach einer Untersuchung und der Kontrolle der Herztöne des Kindes musste Kathleen eine Menge Fragen beantworten, erhielt einen Einlauf und durfte später in eine Badewanne voll warmen duftenden Wassers steigen. Die Wärme schien ein wehenanregendes Mittel zu sein.

Das Ziehen im Rücken verstärkte sich zum Schmerz, und plötzlich spürte Kathleen einen Ruck durch ihren Leib gehen und ein spontanes Nachlassen der Spannung in der Bauchdecke. Erschrocken stand sie auf und blickte auf ihren leicht geschrumpften Leib. Dann begriff sie und zog an der Klingelschnur. Sofort kam eine Schwester herein. „Was ist?" fragte sie. „Schon genug gebadet?"

„Ich glaube, die Fruchtblase ist geplatzt."

Prüfend schaute die Schwester Kathleen und das Badewasser an. „Na, dann kommen Sie aus der Wanne. Ich bin ihre Hebamme, Schwester Ute. Ich werde sie betreuen." Damit reichte sie Kathleen ein Handtuch und hielt ihr dann ein weißes leinenes Nachthemd hin, das hinten offen blieb. Sieht aus, wie ein Büßerhemd, dachte Kathleen und war sich trotz ihrer Aufregung bewusst, welch lächerlichen Anblick sie in diesem Hemd bieten musste: vorn wölbte sich der Bauch unter dem weißen Stoff, hinten schlugen die losen Enden bei jedem Schritt auseinander und zeigten das blanke Hinterteil. Oh je, dachte sie, hier darf man wirklich keinen Wert auf Pietät legen! Ohnehin schien sich hier jeder, ob Arzt oder Schwester, nur für die Geschehnisse unterhalb des Bauchnabels der Frauen zu interessieren. Und dies ganz sachlich und gelassen – welch merkwürdige Welt!

Im Kreißsaal schaute eine junge Frau von einer hohen Liege Kathleen neugierig entgegen. „Hallo", sagte sie. „Ich bin Silke und versuche seit zwei Stunden, mein zweites zu bekommen. Und du?"

„Kathleen", sagte Kathleen und stemmte die Hände ins Kreuz, als eine Welle sie überrollte. „Bei mir ist es das erste."

Silke seufzte. „Na, dann viel Spaß, Kleene!"

Inzwischen hatte Schwester Ute alles für Kathleen vorbereitet. „So, nun hüpfen Sie mal hier rauf!" sagte sie und wies auf eine ebensolche Liege in einigen Metern Entfernung. Eine verwirrende Menge technischer Geräte und Bildschirme stand am Kopfende und seitlich des Bettes. Sieht nicht ein bisschen nach Baby aus, dachte Kathleen, eher so unpersönlich und rein technisch wie 'ne Raumkapsel. Sie legte sich hin, bekam eine Kanüle in die Ellenbogenbeuge geschoben und sah das Wehenmittel aus dem Tropf in ihren Körper tröpfeln. Wozu, dachte sie, es weht doch sowieso schon genug.

Sie wurde aufgefordert, sich auf den Rücken zu legen. Ein Arzt erschien und machte sich zwischen ihren Beinen zu schaffen. Plötzlich hörte Kathleen ganz deutlich das erschrockene Herzklopfen ihres Kindes.

„Ich habe jetzt eine Elektrode, eine Art Sonde, am Kopf des Babys befestigt", erklärte der Arzt. „Auf diese Weise können wir während des gesamten Geburtsvorganges überwachen, dass es dem Kind gut geht. Sie können sich jetzt auf die Seite legen. Versuchen Sie ruhig, ein wenig zu schlafen."

Der will mich auf den Arm nehmen, dachte Kathleen. Aber nach einer Weile merkte sie, dass sie tatsächlich in den etwa zehnminütigen Wehenabständen immer wieder kurz einnickte. Es war ganz still auf der Station.

Nach etwa einer Stunde untersuchte die Hebamme Kathleen erneut. „Sehr schön", sagte sie, „der Muttermund hat sich inzwischen auf drei Zentimeter geöffnet."

Erst drei Zentimeter! Kathleen erschrak. Wie lange sollte das dauern, bis die notwendigen neun oder zehn Zentimeter erreicht waren!

„Wie stark empfinden Sie die Wehen jetzt?" wollte Schwester Ute wissen.

„Es geht", sagte Kathleen. Sie hatte an der Schwangerengymnastik teilgenommen und einen Kurs über Atem- und Entspannungstechnik besucht. Bisher kam sie gut damit zurecht. Aber sie merkte bereits jetzt, dass „Trockenübungen" eben doch nur Theorie waren.

Schwester Ute erklärte ihr die Anzeige auf dem Bildschirm neben dem Bett. „Damit können Sie die Stärke der Wehen ablesen und sich mit der Atmung schon darauf einstellen. Versuchen Sie es doch mal."

Die Hebamme war zufrieden und wendete sich Silke zu. Nach der Untersuchung stellte sie fest: „So, Sie sind ja eine ganz Schnelle. Es kann losgehen."

„Was?" rief Silke vollkommen perplex, „Wollen Sie damit sagen, dass ich schon pressen darf? Das ist ja so schön wie Weihnachten!"

Der Arzt kam hinzu, die leitende Hebamme stellte sich bereit und Schwester Ute stütze Silke die Schultern hoch. „Bei los geht's los!" sagte sie.

Kathleen hatte sich auf den Ellenbogen gestützt und ihre Wehen vergessen. Sie konnte nur den Rücken der Hebamme sehen, aber sie hörte Silke tief die Luft einziehen, als wollte sie gleich darauf fünf Meter unter der Meeresoberfläche nach Perlen tauchen, und eine Weile später ein keuchendes Ausstoßen der Luft. Noch einmal und noch einmal wiederholte Silke die Anstrengung. Außer ihren Atemgeräuschen und leisen Worten der Hebamme war nichts zu hören. Dann aber atmete sie keuchend und rang nach Luft. „Sauerstoff!" rief der Arzt, und: „Bei der nächsten Wehe schaffen wir's!"

Zwei Minuten später hielt die Hebamme ein nasses, schreiendes Baby an den Füßchen hoch, um es gleich darauf auf Silkes Bauch zu legen.

Wie durch Watte hörte Kathleen ein glückliches Schluchzen von Silke, die Glückwünsche des Arztes und der Schwestern und das immer wieder aufflackernde Schreien des Neugeborenen.

Während Silke ihr Baby im Arm hielt, legte Kathleen ihre Hände über dem Bauch zusammen und betete zu einem soeben erschaffenen Gott, von dessen Existenz sie bis zu diesem Augenblick nichts gewusst hatte: bitte, lass es nicht mehr so lange dauern. Ich habe Angst, dass meine Kraft nicht reicht, bitte hilf mir!

Inzwischen war es draußen dämmerig geworden. Silke war nach zwei Stunden nachgeburtlicher Überwachung mit ihrem Baby auf die Station umgezogen. Sie hatte Kathleen zum Abschied zugewinkt.

Kathleen war der Meinung gewesen, mit diesen Anspannungswellen, denen sie den Rhythmus ihrer Atmung entgegensetzte, auszukommen, sie ertragen zu können bis zu dem Moment, da Schwester Ute, wie zuvor zu Silke, sagen würde: nun kann es losgehen!

Sie hatte nicht gewusst, dass schon lange vorher der Punkt erreicht sein würde, da sie bei jeder Wehe, die unaufhaltsam auf sie zurollte, wie eine losgetretene Lawine, das Gefühl haben würde, der Leib risse ihr vom Rücken her in Stücke. Mit Willen und Atemtechnik war dagegen nicht mehr anzukommen. Bei jeder neuen Wehe, deren Nahen sie spürte, hatte sie nur noch einen Gedanken, der kein Gedanke mehr war, sondern nur noch ein einziges Gefühl, ein einziger Wunsch, der alles ausfüllte: das soll aufhören! Egal wie, aber aufhören!

Wenn jemand gekommen wäre und ihr angeboten hätte, sie von den Schmerzen zu erlösen, wenn sie ihm ihre Seele verschriebe, sie hätte es sofort getan. Aber es gab kein Entrinnen. Die Naturgewalt der Geburt war entfesselt wie eine Sintflut. Es waren Schmerzen, mit nichts, das sie gekannt oder sich vorzustellen imstande gewesen wäre, vergleichbar. Wenn Kathleen die Kraft zum Denken aufgebracht hätte, so würde sie sich gefragt haben, weshalb nur die Natur das so eingerichtet hatte und wie es kam, dass die meisten Frauen nach dieser Erfahrung doch weitere Kinder zur Welt brachten.

Das gesamte Universum schien nur noch aus diesem Schmerz zu bestehen, und es war einfach unbegreiflich, dass die Zeugung dieses Kindes als ein Akt unendlicher Zärtlichkeit nun diese Schmerzen begründete.

Schwester Ute untersuchte Kathleen in kurzen Abständen, redete ihr gut zu und tröstete sie, versuchte, sie zu gleichmäßigerem tiefem Atmen und später zum Verhecheln der Presswehen zu bewegen. Aber Kathleen konnte nicht mehr richtig reagieren. „Ich kann nicht mehr", wimmerte sie immer wieder, worauf die Hebamme jedes Mal geduldig und ruhig sagte: „Doch, Frau Bürmer, Sie können noch. Es dauert nicht mehr lange."

Endlich, nach fast acht Stunden im Kreißsaal, rief Schwester Ute die leitende Hebamme und den Arzt hinzu. Plötzlich war aktive Geschäftigkeit um Kathleens Liege herum.

„Bleiben Sie auf dem Rücken liegen", forderte die Hebamme Kathleen nach der Untersuchung auf. „Ziehen Sie die Knie hoch und fassen Sie in die Kniekehlen. Kopf auf die Brust, die Augen schließen und bei der nächsten Wehe kräftig pressen. Pressen!"

Kathleen verlor jegliches Zeitgefühl. Sobald eine neue Welle auf sie zukam, holte sie tief Luft und presste nach Leibeskräften, die Augen fest zusammengekniffen, und spürte, oh Wunder! , keinen Schmerz mehr. Selbst den Schnitt der Schere nahm sie kaum wahr. In ihren Ohren rauschte es, aber trotzdem hörte sie die Worte: „Jetzt nicht mehr pressen. Warten Sie, so, nun noch ein bisschen, nur ein wenig. Etwas mehr! Sehr schön! Guuut!"

Plötzlich war alles still. Der gigantische Erdrutsch, der eine Lawine nach der anderen zu Tal befördert hatte, war urplötzlich vorbei. Die Erde schien für einen Moment stillzustehen; selbst die Zeit verharrte in diesem Augenblick im Niemandsland.

Kein Geräusch, keine Bewegung, kein Gefühl, gar nichts – und dann ein zittriger Schrei, mehr ein stimmhaftes Vibrieren der Luft.

Die Erde drehte sich weiter, das Universum bestand wieder aus Sonne, Mond und Sternen, und jener Schmerz hatte sich in ein fernes Universum verflüchtigt.

Kathleen stützte sich mühsam auf die Ellenbogen und blickte in das rote, zerknautschte Gesicht ihres Kindes, das kopfüber zwischen ihren angestellten Knien in den Händen der Hebamme hing, und sie erkannte, dass sie ein Mädchen geboren hatte. Ihre Tochter!

Das Kind schrie nun kräftig, und die Stirn unter dem pechschwarzen dichten Haarschopf legte sich in Falten.

Kathleen sah auf der großen Uhr an der Wand neben dem Eingang, dass Mitternacht soeben vorbei war. Es war der vierte Juni. Chris' Geburtstag – und ab heute auch der Geburtstag seiner Tochter.

Kathleen fühlte ihr Baby auf ihrem Bauch liegen, sie legte die Hände darüber zusammen und ließ den Tränen freien Lauf.

Tränen nach der Anspannung einer schweren Geburt – nichts Ungewöhnliches für die Hebamme.

Nachdem das Baby und Kathleen versorgt waren, der Arzt den Schnitt genäht und Kathleen den Namen ihres Kindes angegeben hatte, herrschte nächtliche Ruhe im Kreißsaal.

Kathleen schaute unentwegt auf das bisschen Gesicht, das von ihrer Tochter aus der wärmenden Umhüllung hervorlugte. Das Wunder war zu groß, war unfassbar. Dies hier war ihr Kind! Und obwohl Kathleen dieses Baby monatelang in sich getragen, seine Bewegungen gespürt und mit ihm gesprochen hatte, es schon geliebt und schließlich zur Welt gebracht hatte, erschien ihr nun die Tatsache, dass sie ein eigenes Kind hatte, völlig unwirklich. Sicher, überlegte sie, liegt es an dem Stress während der Geburt. Obwohl diese ja nur mit dem Kind zu tun hat, verliert man durch die Schmerzen und die Anstrengung den Kontakt zu seinem Baby. So dürfte das eigentlich nicht sein! Und Kathleen bemühte sich erneut, zu begreifen, dass sie nun die Mutter eines kleinen Menschen war. Es war noch ganz unfassbar.

Vielleicht würde das kleine Mädchen in einem Jahr schon Mama zu ihr sagen. – Zu wem würde es jemals Papa sagen?

Bevor Kathleen mit ihrem Baby auf die Neugeborenen- und Wöchnerinnenstation gefahren wurde, kam eine Schwester noch einmal mit einer Schreibmappe zu ihr.

„Frau Bürmer, es gibt ein kleines Problem mit dem Geburtsdatum ihres Kindes. Es war genau Mitternacht, vielleicht aber auch eine Sekunde danach, oder..."

Bevor die Schwester weiter sprechen konnte, fiel Kathleen ihr ins Wort: „Schreiben Sie den vierten hin, bitte! Der gefällt mir besser!"

Die Schwester lächelte und notierte das Datum.

Dann bekam Kathleen ihr Babypaket in die Arme gelegt und man fuhr sie auf die Station. Dort herrschte bereits emsiges Treiben, die erste Stillzeit des Tages war soeben angebrochen. Einige junge Frauen schlurften mit hängenden Schultern und seltsam schleppendem Gang über den Flur.

Kathleens Liege wurde an eine offene Zimmertür herangerollt, eine Schwester nahm ihr das Baby aus dem Arm und legte es in ein winziges Bettchen, direkt neben einem freien Bett. Kathleen freute sich, dass hier schon das „rooming in" angewandt wurde. So würde sie ihre Tochter in den nächsten Tagen schon richtig kennen lernen können .

Als sie sich aufgerichtet hatte, wurde ihr schwarz vor Augen. Rasch legte sie sich wieder hin. Der zweite Versuch gelang besser, und mit Hilfe der Schwester tastete Kathleen sich zu ihrem Bett. Sie ließ sich auf die Bettkante sinken und schrie auf. Wahrscheinlich hatte der Arzt den Schnitt mit Stacheldraht vernäht – jedenfalls fühlte es sich so an!

Die drei anderen Frauen im Zimmer lachten. Und plötzlich stand Silke vor Kathleen. „Na Kleene, nun hast du's ja ooch endlich geschafft! War's sehr schlimm?"

Kathleen freute sich, Silke hier wieder zutreffen. „Na, danke", sagte sie. „Frag nicht nach Sonnenschein!"

Silke lachte. „Ist bald vergessen. Bei meinem Ersten dachte ich damals auch, mich überrollt 'ne Lokomotive! Man sollte gleich das zweite kriegen – das geht viel leichter und schneller! Hast du ja bei mir gesehen! – Bist wohl auch geschnitten worden? Da ist's mit Sitzen erst mal Essig, aber dauert nicht lange, dann funktioniert wieder alles. Jedenfalls immer noch besser als Kaiserschnitt, meine ich!"

Nachdem die anderen Frauen ihre Babys gewindelt und gestillt hatten, Kathleens Tochter von einer Schwester versorgt und ihr dann zum Anlegen gebracht worden war, zog wieder Ruhe im Zimmer ein. Die Kinder schlummerten, und Silke fragte Kathleen nach den „technischen Daten" ihres Babys aus.

Kathleen zählte auf und wunderte sich, dass ihr Gehirn trotz des riesigen Stresses all diese Zahlen gespeichert hatte: „Größe zweiundfünfzig Zentimeter, Gewicht 3850 Gramm, Kopfumfang achtunddreißig Zentimeter, Geschlecht weiblich."

„Mönsch!" staunte Silke. „So' n großes Baby gleich als erstes! Da haste bestimmt mächtig kämpfen müssen, wo de doch so schmal bist! – Und wie heißt se denn nu, deine Kleene?"

„Christina", sagte Kathleen.

Zur Besuchszeit am Nachmittag strömten drei junge Männer zur Tür herein. Sie grüßten flüchtig in den Raum und strebten dann *der* Frau zu, die sie durch die Geburt des Kindes zum Vater gemacht hatte, besaßen nur Augen für das Bettchen, in dem ihr Baby dem Leben entgegenträumte. Ein aufgeregtes, aber gedämpftes Stimmengemurmel hub an, zeitweise untermalt von Babygeschrei.

Kathleen hielt das nicht lange aus. Christina schlief fest, und sie hatte keinen Besuch zu erwarten. Es war ihr noch nicht gelungen, ihre Eltern zu erreichen. Vielleicht waren sie dienstlich unterwegs. Gegen Mittag hatte Kathleen dann telefonisch ein Telegramm aufgegeben: „Enkeltochter in Charite angekommen. Warten auf Euch. Christina und Kathleen."

Ihre Eltern würden die Nachricht erst gegen Abend erhalten, konnten also frühestens am folgenden Tag nach Berlin kommen.

Erschöpft schlich Kathleen den langen Gang zwischen den Wöchnerinnen- und Schwesternzimmern entlang. Jetzt, da die Besucher die Frauen und ihren Nachwuchs beschäftigten, war das Personal fast sicher vor Störungen und nutzte die Gunst der Stunde für eine Kaffeepause.

Es war fast ganz still auf der Station. Kathleen blieb vor einem Fenster stehen, lehnte die Stirn gegen das Glas und schaute hinaus in den hellen Junitag.

Sie fühlte sich am Ende eines langen Weges angekommen. Der Weg war beschwerlich gewesen, voller Hindernisse, hatte sie durch einen dunklen Tunnel geführt, und nun, da sie ihn passiert hatte, da nichts mehr so war wie vorher, war er plötzlich zu Ende. Kathleen hatte keine Ahnung, wie es weitergehen sollte.

Chris, dachte sie verzweifelt, wenn du doch kommen würdest!

Sie hatte sich noch niemals, nicht einmal an jenem Novemberabend, nachdem Chris gegangen war, so grenzenlos verlassen gefühlt. Trotz der vielen Menschen auf der Station kam sie sich unendlich allein vor. Jeder war, ganz besonders hier, mit sich selbst beschäftigt.

Kathleen konnte nicht dagegen an, dass die Freude über ihr gesundes Baby und die Erleichterung über die heil überstandene Geburt in diesem Moment nichts zu wiegen schienen gegen das verzweifelte Gefühl der Einsamkeit.

Ihre Tränen fielen von den Wangen auf das Fensterbrett unter der Scheibe, gegen die sie den Kopf gelehnt hatte, und sammelten sich dort wie die Tropfen eines Sommerregens.

Plötzlich legte sich ein Arm sacht um ihre Schulter, eine Hand zwang sie, den Kopf zur Seite zu drehen, und durch den Tränenschleier in ihren Augen erkannte Kathleen Sabine. Sie fiel der Freundin um den Hals und schluchzte krampfhaft.

Sabine war zu Tode erschrocken, Kathleen in einer solchen Verfassung anzutreffen. Voller Angst vor der Antwort fragte sie nach einer Weile: „Kathleen, was ist denn? Ist was mit dem Baby? Sag doch was! Ist mit dem Kind etwas nicht in Ordnung?"

Das war so ziemlich die einzige Frage, auf die Kathleen in diesem Moment halbwegs sachlich reagieren konnte. Sie schüttelte den Kopf, löste sich von Sabine und schaffte sogar ein schwaches Lächeln: „Warte einen kleinen Moment!" Sie deutete auf eine Bank neben dem Fenster.

Nach einigen Minuten kam sie langsam und vorsichtig mit einem Bündel im Arm zurück. Sabine stand auf und reckte den Hals; vor Aufregung war ihr die Kehle wie zugeschnürt. Nach einer Weile erklärte Kathleen, nun schon mit wieder ruhigerer Stimme: „Sie heißt Christina und ist genau um Mitternacht geboren."

„Was denn?" Sabine war erschrocken. „So lange hat es noch gedauert? War es sehr schlimm?"

„Frag lieber nicht. Aber irgendwie – obwohl es erst ein paar Stunden her ist, erscheint mir das alles schon ganz unwirklich. So, als hätte ich das gar nicht tatsächlich erlebt... Es ist ganz komisch. Überhaupt ist alles so merkwürdig!" Sie lachte plötzlich. „Vorhin war alles so traurig, dass ich am liebsten aus dem Fenster gesprungen wär', und nun bin ich so froh! – Danke, dass du gekommen bist, Sabine!"

„Ich konnte gar nicht anders! In der Seminargruppe platzen sie schon alle vor Neugierde", erklärte Sabine, erleichtert, dass es Kathleen wieder besser ging und das Baby in Ordnung war. „Ich hab' dir was mitgebracht; es haben alle zusammengelegt."

Sie kramte ein Paket aus einem buntern Dederonbeutel hervor, zupfte Papier und Schleife zurecht und hielt es Kathleen hin. Die hatte jedoch Christina im Arm.

„Willst du sie mal nehmen?" fragte sie.

„Darf ich wirklich?" Ehrfürchtig ließ sich Sabine das Babybündel in die Arme legen. „Ist das ein schönes Gefühl!", meinte sie.

Währenddessen zog Kathleen die Schleife auf und schaute dann überwältigt auf die ersten Geschenke, die ihre Tochter erhielt: ein Babybadetuch mit Kapuze, ein Frotteeschlafanzug und, wertvoller als Goldstaub, sechs schneeweiße Baumwollwindeln.

„Das Wichtigste ist hier drin", rief Sabine und nickte in Richtung einer umfangreichen Papiertüte, die neben der Bank stand und die Kathleen gar nicht beachtet hatte.

Sie schaute hinein. „Ein Kopfkissen! Ich fasse es nicht! Wie habt ihr das angestellt?"

Kathleen war monatelang jede Woche ins Zentrum-Warenhaus am Alex und Hauptbahnhof gefahren, um ein Kopfkissen als Deckbett für ihr Baby zu bekommen. Erfolglos! Weder der Schwangerenausweis noch ihr runder Bauch konnten etwas ausrichten. Zwar waren die Verkäuferinnen allesamt verständnisvoll und mitfühlend, aber wo nichts war, da konnte man eben nichts hergeben.

Sabine strahlte: „Elke hat das Kissen gestern in Köpenick erwischt! War purer Zufall. Vorm Wäschegeschäft stand 'ne Schlange, da hat sie sich einfach angestellt und dann das Kissen gekriegt! Es gab auch Bettwäsche."

Es waren eigentlich ganz profane Dinge: der Besuch einer Kommilitonin, ein paar Geschenke der Seminargruppe. Und doch führten sie dazu, dass Kathleen wieder Land sah, Land, auf dem sich ein Weg abzeichnete, auf dem es weitergehen würde.

Sie nahm Sabine ihr Kind aus dem Arm und drückte ihr Baby sacht an sich:

Keine Sorge, Kleine, dachte sie, ich werde immer für dich da sein. Ich lasse dich nie im Stich!

Von all dem ahnte Chris nichts. Der Jahreswechsel in das Jahr neunzehnhundertneunundachtzig erinnerte ihn an die hoffnungsvolle Neujahrsnacht mit Kathleen über den Dächern von Prag. Wo mochte Kathleen heute sein, was tat sie, wie erging es ihr?

Seine Sehnsucht nach Kathleen war ungestillt, war wie eine offene Wunde, und jeder Gedanke an sie war ein Salzkörnchen, das in die Wunde fiel, dort brennt und sie sich nicht schließen lässt. Chris war sich sicher, sie konnte ihm nicht verzeihen, wie er gehandelt hatte. In ihren Augen musste sein Verhalten eine völlig unmotivierte Reaktion gewesen sein! Wenn er es hätte erklären können... Doch das schaffte er nicht. Einige Male saß er an seinem Schreibtisch und versuchte es in einem Brief. Aber jeder Versuch scheiterte kläglich und endete im frustrierten Zerreißen und Zerknüllen des Bogens.

Chris fühlte sich wie jemand, der einen großen Gewinn durch Leichtsinn und Unbedachtsamkeit verloren hat. So mochte jemand empfinden, der seinen Lottoschein mit dem

Sechser ins Altpapier gebündelt hat. Er rennt hinaus auf die Straße und sieht noch das Auto, welches das Papier aufgeladen hat, um die Ecke verschwinden. Nur wenig zu spät, aber doch zu spät! Dicht daneben ist auch vorbei, pflegte seine Oma zu sagen. Und wenn er den Gewinn festgehalten, ihn nicht leichtsinnig verspielt hätte, so wäre doch nicht sicher gewesen, dass er durch ihn glücklich geworden wäre! Gab es nicht auch Lottogewinner, die ihr gewonnenes Geld innerhalb kurzer Zeit durchbrachten, dabei Freunde und Familie verloren und am Ende ärmer dastanden, als je zuvor?!

Hätte er zu diesen gehört, wenn er Kathleen nicht verlassen hätte? Hätte er ihre Beziehung mit der Zeit zerstört? War seine Angst *davor* größer gewesen als vor dem plötzlichen Verlust?

Die Wochen schleppten sich dahin wie müde Soldaten nach der Schlacht, und nur beim Malen konnte Chris die Welt um sich für einige Zeit vergessen.

Zuweilen jedoch drängte sich die Wirklichkeit des letzten DDR-Jahres in Berlin selbst einem in sich gekehrten Melancholiker auf. So hörte Chris betroffen, dass am 17. Januar nach der staatlich organisierten traditionellen Kampfdemonstration zum Gedenken an die Ermordung Karl Liebknechts und Rosa Luxemburgs mehrere Personen festgenommen worden waren. Sie hatten Plakate mit dem Zitat Rosas „Freiheit ist immer die Freiheit der Andersdenkenden" getragen.

Zwar stimmte Chris teilweise mit dem Kommentar der FDJ-Zeitung „Junge Welt" überein, nach dem Rosa schließlich von Andersdenkenden, die sich *jede* Freiheit genommen hatten, ermordet worden war, aber die Festnahme der Demonstranten empfand er als einen Akt der Gewalt und Willkür. Wer wollte da noch an das gepriesene Vertrauensverhältnis zwischen dem Staat und seinem Volke glauben!

Dass im November die sowjetische Zeitschrift „Sputnik" verboten worden war, weil es darin Artikel gab, die erstmals einige historische Tatsachen vom Kopf auf die Füße stellten, ordnete sich für Chris in die Reihe tragischer Fehler ein, die nur eines offenbarten: obwohl jeder erkennen musste, dass es so nicht weitergehen konnte, wurde alles totgeschwiegen, abgewiegelt und, wenn es anders nicht zu gehen schien, eben verboten.

An seinem fünfundzwanzigsten Geburtstag, knapp einen Monat nach den letzten DDR-Kommunalwahlen, bei denen die Regierung erstmals öffentlich des Wahlbetrugs überführt wurde und es vielerorts Proteste gab, ging Chris mit seiner Schwester ins Kino, zum vieldiskutierten Film „Einer trage des anderen Last".

Anschließend saßen sie noch lange in Chris' Zimmer zusammen, sprachen über den Film, über Toleranz und Politik, über Gott und die Welt, bis Chris meinte: „Ich hab' Ingolf schon 'ne Weile nicht mehr gesehen. Gibt es Probleme?"

Cornelia zuckte zusammen. „Wir – ich habe mit ihm Schluss gemacht."

„Was?" Chris war wie vor den Kopf geschlagen. „Aber weshalb denn?"

Conny zögerte, doch dann sagte sie: „Was er will, kann ich nicht. Es hat keinen Zweck!"

Chris sah sie verständnislos an: „Was meinst du damit? Was will er denn?"

Sie lachte freudlos auf: „Was er will? Er will... eine Familie gründen! Heiraten und Kinder kriegen!" Wieder lachte sie gequält. „Er fing immer wieder davon an, obwohl ich nie darauf eingegangen bin. Ich hab' ja versucht, das Thema zu umgehen, wollte nichts davon wissen, wollte einfach alles so weiterlaufenlassen. Ich dachte, dann hört er von allein damit auf. Aber so was ist nicht Ingolfs Sache.

Er wollte eine Antwort, ich sollte mich entscheiden – nun...das hab' ich getan."

„Aber Conny! Warum denn?"

„Das fragst *du*!" rief sie aus, und Chris konnte Tränen in ihren Augen blitzen sehen, aber wie oft bei seiner Schwester, wusste er nicht, ob es Tränen der Trauer oder der Wut waren. Conny fuhr fort: „Was ist denn mit dir, he? Warum ist Kathleen nicht mehr bei dir?! Das war doch 'ne Spitzenbraut! Eine bessere kriegst du nie mehr, das sagt auch Mutti. Du...du steckst doch auch bloß immer den Kopf in den Sand, Chris!"

Cornelia war aufgesprungen und lief durch das Zimmer. Chris hätte sich ohrfeigen können. Warum bloß hatte er davon angefangen? Nun stocherte auch noch Conny in der Wunde herum! Aber, wie es schien, hatten sie dieselben Probleme. Und beider Partnerschaften waren daran zerbrochen!

Chris war blass, als er seiner Schwester nach einer Weile des Schweigens antwortete: „Du hast wahrscheinlich recht. Ich bin auch von Kathleen weggegangen, weil sie es genau wissen wollte. Ich musste mich entscheiden. – Ich hatte das Gefühl, dass sie mich jeden Moment fragen konnte, ob ich sie heiraten will oder so was ähnliches. Ich konnte die Frage einfach nicht so abwarten und ihr dann sagen, dass ich das nicht kann! Es war wie eine Flucht. Es war eine Flucht. Du hast recht, Conny!"

Er wunderte sich, dass er das jetzt aussprechen konnte, seiner Schwester gegenüber, obwohl er es bisher kaum zu denken gewagt hatte.

Und ganz plötzlich, scheinbar zusammenhanglos, war da ein Bild, von irgendwoher aus der Tiefe der Erinnerung. Ein großer majästetischer Schwan stampft flügelrudernd einen jungen Eindringling unter Wasser, beweist ihm seine Überlegenheit, lässt ihm keine Chance, ja, zerstört ihn fast, bis ihm doch ein Entfliehen gelingt, er sich an das Ufer rettet, wo er dem beherzten Eingreifen einer fremden Person vermutlich sein Leben verdankt. Er lebt, aber er ist verletzt, nicht nur äußerlich. Und das Trauma dieses Erlebnisses überschattet in Zukunft sein Dasein, macht ihn misstrauisch, schwächt sein Selbstvertrauen, den Glauben an sich selbst und an andere. – Holger Täumler war der große Schwan! Er hatte dem Jüngeren die schützende Bucht missgönnt, ihn aus dem Paradies vertrieben, das Kindheit hieß und Vertrauen.

In diesem Augenblick jedoch fühlte Chris eine erste Ahnung davon, dass er das nicht mit sich geschehen lassen *musste*. Es hatte ihn geprägt, ja, aber er war ein Mensch, kein Schwan, er war eine Persönlichkeit, die Einfluss auf sich selbst nehmen konnte, die sich eine Chance geben konnte. Oder etwa nicht? Er musste nicht alles, was ihm widerfahren war, als unabänderliches Schicksal hinnehmen. Konnte er über seinen Schatten springen?

Auch Chris war aufgestanden.

Er fasste Cornelia bei den Schultern und sah sie beschwörend an: „Conny, überleg dir das noch mal mit Ingolf. Gib' euch wenigstens 'ne Chance! Ihr liebt euch doch. Er wird Geduld haben, wenn du ihm deine Gründe erklärst. Versuch es! Das bist du ihm schuldig – und dir auch. Nimm es nicht hin! Dann hätte *er* ja noch mehr kaputt gemacht, als nur unsere Familie! Wir dürfen ihn nicht über unser ganzes Leben, über unsere Zukunft bestimmen lassen. Ich ... ich begreif das jetzt auch langsam. Ich...", er konnte nicht weiter sprechen. Ja, seine Schwester hatte noch eine Chance, wieder gut zu machen.

Doch er... nach mehr als eineinhalb Jahren. Nur noch ein Gedanke beherrschte ihn: Kathleen! Kathleen, bitte verzeih mir!

Aber es war wohl zu spät für ihn.

Wie schon früher so oft saßen die Geschwister zusammen in einem nächtlichen Zimmer, voller Verstehen füreinander, voller Begreifen um den anderen, geboren aus derselben Situation. Denn wirklich verstehen kannst du nur, was du am eigenen Leibe erfahren, mit eigenen Sinnen gefühlt hast.

Juni neunzehnhundertneunundachtzig in Berlin. Unter der Dunstglocke der Stadt brüteten Mensch und Tier, verstaubte das frühlingszarte Grün.

Chris stieg an der Mollstraße in eine Straßenbahn. Fünfzehn Minuten später stand er fassungslos vor der Tür einer Hinterhauswohnung an der Greifswalder Straße. Obwohl der Name Bürmer vom Briefkasten am Eingang verschwunden war, hatte Chris felsenfest mit Kathleen gerechnet. Aber auf sein dreimaliges kurzes Klingeln hin öffnete ein bärtiger junger Mann mit freiem Oberkörper, eine Zeitung in der Hand: „Ja?"

„Kathleen Bürmer. Wohnt sie nicht mehr hier?"

„Kenn ich nicht", sagte der Bärtige. „Hab' ich da was verpasst?"

Chris machte auf dem Absatz kehrt und lief die Treppe hinunter. So einfach war das also nicht. Was hatte er denn geglaubt! Wie war er überhaupt auf diesen Einfall gekommen, einfach hier aufzutauchen, als sei er gestern erst gegangen? Was hätte er sagen sollen – nach dieser langen Zeit. Er fragte sich, ob es wirklich schon so lange her war, ob tatsächlich achtzehn Monate vergangen waren. Was war mit dieser Zeit gewesen? Hatte er sie gelebt? Wenn ja, dann auf eine höchst seltsame Art, in einem Zustand, den man fast nichtexistent nennen konnte.

Den Mut, sich bei Kathleens Eltern zu erkundigen, brachte er nicht auf. Dieser spontane Entschluss, in die Greifswalder Straße zu fahren, war das Äußerste, das er bewältigen konnte.

In Berlin und im ganzen Land begannen sich die Ereignisse zu überschlagen. Wie viele Schmelzbäche, die talwärts laufen, dabei immer weiter an Geschwindigkeit und Kraft gewinnen, sich nicht aufhalten lassen und schließlich strudelnd ineinander strömen, so jagte eine Nachricht die nächste, entstand ein Strom von Ereignissen ungekannter Art, ein Strom, der so gewaltig war, dass er sein Flussbett würde verlassen müssen, um ganz neue Gebiete zu durchspülen.

Immer mehr Menschen kehrten der DDR den Rücken; bis Mitte des Jahres waren es schon über drei Millionen ostdeutsche Bürger, die ihr Land verlassen hatten.

Chris konnte nicht begreifen, dass man diese nationale Katastrophe von offizieller Seite noch immer wie ein unmotiviertes Phänomen bestaunte, dessen Ursachen man nicht zu ergründen vermochte. So, als wäre es der Zug der Lemminge durch Lappland, begründet in nichts anderem, als einem angeborenen Instinkt!

Chris verstand nicht, dass Schriftsteller, Künstler, Kirchen- und Umweltgruppen die einzigen waren, die um die wahren Ursachen zu wissen schienen. Und noch nicht einmal jetzt wollte man sie hören – im Gegenteil!

Statt dessen las Chris am 5. September im Neuen Deutschland die Feststellung Honeckers, dass die DDR ein Staat mit funktionierendem, effektivem Gesellschaftssystem sei, das sich mit den von ihm verwirklichten Menschenrechten auch an den Herausforderungen der neunziger Jahre bewähren wird.

Die Verkennung und Verfälschung der Tatsachen von offizieller Seite nahm immer bizarrere Gestalt in den Medien an.

Mitte September öffnete Ungarn seine Grenze zu Österreich. Als wenn ein Staudamm gebrochen wäre, ergoss sich ein Strom DDR-Bürger in die Auffanglager in Bayern und anderen Bundesländern.

Tausende Menschen saßen in den Botschaften in Prag und Warschau, um ihre Ausreise zu erzwingen. Chris beobachtete im Fernsehen ungläubig, wie Eltern ihre Kinder über die Botschaftsmauern warfen. Doch das Wort Flüchtling klang falsch in seinen Ohren. Man flieht vor Hunger und erdrückender Armut oder vor Krieg und Bomben, so wie damals zu Kriegsende ostpreußische Frauen mit ihren Kindern vor der heranrückenden Front flohen.

In der DDR gab es nichts von dem. Und doch, die Bilder, besonders die Gesichter der Menschen waren ähnlich.

Voller Zorn hörte Chris am ersten Oktober den ADN-Kommentar zur Ausreise von sechstausend Menschen aus den Botschaften in Prag und Warschau in Richtung Westen: die Flüchtlinge hätten „durch ihr Verhalten die moralischen Werte mit Füßen getreten und sich selbst aus unserer Gesellschaft ausgegrenzt. Man sollte ihnen deshalb keine Träne nachweinen!"

Dieser Aufforderung konnten viele ehrliche Bürger nicht nachkommen. Sie wussten, dass das Land ohne seine Menschen verloren sein würde. Und sie trauerten um die jungen Familien, die begabten Arbeiter, die hoffnungsvollen Studenten, die ihre Heimat verließen, denen sie nicht mehr Heimat war. Und viele ängstigten sich um Freunde, Kinder und Eltern, die hier nichts mehr hielt und die eine ungewisse Zukunft dem bisherigen Leben vorzogen.

Und auch Chris schnürte es die Kehle zusammen. „Demagogen" dachte er, und wusste nicht, dass zwei Wochen später die Schriftstellerin Christa Wolf eben dies der Zeitung „Junge Welt" vorwerfen würde – ebenfalls im Zusammenhang mit der vorgeblichen Ursachenforschung zur Ausreisewelle.

Der vierzigste Jahrestag der Gründung der DDR stand unmittelbar bevor. Die Abschottung des Landes wurde perfektioniert durch die Aussetzung des visafreien Reiseverkehrs in die CSSR und Einreiseverweigerungen aus Westberlin. In Leipzig kam es nach einem Friedensgebet in der Nikolaikirche zu Festnahmen, in Magdeburg und Dresden löste die Polizei Demonstrationen mit Gewalt auf. Am schlimmsten waren die gewalttätigen Auseinandersetzungen vor dem Dresdener Hauptbahnhof.

Die Noch-Mächtigen jedoch ließen sich davon den Appetit nicht verderben. Zum Festmenü am 7. Oktober speiste man Zuchtwachtelbrüstchen auf Maispürree, Filet Ensemble und Dessert „Surprise".

Am Vorabend hatte der Gast aus der Sowjetunion, Michail Gorbatschow, die Erwartung geäußert, dass die SED politische Antworten auf Fragen findet, die auf die Tagesordnung gesetzt worden sind und die die Bürger bewegen. Sein Satz „Wer zu spät kommt, den bestraft das Leben" war bald in aller Munde.

Der 7. Oktober stand ganz im Zeichen der militärischen Demonstration der Macht: Parade der NVA in Berlin, Flottenparade vor Rostock, Vorbeimarsch der FDJ an der Ehrentribüne.

Auch Chris war mit seiner Seminargruppe im Stadtzentrum unterwegs. Gegen siebzehn Uhr sammelten sich immer mehr Jugendliche auf dem Alexanderplatz, eine Stunde später zog die nun schon mehrere tausend Menschen umfassende Menge in Richtung Prenzlauer Berg, bis zur Gethsemanekirche. Auf Höhe der Nachrichtenagentur riefen Sprechchöre „Lügner, Lügner" und „Pressefreiheit".

Chris, der sich vom Strom hatte mittreiben lassen, ohne zu wissen, dass die Mahnwachen für politische Gefangene in der Gethsemanekirche nun schon Tradition hatten, war mehr überrascht als erschrocken, als Polizeimannschaftswagen heranfuhren und Polizisten Seitenstraßen abriegelten.

Sprechchöre „Keine Gewalt!" konnten erste Verhaftungen und Gewalteinsatz nicht verhindern. Chris gelangte ungehindert bis zur Kirche in der Schönhauser Allee, wo hunderte Kerzen vor dem Portal brannten. Die Kirche selbst war schon längst überfüllt, aber noch immer strömten mehr Menschen heran.

Gegen einundzwanzig Uhr hatten Polizei und Sicherheitskräfte die gesamte Gegend um den Bahnhof Schönhauser Allee hermetisch abgeriegelt. Die „konterrevolutionäre Ansammlung" wie es hieß, sollte gewaltsam zerschlagen werden.

Chris fühlte sich wie in den Fängen eines riesigen Schleppnetzes. Er konnte von innen heraus die Maschen nicht erkennen, aber er spürte die Unruhe, das Gefühl, zusammengedrängt, getrieben zu werden, nicht mehr hindurchschlüpfen zu können. Und zum ersten Mal spürte er Angst.

Angst, nicht nur um sich selbst, sondern um dieses Land, das von einer unsichtbaren, elastischen Grenze mitten zwischen seinen Bewohnern durchzogen wurde. Niemand konnte sagen, wo genau diese Grenze verlief, wie weit sie dem gewaltigen Druck von beiden Seiten nachgeben konnte, aber jeder musste ahnen, dass im Falle des gewaltsamen Zerreißens sie nur eines erwarten konnte: der Bürgerkrieg.

Gegen Mitternacht brach die Mauer, das Tabu, das bis dahin unsichtbar um die Demonstranten gestanden hatte, zusammen. Der Anlass hierfür war nicht erkennbar; erst später erfuhr Chris, dass es hier wie auch in anderen Städten einen Befehl zur Gewaltanwendung gegeben hatte.

Inmitten des losbrechenden Tumults aus Schreien, Schlägen, Verhaftungen, Gewalt, aber auch Solidarität und Stärke, dachte Chris an ein entferntes Land:

Chile. Auch dort verlief die Trennung quer durch die Familien. Dort gab es unvorstellbaren Terror, und dies schon seit mehr als fünfzehn Jahren. Nicht auszudenken. – Aber hier: das war doch eine vom Volk gewählte Regierung, keine mittels Putsch an die Macht gelangte Militärdiktatur! Wie konnte es dann sein, dass Brüder auf ihre Brüder, Nachbarn auf ihre Nachbarn einschlugen, nur, weil die einen Uniform trugen, die anderen aber nicht. Hätten sie keine Uniformen gehabt, wären sie nackt gewesen, sie hätten einander nicht erkannt, hätten sich nicht abgrenzen können, sie hätten sich niedersetzen und miteinander reden müssen. Sie wären nichts als Menschen gewesen. Aber sie waren nicht nackt.

Und so funktionierte das, was seit Erfindung der Demagogie schon immer funtioniert hatte: Menschen, die eigentlich gemeinsam gegen eine Sache angehen oder für eine Sache kämpfen sollten, die eigentlich keine contrahären Ziele hatten, bekämpften einander und vergaßen darüber zuweilen die Sache selbst.

Wie Chris ohne Festnahme und nennenswerte Verletzungen aus diesem Hexenkessel entronnen war, konnte er später kaum sagen. Gemeinsam mit einem Kommilitonen, der ihn zeitweise am Arm hinter sich her gezerrt hatte, fand er sich irgendwann weit nach Mitternacht in der Kastanienallee wieder. Außer dem Verlust eines Jackenärmels und ein paar Schrammen an der Wange trug Chris keine äußeren Zeichen der Ereignisse. Sein Mitstudent Stefan war nicht so glimpflich davongekommen. An seiner Oberlippe begann das Blut aus einer Platzwunde allmählich zu gerinnen, ein Auge war halb zu geschwollen.

Die nächtliche Stille hier war fast unwirklich. Aber Chris erfasste plötzlich eine Angst ganz anderer Art, ein quälender Gedanke bohrte sich in sein Hirn: wenn nun Kathleen ebenfalls in diesem Hexenkessel steckte, wenn sie geschlagen, verhaftet wurde...

Kathleen jedoch hatte in dieser Nacht ganz andere Sorgen. Sie ahnte nicht, welches Schreckensszenario sich unweit ihrer Wohnung abspielte, während sie ihre Tochter auf dem Arm durch die Zimmer trug und ihr zwischendurch das geschwollene Zahnfleisch immer wieder mit einem lindernden Gel einrieb. Christina beruhigte sich jedes Mal nur kurz und begann dann wieder zu jammern. Sie war nun sechzehn Monate alt und hatte bisher nur vier Zähnchen bekommen.

Nun hatte es den Anschein, als wollte das übrige Milchgebiss fast geschlossen aus dem Kiefer drängen.

Kathleen kämpfte selbst mit den Tränen. Sie war erschöpft und übermüdet, und es beunruhigte sie, dass sie ihrer Tochter nicht richtig helfen konnte. Erst gegen Morgen schlief Christina fest ein, und Kathleen, die sie zu sich ins Bett genommen hatte, verschlief mit ihr gemeinsam den halben Sonntagvormittag.

Am Nachmittag kamen Kathleens Eltern zu Besuch. Sie brachten beängstigende Nachrichten über Unruhen im ganzen Land. Später klingelte dann noch Sabine und berichtete aufgeregt von den Geschehnissen der vergangenen Nacht um die Gethsemanekirche. Ungläubig hörte Kathleen von Gewalt und Festnahmen. Aber erst als Sabine sagte: „Aus unserer Seminargruppe waren auch viele dabei. Einige sind einfach verhaftet und mitgenommen worden. Die meisten sind wieder draußen, aber sie haben alle was abgekriegt. Das ist 'ne Sauerei, sag ich dir! Die haben nichts getan, sind nur zu der Kirche gegangen..." erst da fasste eine eiskalte Faust der Angst nach Kathleens Herz. Chris! Er war bestimmt dabei gewesen. Wenn ihm nun etwas passiert war! Ihre latente Furcht hatte plötzlich ein Gesicht bekommen.

Nein, sie wusste es ganz genau, es war ihr keinesfalls gleichgültig, was mit Chris geschah. Ob sie Cornelia fragen konnte, ob mit Chris alles in Ordnung war? Sie musste ohnehin nach Buch; vielleicht hatte sie Glück und traf Conny allein an... Sie brauchte Gewissheit.

Am Montag früh zog Kathleen Christina an, setzte sie in den Sportwagen, packte Windeln, ein Fläschchen mit Tee, ein Breigläschen und ein paar der von Christina heißgeliebten Biskuits in das Kinderwagennetz und stieg mit ihr in die S-Bahn in Richtung Buch. Kathleen war stets fasziniert von der Begeisterung, die die automatische Türschließanlage mit Klingeln und Lampenaufleuchten bei ihrer Tochter auslöste. Christina ließ die Tür nicht aus den Augen, zuckte jedes Mal kurz zusammen, wenn das schrille Klingeln ertönte und jauchzte gleich darauf entzückt, während sie mit den Ärmchen durch die Luft ruderte.

Ihre weißen Mäusezähnchen blitzten, und Kathleen hoffte, sie würden nun bald Gesellschaft bekommen.

Sie konnte genau in das erste Viererabteil neben der Tür einblicken und beobachtete, anfangs eher beiläufig, ein vielleicht fünfjähriges Mädchen, das allein mehr Lärm veranstaltete, als alle anderen Fahrgäste zusammen. Damit nicht genug kletterte die Kleine mitsamt ihren oktoberschmutzigen Schuhen auf die Sitzbank, hielt sich an der Lehne fest und sprang auf dem Polster auf und nieder. Dann patschte sie einer mit dem Rücken zu ihr sitzenden Dame die flache Hand auf den Kopf, kletterte von der Bank und wischte dabei ihre Schuhe am hellen Mantel der gegenübersitzenden Frau ab. Kathleen fragte sich gerade, ob denn dieses Mädchen ganz allein S-Bahn fuhr, weil sich niemand für es zu interessieren schien, als die Frau im nun fleckigen Mantel sich an ihr Schräg-Gegenüber wandte: „Können Sie ihre Tochter vielleicht mal auffordern, sich anständig zu benehmen! Das ist doch 'ne Schande, wie die Kleine sich hier aufführt!"

Die Angesprochene, eine äußerlich gepflegte Erscheinung, warf den Kopf in den Nacken: „Dit jeht Sie jar nischt an! Ick aziehe mein Kind antiautoritär! Ob se det nu passt oda nich!"

Na, Prost Mahlzeit, dachte Kathleen, wenn das hier das Ergebnis dieser angeblichen Erziehung sein sollte!

Das Kind turnte und krakeelte munter weiter – eine wahre Schikane für die Mitreisenden. Die S-Bahn näherte sich dem Bahnhof Pankow. Niemand hatte den jungen Mann, der in der Viererecke, dem Mädchen schräg gegenüber, gesessen hatte, bisher beachtet. Scheinbar gelangweilt hatte er das Szenario studiert. Nun stand er auf, hielt kurz Daumen und Zeigefinger an seine Lippen und förderte einen voluminösen Kaugummi zutage. In sanftem Ton sprach er an die junge Mutter des Satansbratens gewandt die Worte: „Auch ich wurde antiautoritär erzogen!" und klebte ihr, bevor sie reagieren konnte, das Kaugummi ins Haar.

Die S-Bahn hielt, und das erwachsene Opfer verfehlter Erziehung verließ mit munterem Sprung die Bahn und das nun sprachlose S-Bahnabteil. Erst das Kind brachte mit dem Ausruf: „Iiiii, Gabi, is dit aba eklich in deine Haare!" wieder Bewegung unter die Fahrgäste. „Halt die Klappe!" fauchte die Mutter ihre Tochter an, gleichzeitig versuchte sie, mit spitzen Fingern und Hilfe eines Taschentuches die klebrige Masse aus dem Haar zu kratzen.
Kathleen packte den Sportwagen und schob ihn an das äußerste Ende des Wagens. Sie konnte sich kaum noch beherrschen und hätte bei weiterem Zugucken unweigerlich laut losgelacht.

In Buch angekommen fand sie nun schon fast auf Anhieb die Röntgenabteilung. Es war nur eine Kontrolluntersuchung. Als Christina wenige Wochen alt gewesen war, hatte die Ärztin in der Mütterberatungsstelle Kathleen aufgefordert: „Schauen Sie sich mal die kleinen Fältchen an den Oberschenkeln ihrer Tochter an!"

Kathleen war nichts aufgefallen, bis die Ärztin ihr erklärte: „Die Fältchen sind ungleichmäßig verteilt."

Kathleen nickte. „Ja. Aber ist denn das wichtig?"

Die Ärztin lächelte. Dann sagte sie: „Es kann ein Hinweis sein auf eine Hüftluxation, die aber problemlos mit einem Spreizgurt behoben werden kann. Es ist jedoch wichtig, das auch zu tun!"

Die Röntgenkontrolle hatte diesen Verdacht bestätigt, und bei Kathleen waren sofort die Tränen gerollt, obwohl man ihr versichert hatte, dass das doch nicht so schlimm sei und durch das Tragen des Spreizgurtes Spätschäden ganz sicher verhindert würden. In der ersten Zeit, wenn Kathleen ihr Baby in der Gurtkonstruktion, die Knie seitlich hochgezogen, eingezwängt wie in ein Folterinstrument, ansah, hätte sie jedes Mal heulen mögen. Bald aber war ihr der Anblick so vertraut wie der des Gitterbettchens. Und Christina hatte sowieso kein Problem damit gehabt.

Nach der Röntgenuntersuchung wartete Kathleen mit Christina auf dem Gang den Befund ab. Schwestern eilten an ihnen vorbei, Patienten in Bademänteln schauten lächelnd auf das kleine Mädchen, Operierte wurden auf Rollbetten den Gang entlang geschoben, und hier, ganz unerwartet, machte Christina ihren ersten ernsthaften Gehversuch. Sie war kein Draufgängertyp. Kathleen hatte bei ihrer Tochter stets das Gefühl, sie tat erst dann etwas, wenn sie meinte, es auch zu können. Allerhand Kleinkinder-Missgeschicke waren ihr auf diese ungewöhnliche Weise wohl schon erspart geblieben.

Christina stand vor Kathleen, an deren Knie gelehnt, und schaute sich neugierig um. Plötzlich ließ sie los, streckte die Arme nach vorn aus und trippelte mit leichter Schlagseite, aber schon recht sicher, quer über den Gang. Kathleen hielt den Atem an. Sie war zu überrascht, um sofort aufzustehen. In diesem Moment öffnete sich die Fahrstuhltür, ein Pulk weißkitteliger Menschen drängte heraus und hätte Christina fast umgerannt. Im letzten Augenblick, wohl nur als Ergebnis eines Reflexes, konnte eine Frau sie noch auffangen und im Schwung zu sich hochziehen. Kathleen sprang hinzu und ließ sich ihre Tochter in die Arme geben. Erst dann schaute sie auf, wer ihr Kind da vor dem ersten Sturz bewahrt hatte und blickte überrascht in das Gesicht von Inge Täumler.

Inge war nicht weniger erstaunt, Kathleen hier zu treffen. Sie wusste im ersten Moment nicht, was sie sagen sollte. Schließlich fragte sie: „Ist das deine Kleine?"

Kathleen nickte. „Wir waren röntgen. Wegen der Hüfte."

Ein Arzt kam auf Kathleen zu. „Frau Bürmer? Die Aufnahme ist in Ordnung. Wir schicken den Befund an ihre Mütterberatungsstelle. Den Gurt können Sie aber schon mal einmotten. Auf Wiedersehen!"

Kathleen strahlte. „Tina, hast du das gehört? Ab heute beginnt die Freiheit!"

Inge schaute gebannt zwischen Kathleen und deren kleiner Tochter hin und her. Dieses hellblonde Haar! Und die ganze Augenpartie! Sollte das ein Zufall sein? Aber würde Chris es ihr denn nicht gesagt haben? Ein Gedanke durchzuckte Inge: und wenn er es selbst gar nicht wusste, dass Kathleen...

Prüfend schaute Inge Kathleen an. Nein, das war nicht mehr das junge Mädchen von vor zwei Jahren. Dies hier war eine erwachsene Frau, eine Mutter schon, und es konnte durchaus sein... Vielleicht ähnelten ihre Schicksale sich mehr als sie und Kathleen ahnten. Sie seufzte.

Chris hatte seiner Mutter nie gesagt, wann und weshalb er sich von Kathleen getrennt hatte. Daher wusste sie nicht, ob es wirklich ihr Enkelkind sein konnte, das sie da aufgefangen hatte. Vielleicht bildete sie sich eine Ähnlichkeit auch nur ein, und Kathleen hatte längst einen anderen Partner. Verheiratet zumindest war sie nicht, sie trug noch ihren Mädchennamen.

Schade, dass Chris nicht...Ach, es war so schade! Inge mochte Kathleen noch immer sehr. Deshalb schlug sie ganz spontan vor: „Wenn du Zeit hast, könnten wir uns doch ein bisschen unterhalten. Meine Schicht ist gerade vorbei, ich ziehe mich bloß noch um. Magst du warten?"

Kathleen zögerte. Wieder brachte Inge sie in eine Situation, da sie ihr mehr offenbaren konnte als Chris. Andererseits, hier bot sich die gesuchte Chance, etwas über Chris zu erfahren. Und sie selbst brauchte ja nicht mehr preiszugeben als sie wollte; alles andere war reine Spekulation.

So nickte sie, und Inge eilte davon. Zehn Minuten später verließen sie zu dritt das Klinikgelände. Inge lud Kathleen in ihre Wohnung ein, kochte Kaffee, und während Christina, satt vom Brei, auf dem Sofa mit einer Wolldecke zugedeckt, tief und fest schlief, unterhielten sich die beiden Frauen leise.

Trotz der vielen persönlichen Fragen ging es zunächst um das vergangene Gewaltwochenende in Berlin. Der Sonntag hatte noch eine schreckliche Steigerung der Zustände gebracht: dreitausend Menschen waren nach einer Fürbittandacht in der Gethsemanekirche von Polizeieinheiten eingekesselt worden. Nachdem die Gruppe sich mit Kerzen in den Händen zum Sitzstreik niedergelassen hatte, waren Polizisten mit Gummiknüppeln auf sie losgegangen. Auch der Direktor der Sektion Theologie der Humboldt-Uni war davon betroffen.

„Es muss ausgesehen haben wie im Bürgerkrieg", sagte Inge. „Spezialeinheiten mit Hundestaffeln, Schlagstöcken... und es muss sich auch so angehört haben. Eine Kollegin wohnt ganz in der Nähe der Kirche, sie hat vor Angst die ganze Nacht nicht geschlafen: der Lärm, die Schreie, dazu das Sturmläuten der Glocken..."

Die Glocken hatte Kathleen gehört. Jetzt fragte sie nach Chris. Inge seufzte tief. „Er hat sich heute früh gemeldet, hat kurz in der Klinik angerufen, bei mir im Dienst, um mir zu sagen, dass er nicht verletzt ist und nicht verhaftet.

Meine Kollegin war nicht die einzige, die heute Nacht nicht schlafen konnte, das kannst du mir glauben. Ich hab' manchmal solche Angst! Chris ist kompromisslos, er will sich nicht mehr ducken. Das musste er jahrelang unter seinem Vater, aber ab einem bestimmten Moment hat er es nicht mehr zugelassen. Und ich kann nicht mal sagen, was schlimmer war." Sie schwieg.

Auch Kathleen sagte nichts, zog nur die Decke über Christinas Füßen zurecht und trank verlegen einen Schluck Kaffee.

Inge seufzte wieder. „Weißt du, ich hatte gehofft, du und Chris, also, dass ihr ein Paar bleiben würdet. Aber meine Kinder scheinen genauso wenig Glück in der Liebe zu haben wie ich selbst."

Kathleen nickte und sagte leise: „In *diesen* Club könnt ihr mich auch aufnehmen."

Nach einer Weile setzte sie hinzu: „Ich wollte nicht, dass wir auseinander gehen.

Und ich weiß bis heute nicht, warum..." Langsam füllten sich ihre Augen mit Tränen. Um es zu verbergen, blickte sie zur Seite, zum Fenster, aber Inge bemerkte doch, was sie angerichtet hatte.

„Sei mir bitte nicht böse, Kathleen", bat sie. „Ich bin wirklich wie ein Elefant im Porzellanladen. Aber ich wusste doch nicht, dass es dir noch so nahe geht – nach so langer Zeit."

Kathleen schniefte leise. „Was sind denn schon zwei Jahre!"

Darin musste Inge ihr Recht geben; wusste sie das denn nicht selbst am besten?

„Ich glaube, Chris ist genauso unglücklich wie du über die Trennung. Aber irgendwas hindert ihn, etwas dagegen zu tun. Nicht Stolz oder so, nein, ich... weiß nicht, was es ist. Aber manchmal denke ich, vielleicht... bin ich schuld daran."

Kathleens Kopf ruckte hoch. „Aber wie denn das?" fragte sie erschrocken.

„Ich weiß auch nicht, aber...", sie gab sich einen Ruck: „Chris ist in einer kaputten Ehe aufgewachsen, er hat darunter gelitten wie jedes Kind wohl darunter leiden würde. Aber das ist es nicht allein. Irgendwann habe ich begriffen, dass Chris sich die Schuld an allem gab. Er glaubte wohl, es liegt an ihm, dass mein Mann so unzufrieden mit ihm war und dass der ständige Streit dann allmählich unsere Ehe kaputtmachte. Aber so war es nicht! Es lag nicht an Chris! – Als ich endlich begriff, was los war, war er schon erwachsen und längst alles zu spät. Chris hat ganz sicher einen seelischen Schaden davongetragen, und ich hab es nicht verhindert. Nun ist es zu spät. Mit dem Verstand wird er längst wissen, dass nicht er schuld war, dass es nur an seinem Stiefvater lag, der ihn als Eindringling betrachtete, aber der Verstand allein kann wohl gegen tiefe Gefühlseindrücke und Verletzungen nicht viel ausrichten. Es ist meine Schuld! Hätte ich Chris, als er noch klein war, gesagt, dass Holger nicht sein richtiger Vater ist, dann wäre vielleicht alles nicht ganz so schlimm geworden. Holgers Verhalten hätte ihn nicht so tief gekränkt, seinem Selbstbewusstsein nicht so schwer geschadet."

Sie brach ab und suchte nach Worten. Es fiel ihr schwer, vor Kathleen das alles einzugestehen, es auszusprechen, und doch war es irgendwie befreiend, sich von dieser Last, die als schweres Schuldgefühl auf ihrer Seele hockte wie ein Alptraum auf der Brust des Schläfers, endlich einmal freizusprechen. Die Gläubigen machen es schon richtig: sie gehen zur Beichte. Schade, dachte Inge, dass es so was für uns nicht auch gibt!

Kathleen würde ihre Not vielleicht verstehen, aber verzeihen konnte sie ihr womöglich nie. Denn lag nicht hier die Ursache für Chris' Verhalten auch Kathleen gegenüber? Und doch konnte Inge nicht anders, sie musste weitersprechen:

„Verstehst du, Kathleen, Chris hat Angst vor einer festen Bindung. Er glaubt nicht, dass sie nicht genauso kaputtgehen würde, wie meine Ehe. Und er hat Angst, das alles nicht zu bewältigen. Ihm fehlt vor allem das Vertrauen – in sich selbst und in andere."

Kathleen begann allmählich zu ahnen, was Chris all die Zeit so verschlossen, als handele es sich um ein abgrundtief hässliches Geheimnis, mit sich herumgetragen hatte. Gleichzeitig war sie traurig und enttäuscht, dass sie ihm nicht genug Mut hatte einflößen können, Vertrauen zu haben. Sie hätten sich Zeit geben können, Zeit, um die Wunden zu suchen, die Schmerzen zu lindern und sie schließlich, irgendwann zu heilen. Doch Chris war davongelaufen...

Christina erwachte, fühlte sich im ersten Moment wohl fremd und begann zu weinen, bis Kathleen sie hochnahm. Nachdem sie sich mit der fremden Umgebung vertraut gemacht hatte, ließ sie sich willig windeln und knabberte anschließend begeistert ihr Biskuit.

Inge war das Herz schwer. Je länger sie das kleine Mädchen auf Kathleens Schoß beobachtete, desto gewisser fühlte sie, dass dies ihr Enkelkind war. Aber solange Kathleen es nicht von sich aus zugab, blieben ihr alle Wege versperrt. Sollte das wirklich so bleiben? Würde sie auf diese Weise für immer bestraft werden für die Versäumnisse ihres Lebens?

„Darf ich sie mal nehmen?" fragte Inge bittend.

Christina war satt und zufrieden und stand nun an Kathleens Sessel gelehnt, wohl unschlüssig, ob sie die Lauffähigkeit vom Vormittag tatsächlich besaß oder nur geträumt hatte. Inge stand auf und hockte sich in etwa zwei Metern Abstand vor Christina hin. „Na komm, komm zu..." sie wollte „Oma" sagen, um Kathleen zum Reagieren zu zwingen, aber dann brachte sie es doch nicht fertig, solchen Druck auszuüben, „...Tante Inge", vollendete sie daher den Satz.

Christina schaute zu der fremden Frau, aber als Krippenkind, das sie seit vielen Monaten war, hatte sie nicht so viel Scheu vor unbekannten Gesichtern wie ein anderes Kind in diesem empfindlichen Alter. So löste sie sich von der Sessellehne und tapste, ganz hoch quietschend vor Begeisterung, in Inges ihr entgegengestreckte Arme.

Kathleen beobachtete die Szene gebannt. Inge nahm Christina hoch und ging mit ihr zum Fenster. Sie wollte nicht, dass Kathleen ihr Gesicht sah, deshalb ließ sie der Kleinen viel Zeit, die Stadt und die sie durchzirkelnden Straßen von oben zu betrachten. Schließlich kam sie zum Sofa zurück und setzte Christina auf Kathleens Schoß, ohne sie anzublicken.

Kathleen stand auf und meinte, es sei nun höchste Zeit, zurückzufahren. Sie zog Christina an, dann sich selbst und als Inge im Flur sagte: „Du kannst ruhig mal wiederkommen und die Kleine mitbringen. In dem Alter verändern sie sich so schnell..." da konnte Kathleen nur noch nicken, Inge rasch die Hand geben, sich umdrehen und die Treppe hinab laufen. Noch eine Sekunde länger, und sie hätte die Wahrheit gesagt, hätte Inge gesagt, dass Christina Christophs Tochter war. Aber wenn doch nicht einmal Chris es wusste!

Zwei Stunden später klingelte bei Inge das Telefon. „Bitte, sagen Sie Chris und auch Conny nicht, dass ich da war, bitte! Sie müssen es versprechen!" bat Kathleen. Inge seufzte tief – und versprach es.

Der Abend dieses neunten Oktober wurde im ganzen Land voller Angst erwartet. In Leipzig war die Lage gespannt wie die Sehne eines Bogens; in Krankenhäusern war das medizinische Personal zu Spät- und Nachtschichten zwangsverpflichtet worden, Blutkonserven standen bereit, man rechnete mit dem Schlimmsten.

Viele Menschen befürchteten, dass die Gewalt der letzten Tage der Auftakt für eine „chinesische Lösung" gewesen sein könnte.

In Leipzig riefen Arbeitsgruppen und Sekretäre der SED-Bezirksleitungen zum Gewaltverzicht auf, im Stadtfunk unterstützte Kurt Masur diesen Aufruf.

Am Abend saß Kathleen vor dem alten Schwarz-Weiß-Fernsehgerät, das sie von ihren Eltern bekommen hatte, als diese sich einen Buntfernseher kauften, und starrte besorgt auf die Bilder aus Leipzig, die von ausländischen Sendern übertragen wurden. 70.000 Menschen in der Innenstadt! Es war unvorstellbar! Der immer lauter werdende Sprechchor „Wir sind das Volk" sprach den Herrschenden das Recht ab, weiterhin im Namen des Volkes zu handeln.

Am nächsten Tag wurde es deutlich: die größte Demonstration in der DDR seit dem 17. Juni neunzehnhundertdreiundfünfzig war friedlich verlaufen; Polizisten hatten nur verkehrsregelnd eingegriffen, die Demonstranten hatten Angehörige der Kampfgruppen in Diskussionen verwickelt... Das unüberschaubare Kerzenmeer war stärker gewesen, als der Wille der Regierung, ihre Macht zu verteidigen.

Später hieß es von Seiten der ehemaligen Machthaber: wir waren auf alles vorbereitet. Aber nicht auf zigtausende friedliche Mensche mit Kerzen!

Endlich, am 15. Oktober wurden auch die letzten der bei den Demonstrationen am Gründungstagswochenende Inhaftierten freigelassen.

An diesem Sonntagabend fuhr Kathleen mit Sabine, nachdem sie Christina am Morgen schon nach Potsdam gebracht hatte, in die Erlöserkirche zum „Konzert gegen Gewalt". Kurt

Demmlers Persiflage auf Kurt Hagers Dialogverständnis „Ein bisschen reformeln,... da hat man gut mogeln" ging ebenso unter die Haut wie der Auftritt Gerhard Schönes. Und doch schaute sich Kathleen immer wieder suchend um, hoffte sie auf den unwahrscheinlichen Zufall, Chris inmitten dieser dreitausend Menschen in und um die Kirche zu entdecken.

Drei Tage später beklagte Manfred von Ardenne gerade noch, dass der Ernst der Situation bis zur Stunde in Berlin noch nicht erkannt worden sei, als die Sensationsmeldung über die Medien verbreitet wurde: Erich Honecker ist zurückgetreten.

Am Tag darauf saß Kathleen ungläubig vor den Nachrichten der „Aktuellen Kamera": neue Aufmachung, neuer Inhalt; kein Langweiler mehr.

Die Montagsdemo in Leipzig weitete sich mit 300.000 Teilnehmern zur größten Protestkundgebung in der Geschichte der DDR aus.

Nachdem die Gefahr des Bürgerkrieges gebannt schien und der vom Volk erzwungene Dialog mit Politikern einsetzte, nachdem sich Schriftsteller wie Stefan Heym und Christa Wolf nicht nur zu Wort melden konnten, sondern endlich auch gebührend gehört wurden, Politdiskussionen mit Studenten der Humboldt-Uni im Fernsehen übertragen wurden, Politiker endlich mit Initiatoren des Neuen Forums sprachen, im Deutschen Theater Walter Jankas „Schwierigkeiten mit der Wahrheit" gelesen wurde – seit diesen Ereignissen spürte Kathleen ein unbändiges Hoffen in sich. Eine große Hoffnung für dieses Land, das nun doch nicht verloren schien, da die Menschen endlich, endlich über das sprachen, was so lebensnotwenig war und was schon seit langer Zeit hätte zur Sprache kommen müssen.

So intensiv wie in diesen Wochen hatte Kathleen noch nie Zeitung gelesen, Nachrichtensendungen im Fernsehen verfolgt, mit Freunden diskutiert. Jede Minute, die Christina ihr ließ, war sie mit den politischen Ereignissen im Land beschäftigt.

Am 8. November rief Christa Wolf die DDR-Bürger auf, im Lande zu bleiben. Ihre Worte sprachen Kathleen aus der Seele.

Doch einen Tag später, kurz nach neunzehn Uhr, geschah etwas, das bei fast allen den Prozess des intensiven Nach- und Vorausdenkens aussetzte, um sämtliche Kraftpotentiale in die Beine zu lenken. Politbüromitglied Günter Schabowski erklärte wie nebenbei – und vielleicht auch ohne die unmittelbare Konsequenz zu überblicken – im Fernsehen, dass ab sofort Privatreisen ins Ausland ohne besondere Voraussetzungen möglich seien.

Schon kurze Zeit später rollten die ersten Trabis und Wartburgs über die Grenzübergänge, von überrumpelten, aber kulanten Grenzsoldaten unbehelligt, rollten weiter über'n Kurfürstendamm, der so etwas in seinem langen Leben auch noch nicht gesehen hatte, blieben in völlig verstopften Straßen stecken... Zehntausende Berliner nutzen die Nacht zu freudentaumeligen Blitzbesuchen auf der anderen Seite der Mauer, die, bunt und schrill, von hier aus betrachtet erstmals ihren Schrecken etwas verlor.

Kathleen fürchtete sich vor dem Gedränge und Gewühle in der Stadt, denn die gesamte Provinz schien ab dem Tag nach der Maueröffnung mit Kind und Kegel, mit Oma und Uropa in Ost-Berlin eingefallen zu sein wie ein hungriger Heuschreckenschwarm, jedoch nur mit dem einen Ziel, einen der Übergänge in den Westteil der Stadt möglichst schnell zu passieren. Am Wochenende war die gesamte Innenstadt vollständig verstopft, der Verkehr gänzlich zusammengebrochen. Bei Bolle und im KADEWE wurden die Lebkuchen und Schokoladenweihnachtsmänner knapp.

An eine Fahrt mit Christina nach Potsdam war nicht zu denken. Man kam nicht einmal auf einen Bahnsteig, geschweige in eine S- Bahn hinein, schon gar nicht mit Kinderwagen. Es war aussichtslos. So stieg Kathleen in eine Straßenbahn gegen den Strom; in Weißensee war es relativ ruhig. Kathleen schob Christinas Sportwagen um den Weißen See herum, bummelte durch den spätherbstlichen Park am Milchhäuschen vorbei und grübelte.

Die Hoffnung, sie sie während der letzten Wochen erfüllt hatte wie ein starkes Glücksgefühl wich der Besorgnis. Dieselben Leute, die noch vor wenigen Tagen für ihr Land auf die Straße gegangen waren, die dem „Wir sind das Volk" und dem „Wir wollen raus!" das trotzige „Wir bleiben hier!" hatten folgen lassen, standen nun staunend vor der Glimmer- und Glitzerwelt des Westens, den sie nie zuvor mit eigenen Sinnen hatten erfühlen dürfen. Die Wende in der DDR und diese plötzliche Reisemöglichkeit – beides zusammen hatte nun aus schwarz weiß und aus weiß schwarz werden lassen.

Jetzt blickten Arbeiter und Angestellte, Kinder und ihre Eltern, Parteimitglieder wie Oppositionelle staunend in ein riesiges buntes Schaufenster, konnten sich nicht satt sehen, wussten ihre Einhundert Deutsche Mark Begrüßungsgeld nicht auszugeben, zu kostbar die heiligen Scheine, und vergaßen über dem Geschmack pappiger Hamburger, die Kathleen nie essen wollte, seit sie Günter Wallraffs Buch „Ganz unten" gelesen hatte, und süßer Coca Cola ihr Land, das so viel Hilfe brauchte, wie es nur kriegen konnte. Aber nun würde es diese Hilfe nicht bekommen, soviel stand fest. – Nicht genug jedenfalls.

Brechts Worte von der Reihenfolge der beiden Dinge Fressen und Moral erschienen Kathleen so passend zur Situation wie keine sonst.

Und obwohl noch am Freitag mehr als 20.000 Menschen aus Ost und West vor dem Rathaus Schöneberg erstaunlich einstimmig ablehnend auf alle Wiedervereinigungssprüche regiert hatten, ahnte Kathleen zu dieser Stunde, dass bald die Rufe nach „Deutschland – einig Vaterland" laut werden würden. Das West-Geld und all die begehrenswerten Dinge, die man damit kaufen konnte, waren in dieser greifbaren Nähe einfach zu präsent...

Was Kathleen noch nicht ahnte und wozu den meisten DDR-Bürgern zu diesem Zeitpunkt die Phantasie fehlte, war, welche Nachrichten sie in den nächsten Monaten überrollen sollten. Wie Peitschenschläge von unermüdlicher und umbarmherziger Hand folgten die Meldungen und Enthüllungen über Machtmissbrauch und Privilegien, über Veruntreuung von Spendengeldern, über Waffenhandel und Zwangsadoptionen, über Repressalien gegenüber Andersdenkenden, über den Umgang mit politischen Gefangenen in der DDR, über Lügen und Bespitzelungen ... und diese Schläge trafen ins Herz.

Ungläubiges Kopfschütteln wandelte sich in schockiertes Entsetzen darüber, dies nun als die Wahrheit akzeptieren zu müssen. Wie für viele ehrliche Menschen mündete für Kathleen diese permanente Konfrontation mit den grausamen Tatsachen in Zermürbung und schließlich Resignation.

Das durch die Wende neu errungene Selbstbewusstsein vieler DDR-Bürger brach zusammen wie ein Kartenhaus, als sie erfuhren, wie sehr sie belogen worden waren, wie sehr man sie betrogen hatte.

War es da nicht viel einfacher, sich an die breite Brust des vermeintlich Starken zu flüchten – lieber neue Abhängigkeit als Auseinandersetzungen mit der eigenen Vergangenheit. Auseinandersetzung, die zunächst vor allem Verzicht und viel bitteres Nachdenken bedeutet hätte? Warum ersetzt man nur so oft und leicht alte Ungerechtigkeiten durch neue? Weil man die neuen noch nicht als solche durchschaut? Oder weil sie nicht als so schwerwiegend erscheinen? Kathleen fand auf viele Fragen keine Antwort.

Der Dezember war angebrochen, der erste Advent ins Land gegangen, doch von Ruhe und besinnlicher Stimmung keine Spur.

Nach der letzten Vorlesung am Montag holte Kathleen Christina aus der Krippe ab und erschrak. Ihre Tochter hatte Fieber, das Gesichtchen glühte, die Augen blickten trübe. Jammernd klammerte sie sich an Kathleens Hals.

„Sie war schon heute Vormittag nicht ganz tacko", sagte die Erzieherin. „Aber das Fieber ist erst über'n Mittagsschlaf gekommen. Am besten gehen Sie gleich mit ihr zum Arzt."

„Fiebriger Infekt", stellte der Arzt fest und verordnete Penicillin. „Alle sechs Stunden – bitte genau einhalten."

Nach drei Tagen ging es Christina bis auf einen Restschnupfen wieder recht gut. Da das Medikament jedoch sieben Tage lang eingenommen werden musste, behielt Kathleen ihre Tochter noch bei sich zu Hause. Am Freitagnachmittag klingelte es an ihrer Wohnungstür. Kathleen, die mit Sabine rechnete, öffnete und schaute überrascht in das Gesicht eines Kommilitonen aus der Sektion Theologie. Er hatte sich während der Mittagspause in der Mensa mit seinem Essen schon einige Male zu ihr an den Tisch gesetzt und sie in Gespräche verwickelt. Da es sich um politische und weltanschauliche Themen gehandelt hatte und seine Meinung intelligent und streitbar war, hatte Kathleen eifrig mit ihm diskutiert. Neulich hatte er sich sogar nach ihrer kleinen Tochter erkundigt und sich ein Foto von Christina zeigen lassen. – Aber, dass er sie besuchte, verwirrte und überraschte sie.

„Robert! Was treibt dich denn hierher?"

„Darf ich reinkommen?" fragte er verlegen.

„Natürlich."

Während Robert seine Jacke an die Garderobe hängte und die Stiefel abstreifte, sagte Kathleen: „Ich hab' dich im Fernsehen in der Diskussionsrunde gesehen. Du warst gut! Schade bloß, dass manche Holzköpfe das nicht begreifen. – Hattest du kein Lampenfieber? Ich würde bestimmt kein Wort 'rausbringen, wenn ich wüsste, Millionen Leute sitzen vor der Röhre und lauschen auf jedes Wort, das man da sagt!"

Robert lachte. „Klar hatte ich Bammel. Aber heutzutage muss man sich trauen! Sonst wird nichts!"

„Das stimmt", erwiderte Kathleen nachdenklich.

Christina kam aus der Stube getrippelt. Sie war neugierig, wer da mit der Mama sprach. Robert hockte sich zu ihr nieder und zog etwas aus einem Plastikbeutel, den er neben seine Stiefel gestellt hatte. „Guck mal, Tinchen, ich hab dir was mitgebracht. Es ist vom ehemaligen Klassenfeind – ich hoffe es gefällt dir trotzdem!"

Christina griff nach dem bunten Karton und riss an der Pappe. Robert half ihr, und verschiedenfarbige Plastiksteckbausteine kullerten zu Boden. Christina ließ sich auf den Boden plumpsen und packte eifrig einige der Steine.

„Du bist ja verrückt!" schimpfte Kathleen. „Du kannst doch nicht deine paar West-Piepen für Legobausteine ausgeben!"

„Siehst du doch, dass ich kann. – Außerdem ist es Duplo, nicht Lego."

„Das ist doch egal. Teuer ist es trotzdem wie verrückt. Warum machst du das?"

„Damit die Kleine sich freut. Guck doch, es gefällt ihr!"

„Logisch. Welchem Kind würde das nicht gefallen!"

Sie zogen mit Christina und den Bausteinen in die Wohnstube um, unterhielten sich noch eine Weile über die Fernsehdiskussion zwischen Politikern und Studenten, bis Robert nach einer Weile des Schweigens spürbar Anlauf zu seinem eigentlichen Anliegen nahm: „Kathleen, ich möchte dich was fragen."

Kathleen klopfte das Herz plötzlich bis zum Hals. Roberts Stimme hatte ganz verändert geklungen.

„Ja?"

„Ja. – Bist du... lebst du ganz allein mit deiner Tochter, oder gibt es jemanden? Ich habe dich immer allein gesehen und... Also, ich mag dich sehr, Kathleen. Und wenn du willst, würde ich gerne öfter zu dir kommen. Vielleicht..." er brach ab und schaute zu Kathleen, die den Kopf hängen ließ und nicht zu ihm hoch schaute. Erst nach einer endlosen Weile hob sie den Blick, und sah Robert an. Es fiel ihr schwer zu sprechen.

„Du hast ehrlich gefragt. Also muss ich auch ehrlich antworten. Ich lebe mit Tina allein, und es gibt niemanden anderes bei uns. Und trotzdem gibt es einen, das ist Tinas Vater. Ich habe ihn jetzt seit zwei Jahren nicht mehr gesehen, aber ich fühle mich trotzdem nicht frei von ihm. Solange das so ist, kann ich keine andere Beziehung eingehen. Und ob und wann das jemals anderes sein wird, kann ich nicht sagen. Ich darf dir keine Hoffnung machen, Robert, das wäre sehr unfair. Schlag dir das mit uns lieber aus dem Kopf. - Es tut mir leid."

Robert stand langsam auf und ging zur Tür. Kathleen folgte ihm, sah zu, wie er Stiefel und Jacke anzog und wagte nicht, ihm ins Gesicht zu sehen. Aber Robert hielt ihr die Hand hin, und sie musste ihn anschauen.

„Ich wünsch' dir Glück, Kathleen!" sagte er. „Danke, dass du mich nicht im Unklaren gelassen hast. - Wiedersehen."

„Auf Wiedersehen", flüsterte Kathleen.

Am späten Nachmittag brachte Sabine Kathleen die Vorlesungsmitschriften der Woche und Neuigkeiten von der Uni. Bevor sie ging, druckste sie im Flur herum, bis sie schließlich doch mit der Sprache herausrückte. „Ich habe Christoph diese Woche zweimal gesehen. Er kam immer gegen Ende der Vorlesungen, stand eine Weile vor der Uni und ging dann in die Bibliothek.

Kathleen hämmerte das Herz bis zum Hals. „War er allein? Hast du ihn gesprochen?"

„Allein war er. Aber er hat mich nicht angesprochen."

Chris waren die letzten Wochen erschienen wie im Zeitraffer, und er wurde den Eindruck nicht los, dass er nicht flink genug laufen, nicht gewandt genug denken konnte, um all das aufzunehmen und zu verarbeiten, was da an ihm vorbeirauschte wie ein tosender Wasserfall. Genau wie bei Kathleen und fast allen Menschen im Land wandelten sich seine Gefühle von Besorgnis und Angst zu Wut und Betroffenheit, von Hoffnung zu Enttäuschung. Und dies in solch atemberaubendem Tempo wie die Aufeinanderfolge aprilwettriger Schnee-, Hagel- und Regenschauer, unterbrochen von sonnigen Zwischenspielen.

Und inmitten all der Fragen und Bilder tauchte immer wieder ein Gedanke, ein Gesicht auf: Kathleen. Wo mochte sie sein, wie erging es ihr. Dachte sie noch an ihn?

So hatte Chris den Entschluss gefasst, vor der Uni zu warten. Sollte Kathleen dort noch studieren, würde er sie schon eines Tages entdecken. Er hatte keine Ahnung, was dann geschehen würde. Vielleicht sah er sie am Arm eines anderen, vielleicht schaute sie ihn nicht einmal mehr an. Verdient hätte er es.

Aber eine Woche verging, eine Woche, in der Chris die Nachmittage in der Nähe der Universität verbrachte, ohne Kathleen zu Gesicht zu bekommen. Bis auf eiskalte Füße brachte es ihm nichts ein. Eine furchtbare Unruhe bemächtigte sich seiner. Er überlegte, ob er Sabine ansprechen sollte, denn sie sah er des Öfteren aus der Uni kommen. Aber er konnte sich nicht entschließen.

Das Wochenende hätte Chris allein in seinen Zimmer am Alex nicht ertragen. Er beschloss deshalb am Sonnabend, entgegen seiner Mitteilung an Inge, doch noch nach Buch zu fahren. Er wollte mit seiner Mutter sprechen, ihr endlich die Wahrheit über Kathleen und sich sagen.

Chris hatte seinen Wohnungsschlüssel, er brauchte nicht zu klingeln. Niemand bemerkte sein Eintreten. Er zog den Reißverschluss des Anoraks auf und stutzte. An der Garderobe hing ein fremder Herrenmantel. Sollte Ingolf wieder da sein? Aber der trug doch nur seinen Parka, niemals einen Mantel! Chris zögerte. Die blankgeputzten schwarzen Stiefel, akkurat ausgerichtet, neben den braunen seiner Mutter erweckten eine unangenehme Assoziation, die zuerst rein körperlich war, in ihm. Und noch bevor Chris die durch die geschlossene Wohnzimmertür gedämpft klingende Stimme hörte und erkannte, fühlte, ja wusste sein Unterbewusstsein, wer da zu Gast war: sein Stiefvater Holger Täumler.

Nein! Chris hätte es am liebsten laut herausgeschrieen. Das durfte einfach nicht sein! Würde er ihn denn nie loswerden? Jetzt, in diesem Moment, wo Chris sein Zu- Hause so dringend brauchte, wie ein Erfrierender ein warmes Bad, da war es ihm verwehrt durch diesen Widersacher. Wieder stand Holger Täumler zwischen ihm und seiner Mutter!

Warum musste er ihm stets alles zerstören?

In Chris kochte brodelnde Wut, so heiß, dass sie ihn von innen her wie versengte. Er hätte den Mantel von der Garderobe reißen und wild darauf herumtrampeln mögen – hysterisch wie ein italienisches Filmweib.

Die Wut machte ihm die Kehle so eng, dass er kaum noch Luft bekam. Nicht in der Lage, die Situation eine Sekunde länger zu ertragen, machte er auf dem Absatz kehrt und rannte aus der Wohnung, die Treppe hinunter, den Weg zum Bahnhof. Er ließ sich auf eine Bank fallen und kam allmählich wieder zu Atem.

Und plötzlich, wer weiß woher, war da ein Lachen in ihm, ein Kopfschütteln über sich selbst. Wie alt war er jetzt? Er war fünfundzwanzig Jahre alt – nicht mehr zehn oder vierzehn! Wollte er denn immer wieder davonlaufen, vor allem, was ihm Angst machte?

Die Ahnung, die ihn an seinem Geburtstagsabend im Gespräch mit Conny beschlichen hatte, die Ahnung, dass er nicht alles, was ihm widerfahren war, willenlos hinnehmen und sich mit den Resultaten abfinden musste, wuchs sich plötzlich zur Gewissheit aus. Es war vorbei, denn endlich war er da, der Trotz: Nein, Vater und Stiefvater, Lehrer Holger Täumler, ich lasse mich von dir nicht mehr beherrschen! Hast mir genug verdorben! Aber alles lasse ich mir nicht kaputtmachen! Damit ist nun endgültig Schluss. Das hier ist mein Leben, meines ganz allein. Was schert mich denn, was du tust! Mach doch, was du willst!

Ich will es nicht mehr hinnehmen, dass die Vergangenheit mir die Zukunft überschattet und zerstört!

Chris stieg in die eingefahrene S-Bahn. Er konnte es kaum erwarten, in sein Zimmer zu kommen, die Staffelei aufzubauen, die Farben zum Leben zu erwecken. Zu kurz war der Rest dieses begonnenen Wochenendes für das Bild, das da entstehen sollte, aber schließlich: morgen war auch noch ein Tag!

Kathleen hatte eine gesunde und vergnügte Christina, in deren Mund im Verlaufe der Krankheitswoche vier neue Zähne das Licht der Welt erblickt hatten, vor der ersten Vorlesung in die Kinderkrippe gebracht.

Am Nachmittag verließ sie mit Sabine das Unigelände; sie unterhielten sich angeregt über die Wahl des neuen SED-Vorsitzenden Gregor Gysi, und Kathleen fand die Idee, ihm statt Blumen zu seiner Wahl einen überdimensionalen Besen zu schenken, superoriginell, als Sabine sie plötzlich mitten im Satz unterbrach: „Ich muss noch in die Bibo! Bis morgen dann." Und schon war sie verschwunden.

Kathleen schaute ihr verdutzt nach. Was war denn in Sabine gefahren? Vorher hatte sie nichts von einem nötigen Bibliotheksbesuch gesagt. Sie wollten doch gemeinsam Christina abholen und dann einkaufen fahren: Weihnachtsgeschenke!

Bevor sie sich einen Reim auf das seltsame Verhalten ihrer Freundin machen konnte, war wieder jemand an ihrer Seite.

Kathleen zuckte zusammen, als sie Chris erkannte. Ihr Herz setzte einen Atemzug lang aus und machte dann einen Sprung, als wollte es den Anschluss wieder schaffen. Sie konnte kein Wort sagen. Auch Chris wusste nicht, wie er beginnen sollte. Er hatte zuvor versucht, sich Worte zu Recht zu legen: rechtfertigende, entschuldigende, erklärende, lockere, ernste... nichts erschien passend. Nun würde die Situation alles entscheiden müssen.

So liefen sie nebeneinander her, Chris, ohne zu wissen, wohin, denn er kannte ja Kathleens neue Wohnung nicht, und Kathleen völlig automatisch den gewohnten Weg.

Schließlich sagte Chris: „Du studierst also doch noch. Vergangene Woche habe ich dich nicht gesehen."

„Da war ich auch nicht an der Uni", sagte Kathleen, und sie wunderte sich, dass man nach mehr als zwei Jahren der Sehnsucht solch dumme erste Worte sprechen konnte. Warum sagte sie nicht einfach, was sie empfand: ich habe dich vermisst, schön, dass du da bist und: geh' nicht wieder fort!

Schließlich waren sie vor einem Haus mit buntbemalten Fenstern angekommen, und Kathleen bog durch das Tor. Unter einem großen Vordach standen reihenweise Kinderwagen. Chris schaute an dem Gebäude nach oben. Weiter oben waren die Fenster ganz normal. Vielleicht waren dort auch Wohnungen? Wohnte Kathleen dort?

„Gehst du mit rein, oder willst du hier warten?" fragte Kathleen. „Ich hole nur jemanden ab. Es dauert aber ein Weilchen."

Das alles war rätselhaft für Chris. „Ich komme mit", sagte er.

Sie stiegen eine Treppe hoch und standen plötzlich in einem Raum mit zwei langen Bänken, ähnlich denen in Schulturnhallen, unter zwei ebensolch langen Reihen Garderobenhaken. Jeder Garderobenplatz hatte ein Bild. Da es gab Käferchen und Schmetterlinge, den Pittiplatsch und das Schnatterinchen, auch der Sandmann und Frau Elster waren vorhanden. Kleine Anoraks und „Kosmonautenanzüge" hingen dort, aus den Ärmeln schauten Schals und Bommelmützen heraus.

Ein einzelner roter Handschuh lag auf dem Boden.

Die endlose Reihe winziger brauner, schwarzer und roter Stiefelchen erweckte den Eindruck, dass jeden Moment der Nikolaus käme.

Kathleen klopfte an eine Tür, auf die ein großer Fliegenpilz mit einem Frosch auf seinem weißgetüpfelten Hut gemalt war.

Eine junge Frau in rosa Kittelschürze öffnete und schaute Kathleen fragend an. Sie war neu in der Krippe und konnte noch nicht alle Mutti- Gesichter den Kindern in ihrer Obhut zuordnen. Aber da kam Christina schon mit jauchzendem „Mama" zur Tür getrippelt.

Die Erzieherin lächelte und nahm sie auf den Arm. „Na, dann komm, Tina, du wirst abgeholt." Und mit einem Blick auf Chris setzte sie hinzu. „Guck, der Papa ist heute auch mitgekommen!"

Sie übergab Christina in Kathleens Arme, winkte ihr noch einmal zu und schloss die Tür.

Chris war, als hätte ihm jemand den Boden unter den Füßen weggezogen. Er ließ

sich auf eine der niedrigen Bänke sinken und starrte fassungslos auf das kleine blonde Mädchen von etwa eineinhalb Jahren, das zielstrebig seinen Garderobenplatz ansteuerte, die Hausschuhe abstreifte und sich mühte, in die Stiefel zu schlüpfen. Warum half ihm denn die Mama heute nicht wie sonst?

Kathleen aber stand da und schaute zu Chris. Doch Chris guckte nicht hoch zu ihr.

Ihm war, als legten sich die Seiten seines kleinen alten Fotoalbums, das ihm seine Oma zur Jugendweihe geschenkt hatte, wie von selbst vor seinem geistigen Auge um. Es begann mit Babyfotos von ihm, bewahrte Bilder seiner ersten Laufversuche ebenso wie ein Einschulungsfoto und viele andere geknipste Erinnerungen auf. Auf einem der Bilder war er vielleicht genauso alt gewesen, wie das kleine Mädchen dort. Und es hatte sein Gesicht, seine Augen!

Der Schock war fast zu groß.

Nein, nicht nur Kathleen hatte ein Kind, wie er ja begriffen hatte, als sie „Mama" gerufen wurde, auch er hatte eines! Dies war ihr gemeinsames Kind!

In diesem Moment dämmerte ihm, was Kathleen ihm an jenem Abend im November in ihrer Wohnung hatte sagen wollen.

Er stöhnte. Das durfte nicht sein! Warum nur, warum war er denn nie auf diesen Gedanken gekommen?! Was, wenn Kathleen inzwischen einen anderen Mann kennen gelernt hatte, mit ihm lebte? Würde es seiner kleinen Tochter dann später auch einmal so ergehen, wie ihm selbst in seiner Kindheit? Würde auch sie eines Tages von einem fremden Mann als Bastard beschimpft werden?

Sollte das denn nie ein Ende nehmen?

Gequält schüttelte Chris den Kopf und stützte die Stirn in die Hände, die Handballen auf den Augen. Aber die Bilder blieben.

Ein jäher Schmerz ließ ihn auffahren.

Zwei kleine Hände voll unglaublicher Klammerkraft hatten sich in seine Haare verkrallt und zerrten daran. Christina quietschte vor Freude. Chris konnte ja nicht ahnen, dass es außer Biskuits zu essen Christinas Leidenschaft war, kräftig in das Haar anderer Leute zu packen. Kathleen nahm sich davor schon seit langer Zeit in Acht.

Vorsichtig bog Chris die winzigen Finger auf und hob den Kopf. „Na, das ist vielleicht 'ne Begrüßung!" flüsterte er. Tränen schimmerten in seinen Augen, aber das war nur vom Schmerz auf der Kopfhaut, sicher.

„Wie heißt sie?" fragte Chris und schaute endlich hoch zu Kathleen. „Ich habe Tina verstanden, ja?"

„Ja. Tina. Das ist die Kurzform", sagte Kathleen. „Sie heißt Christina."

Chris war aufgestanden und trat nun dicht an Kathleen heran. „Kathleen, ich möchte die Zeit zurückdrehen!"

In diesen Worten, in diesem Wunsch steckte alles: die Bitte um Verzeihen, die Reue über nicht wieder gutzumachende Versäumnisse, und auch das Gefühl der Ohnmacht, nachträglich etwas ändern zu können.

So empfand es Kathleen, und diese Worte bedeuteten ihr mehr, als wortreiche Erklärungen und Entschuldigungen, es waren genau die Worte, die ihr Herz erreichten und anrührten, denn sie offenbarten ihr alles von Chris.

Leicht schüttelte sie den Kopf, leise sagte sie: „Das kann niemand. Nicht du und nicht ich. Auch nicht deine Mutter. Und wenn wir es noch so sehr wünschten."

„Aber, ich hab' dich so allein gelassen, Kathleen. So... so sinnlos. Ich werde mir das nie verzeihen können. Und du wirst es mir nie verzeihen können."

„Aus deiner Sicht war es damals wohl nicht sinnlos, du konntest vielleicht nicht anders handeln. Ich weiß das jetzt auch, Chris! Ich weiß, dass du genauso allein warst wie ich. Und ich hatte ja wenigstens noch Tina! Die Hauptsache ist doch, dass wir es irgendwann begreifen und dass wir was aus unseren Erfahrungen machen, dass wir jetzt ein bisschen klüger sind, oder?"

„Vielleicht. Aber ich kann es nie wieder gut machen!"

„Woher willst du denn das wissen!? Hör' jetzt auf zu jammern und hilf mir lieber, Tina anzuziehen! Dort stehen ihre Stiefel!"

Zum ersten Mal, seit sie das Gebäude betreten hatten, lächelte Chris. Manchmal erinnerte Kathleen in ihrer resoluten Art tatsächlich an seine Oma. Sogar die Namen ähnelten einander, aber das hatte er ja schon früher festgestellt. Wie lange das her war! Fast ein ganzes Leben!

Sie schoben den Sportwagen über die Spreebrücke, als es zu schneien begann; große nasse Flocken taumelten durch die Luft und landeten auf der wasserfesten Plane des Fußsackes, in dem Christinas Beine warm steckten. Staunend betrachtete sie dieses weiße Wunder, das nur zu rasch zu Tropfen zerrann. Im Moment war das Wunder Schnee für Christina noch viel größer als das Wunder dieses plötzlich wie aus dem Nichts aufgetauchten Papas.

„Der erste Schnee" sagte Kathleen. „Ob wir weiße Weihnachten kriegen?"

„Glaubst du an den Weihnachtsmann?" fragte Chris.

„Manchmal möchte ich's gern wieder!"

„Dann kriegen wir auch weiße Weihnacht. – Und wenn nicht, dann tun wir so!"

Draußen war es noch dunkel. Die Geräusche der erwachenden Stadt drangen auch durch das geschlossene Fenster und ließen Chris zum ersten mal, seit er am Abend zuvor Pinsel und Farben zur Hand genommen hatte, auf die Uhr schauen. Es war kurz vor sechs Uhr früh.

Vor zwölf Stunden war er von Kathleens Wohnung losgelaufen – durch den dichten nassen Schnee, der Haare und Kleidung durchweichte und schwer machte, bis zur Mollstraße.

Bei Kathleen im Bad hatte er zuvor heimlich nach verräterischen Spuren eines anderen Mannes gesucht. Doch statt Rasierapparat und zweiter Zahnbürste fand er nur Babyöl, Fieberthermometer und den Windeleimer. Und im Flur! Dort entdeckte Chris, als er sich von Kathleen verabschiedete, sein Bild der Prager Karlsbrücke.

„Bis morgen Nachmittag?"

„Bis morgen!" sagte Kathleen und gab ihm die Hand.

Chris zog die Vorhänge zurück, aber es wurde dadurch nicht heller im Zimmer. Trotzdem erschien ihm dieser graue Dezembermorgen so hell und hoffnungsvoll wie ein strahlender Frühlingstag.

Das Bild war fertig. Am Nachmittag, als er vom Studienalltag zurückkehrte, war die Farbe getrocknet. Vorsichtig nahm Chris den großen, mehrere Millimeter starken Zeichenkarton von der Staffelei und schlug ihn in Packpapier ein. Es hatte aufgehört zu schneien, ein blassblauer Winterhimmel wölbte sich über Berlin.

Chris nahm das Bild unter den Arm und lief den Weg zu Kathleens Wohnung am Marx-Engels-Platz wieder zu Fuß.

Auf sein Klingeln öffnete Kathleen sofort, Christina auf dem Arm.

„Was hast du denn da mitgebracht?" wollte sie wissen.

„Das ist ein nachträgliches Geburtstagsgeschenk für meine Tochter."

„Ist aber sehr nachträglich, du!"

„Nein. Für mich hatte sie ja erst gestern Geburtstag."

Im Wohnzimmer legte Chris das Bild auf den Tisch und schlug das Packpapier auseinander.

Kathleen hatte ein Bild fürs Kinderzimmer erwartet, vielleicht die Biene Maja, eine Szene aus dem Abendgruß des Sandmännchens oder etwas Ähnliches.

Nun jedoch blickte sie atemlos auf die Landschaft, die sich plötzlich vor ihren Augen auftat. Sie spürte den Wohnzimmerfußboden leicht schwanken, als befände sie sich wie damals in einem Boot.

Über einem weidenumstandenen blaugrünen See fliegt ein Schwan, majästetisch ausgestreckt der Hals, kraftvoll rudern die Schwingen. Er scheint unverletzlich, stark und schön – nichts deutet auf den ersten Blick auf Narben oder Verletzungen hin, schon gar nicht auf eine mühsam überstandene Niederlage nach einem Kampf auf Leben und Tod. Oder sind die am Rücken zerzausten Federn ein Zeichen dafür?

Ein schmales Schattenband, erst auf den zweiten Blick erkennbar, markiert seine bisherige Flugbahn wie ein verblassender Kondensstreifen den Himmelsweg eines Flugzeuges. Dort, am Beginn der Flugbahn, liegt eine schilfumstandene Bucht, mit einem Ufer wie hinter einem dünnen Nebelschleier, während der übrige See im Sonnenglanz schimmert. In der Bucht aber kreuzt, einem wehrhaften Flagschiff gleich, ein großer Höckerschwan, während seine Schwänin auf hohem Nest im Schilf brütet.

Am Ufer jedoch, dort wo das Schattenband beginnt, kauert ein geduckter Schwan; hängende Flügel, ein schlaffer Hals, zertretene Federn sind die untrüglichen Zeichen des Verlierers. Hinter dem Nebelschleier hockt er, geschlagen und gedemütigt.

Kaum möchte man glauben, dass diese elende Kreatur mit dem nun stolz über dem See dahinfliegenden Schwan identisch ist. Und doch ist es so. Kein anderer Schluss ist möglich.

Das Ziel des wie Phönix aus der Asche auferstandenen jungen Schwans ist weiter vorn deutlich erkennbar. Eine kleine Bucht an der anderen Seite des Sees erwartet ihn mit schattigem Ufer, dichtem Schilfgürtel und glitzernden Wellen. Dort wird er sein!

Kathleen brauchte lange, lange für das Bild. Sie war versunken in diese schicksalsschwere Landschaft. Aber Chris, der jeden Pinselstrich kannte, betrachtete *sie* – unsicher und gespannt auf ihre Reaktion.

Als Kathleen Chris den Blick endlich zuwandte, hatte sich ihr Gesichtsausdruck verändert. Ihre Züge waren weicher, die Augen voller Zärtlichkeit.

„Ich musste oft an diesen Tag auf dem See denken", sagte sie leise. "Ich habe mich manchmal gefragt, was aus dem jungen Schwan geworden ist und ich habe immer gehofft, dass er es trotz allem geschafft hat."

„Jetzt weißt du es?"

„Ja, jetzt weiß ich es ganz sicher." Sacht legte Kathleen ihre rechte Hand an Christophs Wange. Mit den Fingern der anderen berührte sie die Narbe an seiner Stirn. Doch nicht danach fragte sie ihn.

„Ob wir es auch schaffen werden, Chris?"

Chris sah ihr in die Augen, er erkannte ihre Stärke und wusste nun, dass sie all die Zeit nie die Hoffnung in sich begraben hatte. Er lächelte:

„Das werden wir!"